篝火の塔、沈黙の唇

玄上八絹

幻冬舎ルチル文庫

CONTENTS ✦目次✦

✦篝火の塔、沈黙の唇

✦カバーデザイン＝清水香苗（CoCo.Design）
✦ブックデザイン＝まるか工房

イラスト・竹美家らら✦

篝火の塔、沈黙の唇

「やめ……おやめくださいまし！」

悲鳴じみた老婆の声が、遙か階下から響き渡る。

蹴散らすように上ってくる粗野な足音。立ち止まるそれには、やはり老いた悲鳴がまとわりついていて。

「おやめくださいまし、高男《たかお》さま、満流《みつる》さま。椿《つばき》さまは――昨晩からお熱がお高うあそばされて、臥《ふ》せっておいでございます。どうか――どうか、そっとして差し上げてくださいまし。御堪忍あそばして――」

手を伸ばし裾《すそ》に縋《すが》り。そんな老女の声は繰り返されても聞き届けられることはない。鞭《むち》打つような乱暴な怒声が振り下ろされる。それに砕けることなく息切れのまま繰り返される老女の懇願に、苛立《いらだ》つ男の声が尚荒く響いた。

「退け、千代《ちよ》。主《あるじ》が通ってなぜ悪い。ここは己《おれ》のものだ。女中風情に指図を受ける謂《いわ》れはない」

「いいえ、いいえ。この灯台は、亡くなられた御先代様が椿さまのためにとお残しになったものでございます。後生でございますから、今日だけは――今日だけは、椿さまに手荒な真似をなさらないで」

「退くんだ、千代！」

割れた怒声。舶載《はくさい》の、美しく曲線を画く洋猫のしっぽのような滑らかな取っ手が、苛立った耳障《みみざわ》りな音を立てる。

「後生でございます！　高男さま！」

跪《ひざまず》いて裾に縋るその目の前で、黒檀《こくたん》の扉が、枯れた姿を映しながら奥に向かって乱暴に開け放たれた。

唐渡の褥《しとね》は天蓋《てんがい》のベッドで。

目の詰まった紫檀《したん》に彫られた天女の天蓋から、垂れ落ちる繻子《しゅす》は裂けて、窓から吹き込む潮風に揺れている。

開け放たれたベランダの向こうは、陽の傾く、輝きを失くした一面鈍色《にびいろ》の海だ。

流れ込む潮香。遠く入り江の山裾が黒く、松根がごとく長く這《は》い出て見える。

褪《あ》せた緋《ひ》の波斯緞通《ペルシアだんつう》。片付けられた暖炉。

玻璃《はり》の嵌《は》まった、彫刻の彫られた樫《かし》の書架と、唐渡のもので埋め尽くされた飾棚は、余計この部屋の異国味を増し、暮れの匂いが漂い始めたこの部屋を異質に仕立てさせていた。

そのベッドの中には白い生き物が、音もなく頼りなげに身体を起こしていた。

この喧噪《けんそう》さえ、ぼろぼろに裂けた繻子で遮られているかのように、視線をやることもなく、目を伏せたままじっと。

白い寝間小袖《こそで》。緩《ゆる》く合わさった薄い襟元から、伸びる首筋は病人のように細い。羅紗綿《らしゃめん》の子を思わせる、淡い色の少し癖のある髪、透き通るように蒼く薄い肌。熱があると言うのは嘘ではないらしく、焦点を持たない大きな瞳は虚《うつ》ろに潤み、ぽつんと唇だけが赤い。

「待ち兼ねたか、椿」

ざんばらの髪を後ろで束ねた高男が、色恋沙汰《ざた》で負った目立つ頬《ほお》の傷を撫《な》でながら、嘲《あざけ》る口調で大声で訊《き》いた。

「高男さま！　満流さま！」

千代は、解け落ちた前掛けを踏まれるまま、髪を乱してその雪駄《せった》の足下にしがみついたが、到底止められるはずもなかった。

激動の御維新を越え、明治の波を迎え入れて早二十年も近づこうかと言うのに、戯《たわむ》れに行灯袴《あんどんばかま》などを穿《は》いて粋《いき》がる男だ。

由緒も知れない、見栄ばかり派手な大造りの琥珀《こはく》と翠緑玉《エメラルド》の指輪を嵌めた腕を、高慢に組み扉の横に立つ高男の横を、もう一人の男が押しのけるように通り過ぎる。

男は、今度は慌《あわ》ててそれに縋り付こうとした千代を、毛深いむっくりとした足で振り払い、無遠慮に象牙の細工が嵌められた天蓋に大股で近づく。千代は、今度は、それを止《と》めてくれと縋った高男からも剝《は》がれるように蹴りやられ、勢いのまま四散する鼠《ねずみ》の子でも追うように、広げた手で床に這ってそれに追い縋った。

「満流さま！」

「欲しくてたまらないって顔だな。ええ？」

満流は、動かない椿の真横に片膝《かたひざ》をついて、毛の生えた野太い指でその後ろ髪を摑《つか》んだ。

「！」

余りの乱暴さに、細い喉奥《のどおく》で声にならない小さな音がする。

満流は、上を向けさせる弾《はず》みで開いた唇の中から、真珠のような歯が微《かす》かに覗《のぞ》くのを嬉《うれ》しそうに眺めた。

同じざんばら髪でも高男のように粋のない、粗野なばかりで品性に欠けた、骨太の逞《たくま》しい男だった。身長も高男より随分低いが、ずんぐりとした身体が、いかにも力がありそうで、並べてみれば彼らは到底兄弟には見えず、下男と主人のようにも見えた。

その背中の袴の後ろ板に縋り、皺《しわ》にやつれた指で、千代はそれを必死で引き剝がそうとする。

「おやめくださいまし、満流さま！　高男さま、どうか満流さまをお止めあそばして。昨夜はお苦しみあそばして、ほとんど眠っておられませんの。どうか――」

椿の髪を摑んだまま、人形でも扱うように着物を毟《むし》り取る満流に、千代は堪らず、あちこちと狼狽《うろた》えた挙げ句、扉の入り口にいる高男に縋り付いた。

当世流行の短髪を椿油で後ろに流している。背ばかりはすらりと高く、細身な身体に着こなした高価な紬《つむぎ》が、洒落者《しゃれもの》を気取るに鼻の突く男だった。頬高で色白の優男のように見えるが、弧を描く山のきつい眉もその下の穏やかに見える目にも、光るのは冷淡な嘲笑《ちょうしょう》ばかりだ。

「昨日の薬がまだ醒《さ》めておらんだろう。加減しろよ、満流」

「いつも見境無くなるのは、兄さんのほうじゃねえか」

言う間にも、満流は褥《ベッド》を軋《きし》ませ椿を組み敷いていた。

潮風に靡《なび》く繻子が床を掻《か》いて、掠《かす》れた高い悲鳴を上げる。

身体の大きな満流に覆い被《かぶ》さられて椿の姿などほとんど見えない。ただ、乱された着物と、助けを求めるように伸ばされた、白く細い腕が風に靡く銀穂のように揺れ、露《あらわ》になった脚が、満流の身体の角度によって、見え隠れするだけだ。

「後生です、高男さま！　酷《ひど》うございます。弟君になさる仕打ちではございますまい！」

非道を叫んだ千代は、高男の目に溢《あふ》れた冷酷な光が、自分に向けられるのに息を呑《の》んだ。

「――――千代はまだ、そう思っているのか？」

穏やかな口調の、しかし是《ぜ》を許さない厳しい問いかけだ。

「…っ」

竦《すく》み上がりそうな冷たい瞳に晒《さら》されて、千代は腰が抜けそうになったが、意を決して強く顔を上げた。

「つ、…椿さまは、本来なら、敷島《しきしま》子爵《ししゃく》家二十四代御当主様でございます。先代有吉《ありよし》さま、ご正室香織《かおり》さまのご嫡男でございます！」

事実ではある。けれど何の力もない事実であるのを承知で、千代は言い放った。

だから、と言う気はなかった。それに纏《まつ》わる何かなど、もうとっくに捨てて望みもしない。むしろ忌々《いまいま》しく哀しく、けれど懐かしく誇らしく、今では遠く胸の裡《うち》にあるものを、こうして引きずり出さずにはいられないほど、椿に対する彼らの仕打ちは酷い。

高男はその声を咎《とが》めるでもなく、かといって受け流すでもなく。

「…ああ、そうだな。妾腹の己《おれ》たちとも半分、血が繋《つな》がっている」

少し皮肉にそう言って、露に開かれるベッドの中の、白い膝の内側を斜に覗き込むようにして片口で笑った。

「己たちの母は、椿の母親を憎んでいたよ。子供も成せない石女《うまずめ》が、父の寵愛《ちょうあい》を独り占めして、とな。しかも、己の跡目披露の年になって、子供を産んだ。――それも男だ」

それが、椿だった。けれど。

「けれどこうして、御家は高男さまにお譲りし、椿さまは御家のことに関して、一切お口を挟まれたことはございませせぬ！」

「挟めなかった、の間違いだろうが」

「！」

嘲笑を高める声に千代が唇を噛《か》む。それもまた事実だ。けれど、それは服従の証《あかし》だ。受けられるはずの恩恵を全て放棄した。代わりにこれ以上辱《はずかし》めを受ける謂《いわ》れはなかった。

「盲《めし》いた嫡男に華道の家は継げない。寝食を施し、世の誹《そし》りから庇《かば》い、渡来の贅沢《ぜいたく》品を渡し、腹違いの弟を囲う。それを」

偉そうに不服を言うか、と、言葉にはせずに嫌らしい笑いで高男は言葉を切った。

「……っ、ふ！」

褥の中から上がる悲鳴。わざと千代に見えるように脚の付け根の影を開いて、堪らず顔を覆う千代を振り返って下品な声で、満流は笑った。

「酷うございます……！」

地べたにとうとう泣き伏して乞《こ》う千代の姿さえ、最早見せ物だった。

解《わか》っていながら、血の半分繫がった兄の肉欲の玩具《おもちゃ》として、獣以下に辱めを受ける様子を見るのは、煮え零《こぼ》れる怒りを押し込めるほどの畏《おそ》れでもあった。

「う、あ……っ！　あ——————！」

一際高い声が満流の身体の下から上がった。それに我に返った千代は、乱れた白髪を直しもせずに、床に額《ぬか》ずいて震えながら高男に手を合わせる。

「お願いでございます！　今日だけは堪忍あそばして……！」

何もかも捨てた。全てに甘んじた。屈辱も辱めも。己の耐えがたき不遇も。

それで良いのだと笑う穏やかな主人に諭《さと》され、自分の矛《ほこ》も、そして、それが守ってきたはずの椿の母親の誇りさえ折って、御家のためだと全てを受け入れた。それが前の主人、椿の母・香織と、守るものを持たない椿の為だと、信じて持ち得《う》べき一切を差し出して、唯《ただ》、身の安寧《あんねい》のみを乞うたのに、それすら叶えられないのでは、椿が哀れすぎる。惨めすぎるのだ。

「厭《いや》……、ぁ……！」

猪のような満流の肉の根が、引き破れそうな椿の白い身体に出入りする音は、窓から乗り入る波音にすら掻き消されない。白い身体に傷口のように開く粘膜は花弁がごとき鮮やかな緋《ひ》で、激しく出入りする卑猥《ひわい》な硬さを見せつける肉の刃物に、突き破られ、滅多刺しにされているようにも見える。

老眼に霞《かす》む目を涙で歪《ゆが》ませ、自分の泣き声で音を掻き消すことしか、千代には椿を辱めから庇ってやることが出来ない。

「高男さま！」

腕を組んだままにやにやと、満流に組み敷かれた椿を見ていた高男に、千代が必死の思いでしがみついた。そのとき。

「……て」

徐々に藍《あい》色を含んでゆく空気に、震えて、細い指が持ち上がる。

小さな白い花が咲いたように、音もなく。

「——お前は下がって…千代……」

荒い吐息の下からの、小さな声が命じる。

「もう、……ここは良いから」

「椿さま！」

「悦《よ》くなったから、お前は邪魔だとよ！」

下品な笑い声の下で、満流が大声で言った。袴の帯もだらしなく解けて、椿の脚の間に下半身を擦《す》り付け、揺すり続けているのが見える。

「気付けの水でも用意して待っているが良い」

喉を鳴らしながら、高男が千代のために扉《ドア》を開いた。

見てはならないものだ。しかし、彼を守るべき者は自分しかいないと言うのに。

けれど自分も、そして椿自身にも、彼らの権力と暴力に抗うためのものは何も持ち得ず、ここに止《とど》まっても、無闇に椿の屈辱を増すだけだ。

千代は、袖元で涙を押さえ、泣き声を噛《か》み殺して、促されるまま這い出すようにして扉《ドア》の外へ出た。頭上で割れ響く高男の笑い声すら棘《とげ》の雨が降るようで、嗚咽《おえつ》を上げないのに必死だった。けれど。

扉が、閉じきった途端。

「う、あ、アアッ！」

弾《はじ》けたような悲鳴が響いた。我慢強い椿が上げるには余りに悲痛な声だった。苦しげな喘《あえ》ぎ声。泣き声。強いられる淫猥《いんわい》な言葉と、許しを乞う声。

「……申……し訳……ございません……ッ！」

千代は堪らず扉に額《ひたい》を押しつけて、握った両手を耳に当て、泣き崩れた。

とぎれとぎれの泣き声に混じる、耐えきれない悲鳴。きつく瞑《つむ》っても涙の溢れる千代の目には、あの冬の日の昏《くら》い室《しつ》の、僅《わず》かに開けた障子《しょうじ》から見える雪景色が映っていた。

幼い頃から身体が弱かった。乞われて嫁いで、側仕《そばづか》えであった自分もあの屋敷に共に上がった。共にまだ若い、咲く日を夢見て色づくばかりの瑞々《みずみず》しく、夢見がちな花のような年頃だった。

音もなく静かに笑う女性《ひと》だった。反発せず、妬《ねた》みもせず、なよやかで涙すら静かな、愛だけを水のように注がれて生きる、儚《はかな》い花のようなひとだった。

身罷《みまか》るほんの数日前、雪が降った。

『椿を、頼みます……』

香織にあれほど乞われたのに椿を守るための力は、老いた千代には何一つ、ないのである。

大きなベッドは、満流の動きに合わせて、荒々しく軋《きし》んで揺れる。

ようも飽かぬ、と、それを見るにも飽きて、高男は軽く、染みてくるような潮音に視線の端をやり、小さな息を吐いた。

記憶の中にある椿の母親は、ひどく、美しいひとだった。

香織という女で、幼い自分たちにも優しく、良い匂いのする部屋で、そっと、他人の目を忍んで、上等の菓子をくれるその女の元に、誰にも内緒でいつも通った。

今にして思えばとんでもない話だ。妾《めかけ》の子が同じ屋敷に住むことは珍しくはないことだが、己に子が生まれればそうではなくなるだろう自分を、当然のように、若様と呼び、大切にしてくれた。その頃にはもう、子を成すことを諦《あきら》めていたせいでもあるやもしれなかった。

彼女にしてみれば、己より先に男子を挙げた憎い妾の、正に欲しくて堪らぬ種粒だ。

自分の存在はどれほどか彼女を脅かし、臍《ほぞ》を噛むほどの憎しみと焦燥を得るものだっただろうに、そんなことなどおくびにも出さない女だったから、その身の上を聞かされない自分には、それを知りようがなかった。

彼女のことを家人は誰も何も教えてはくれず、屋敷に大勢いた見習いの娘か、或いは華族や皇族の子女を預かる家柄でもあったから、そのうちの一人ではないだろうかと、思っていた。自分の母親が父の正妻だと信じて疑わなかったから尚更だ。

女こそが正妻で、義母だと察するには、彼女はあまりにも若く、娘のようで、幼い乍《なが》らに恋心を抱くような儚いひとでもあった。

「……」

皮肉なほど父親に似なかった椿に、よく似た女だったと、江戸切子《えどきりこ》に注いだ琥珀の酒に面影を映しながら、ソファーに座って高男はため息をついた。

「あ……あ――――…」

半ば意識のない椿が、褥の中で白い肌をうごめかせながら、弱々しい悲鳴を上げる。

満流があまで椿の身体を欲しがるのは、血のせいかと、愚かしいまでに椿の中から出ようとしない、獣じみてすら見えるその交合の様子に、苦く口の端を曲げた。

父親は、長く側室を持たなかったという。

近年、表立って側室を置く華族は激減したが、実際、全く残らないわけではない。特に名のある旧家、家元、梨園《りえん》、血筋が絶えてはならない場所には半ば公然とそれが置かれた。

子爵家であり、蹴鞠《けまり》で成る堂上《とうしょう》の旧家で、江戸の昔から宮内御花役を務めてきた敷島家にも、嫡子に恵まれないからには当然置かれて然《しか》るべきものだった。

兆しがなければ大概一年に満たないうちに側室は迎えられるものだ。

けれども五年以上に渡って、父は側室を押しつけられても頷《うなず》かなかったという。最後は一族挙げての大騒動となり、男子さえ成せば打ち捨てても良いとまで言う者まで現れて、父はようやく側室として母を迎えた。

母はすぐに自分と満流、男子二人を挙げ、父親にも親族にも大切にされた。

正妻であった香織もそんな女だったから、自分たちは幸せだった。

香織と比べれば美人ではなかったかも知れないが、ふくよかで、小さな家ながら姫御前《ひめごぜ》として育った母は鷹揚《おうよう》で優しいひとだった。

そして、御維新以後はそればかりでは立ちゆかぬのだと、白い手にまめまめしく仕事を覚え、控えめで細やかに夫に尽くす、決して欲の張った女ではなかった。

自分たちは正式な嫡男と次男として育てられ、何不自由なく育った。相変わらず香織懐妊の様子はなかった。もう誰も期待もせず、現状こそが有るべき姿だと誰も疑わなかった。

側室を迎えたことは正解だったのだと、誰もが言った。ただ、――――父親が、その恋情を少しでも母に注いでいたら、と思うのは、身に過ぎた、と人は笑うだろうか。

父親は、相変わらず香織だけを愛していた。

後に知った話だが、自分たちが生まれたあとは、父親は母と会おうとさえしなかったという。面会を申し出れば豊富な品物が届けられるばかりで、顔を見ることもなかったと言った。

望めばいつでも父の活けた花を見ることが出来、時々稽古《けいこ》を覗きに来てくれた、自ら手ほどきをくれ、時々叱《しか》られもした。優しく厳しい父からは思いもつかぬことだった。

自分が十五になったとき。

跡目披露の準備が着々と進む中、香織が懐妊した。

香織は身籠《みご》もる間中、何の障りかと思われるほど、呪われたように何度も死線を彷徨《さまよ》いながら、何日もを掛けて小さな赤子を出産した。

皮肉なことに、男子だった。

それが椿だ。

いくら初めての男子ではないとはいえ、椿は正室の長男。当然のごとく嫡男として椿を認めた父親に、母は泣き、子ども心に恐怖に思うほど、狂乱した。

正気が乱れてしまうほど泣き叫び、暴れた。

子どもを産むためだけに嫁ぎ、夫の、子どもへの愛情だけを頼りに生きてきた。彼女は十分それを満たした。子を成し、夫を、香織を立て、時には端女《はしため》のように針まで手にして万事控えめに、己の立場を弁《わきま》えた。

我慢強い人だった。それでももう限界だったのだ。

夫は正室の香織を——香織だけを愛している。

その香織に子どもが産まれてしまったら。その子どもが、香織に生き写しの、色白で、雪のような花のような美しい子どもだったとしたら。

用無しなのだ。自分も、子どもも。

発狂寸前にまでなった。おかしな格好で着物を引きずり父親の名を呼んで、探しながら道を歩く母を、家人と必死で連れ戻したこともあった。

そうなった母親を、父親はこれ幸いとばかりに里へ送り帰そうとした。

そのとき——そのときの言葉を声を、高男は一言一句、間違わずに覚えている。

母の病状を告げるために、父親の部屋を訪れているときだった。

十五歳も終わりに近づき、跡目披露の機会を、切れかかる絹糸の一本のみにて残すばかりだった自分は、十三になったばかりの満流と、正気を失った母をどうにか守っていかなければならなかった。廃嫡は免れず、兄とも名乗れぬ自分たちは、ただの妾の子としてうち捨てられる他になかった。母親の里に帰されたあとでも、せめて三人暮らしていけるだけの金子《きんす》を得るために、父親の哀れを乞い、機嫌を取らなければならなかったのだ。

雪が紗《しゃ》のように庭を薄く覆った昼だった。

漏れ見える常緑の際立つ様が、光る障子の隙間《すきま》から鮮烈に映るのを、我がことの最期のようにして高男は見ていた。そんなときのことだ。

『有吉さま、一大事にございます！』

障子越しの、火事でも告げるかの、使用人の悲鳴。香織に仕える下男の声だった。

『香織さま、ご乱心あそばされて、椿さまのお目を……椿さまの目に針を刺して――！』

生後間もない椿は、そうして失明した。実の母親の手で、目を潰《つぶ》されたのだ。

華道で成り立つ家だ。当然、椿に、高男と同じようにこの家の全てを教え込もうとしていた。当主として、そうならなければならなかった。その椿が、――失明――。

そうして母も自分も満流も九死に一生を得た。花を活けられないものは嫡男として認められない。当然花を活けられる自分が必要となった。その後見である母親も、当然弟の満流も。

血相を変えた父親が去ってから、高男は笑った。狂うほど笑った。

目の見えない椿。嫡男に手を出した母親。

おかしくて、畳を笑い転げた。膝を崩したことのない自分がだ。髪もぐちゃぐちゃになるほど笑い転げた。

処刑者は、自ら消えたのだ。自分たち三人の命を薙《な》ぎ落とす強大で残酷な鎌を、愚かな母親は、たった一本の針で、突き崩した。

椿は、当然のごとく跡目を追われ、母親は産後を悪くして、一月と保《も》たずに死んだ。

「お前が失明したとき、何もかも元通りになると思っていた。もちろん、母のこともな」

ベッドに埋《う》もれるくぐもった悲鳴に目を細めながら、高男は腕を組んだ。

香織が死んでから、母親は香織の亡霊にうなされるようになった。昼も夜もなく、影を恐れ、香織の名を呟《つぶや》きながら、布団の中に隠れたままだった。そして、

『あの子を殺して！　あの女がとり憑《つ》いている、赤ん坊を殺してえぇっ！』

狂ったように叫ぶ。父にしがみついて、使用人にも。

髪を振り乱して暴れた。挙げ句の果てには下男に金を握らせる始末だ。

見かねた父親は、今度こそ母親を里に帰そうとした。自分が家督を継ぎ、満流にも、分家名乗りを許して一生の衣食を約束し、輿入《こしい》れのように豪勢に満流を共に、里へ帰すことになった。その前夜。

母は納屋で首を吊《つ》った。多分、あのまま無事に帰っても里で首を縊《くく》っていただろう。十年もそうして過ごしただろうか。

父が《事故》で死んでからすぐ、椿をこの灯台の中に閉じ込めた。海沿いの別邸から遠く見える、高い高い灯台の中に。

灯台は、西洋の石造りを基礎とした煉瓦《れんが》風の建物で、米国との条約により下命を受けた敷島家が、莫大な私財で建てたものだ。この功績が後の叙爵《じょしゃく》に大いに功を奏していたのは周知のところだが、すでに爵位が決まってからは、誰もそれを顧《かえり》みることはなくなっていた。

最上階に灯《ひ》を灯す部屋があり、すぐ下にあるこの部屋までには、地上から塔の内壁を指でなぞるような長い長い螺旋《らせん》の階段がある。

灯台を灯すのはもちろん敷島の人間で、塔の出口には梁《はり》のような重い閂《かんぬき》が渡されている。そしてたとえ塔を抜け出しても、この灯台は、激しい波濤《はとう》の打つ、四方を荒磯《ありそ》海に囲まれた小島の上にあるのだ。この塔を建てた折に、口を憚《はばか》る数の死者が出たのは老人たちの、きつい口の噤《つぐ》みようにも明らかだった。

船がなければ、そして、潮を選ばなければ、複雑に逆巻き合う潮目の渦に呑まれて決して逃げ出せない。囚《とらわれ》のまま、椿は一生この塔の中で生きてゆかねばならない。

一度も地面を踏むことなく、自分たちの憎しみを受け、自分たちを通して、母親の、香織への怨念も共に押しつけられ、飢える不安と、暴力と屈辱への恐怖を抱えながら、いつか自分たちが復讐に飽きて、孤島の彼らが死に絶えるまで、怯《おび》えながら生きるしかないのだ。

「いい加減にしろ、満流。帰れなくなる」

潮の音が高い。

ただでさえ、満流の狂気じみた癇癪《かんしゃく》に仕方なく、珍しくこんな時間に訪れているのだ。

もう、悲鳴を上げる力さえ残っていない椿の中に、しつこく身体を突き込むその背中がいよいよ浅ましく獣じみて見えるのに、高男はため息をついた。

悪いのは多分、父だ。けれど。

「やはりお前だ、椿」

香織同様、父を、そして満流を狂わせる何かが、椿の身体の中に流れていると、自分の鼓動にも反応してしまうそれを見るにつけ――――思えてならない。


翌日になって、千代はまた、長い長い廊下を上っていた。嗚咽《おえつ》を堪《こら》え、涙に白粉《おしろい》が崩れることを気にしながら、痛む膝さえ忘れ、引きずるようにして石段をふらふらと踏んでいた。

昨日、帰る頃になって、高男が言った。

『千代も歳なのだから、力仕事が辛《つら》いだろう。下男を用意させる、その分、精々椿に尽くしてやれ』

いつもの意地の悪い笑みを浮かべたままの言葉ではあったが、それは千代を驚嘆するほど喜ばせるものだった。

昨日の満流の有りようは、いつにも増して手酷いものだった。

それに高男も何か哀れめいたものを覚えたのかもしれない。

気まぐれでも、ただの思いつきでも。高男自ら、椿に心遣いを見せるのは初めてだった。戯れに、椿に着せるための女物の着物や、いかがわしい薬や道具、そんなものを買ってはきても、本当に椿のために必要なものは、千代が何度も本家仕えの女中に乞わなければ何一つ与えようとはしなかった。

高男の言うとおり、薪《まき》や水を持っての階段の上《のぼ》り降りは、六十を超える千代には酷く骨の折れる仕事だった。高男が優秀な下男を寄越すとは、千代にしても思いがたかったが、力仕事さえ出来れば少々間が抜けていても、と、思っていた。が――――。

後ろを振り返るにもおぞましく、千代は真《ま》っ直《す》ぐに、階段だけを睨《にら》み付けていた。

船から下りたその男が誰か、一目でわかった。

頭蓋《ずがい》から沸騰《ふっとう》した血が溢れて倒れてしまいそうだった。様子は随分違っていたが決して見間違えようのない面差しだった。

階下の部屋とはいえ、同じ塔に住むことになるのだ。この男と住むくらいなら、幽霊とでも住んだほうがましだと思った。

「……」

男は寄越された船から下り、自分に、無言のまま深々と頭を下げた。

逞しい身体は無数の鞭《むち》傷で白く光り、汚れた肌は黒々と陽に焼け、襤褸《ぼろ》雑巾《ぞうきん》のような髪を腐った藁縄《わらなわ》で縛り、着物と言っても乞食以下の、煤《すす》や泥まみれの汚らしい布きれを、申し訳程度にこびり付かせてあるだけだった。

椿がここに閉じこめられてから五年。その間、男も過酷な労働のせいで見違えるほど逞しく成長していたが、到底それを喜べる心地にはなれなかった。

高男の性根を思い知る心地だった。

いや、これこそが高男なのだと、喜んだ自分の愚鈍さを呪わしく愚かしく思った。

今頃屋敷で高男と満流は手を叩いて大笑いしているに違いない。

腰を抜かす千代、驚き恐れる椿を想像して。

そう思ったとき、千代は決心したのだ。

もうこれ以上思いどおりにはならない。椿を苦しめたりしない。

男は、それそのものが垢《あか》の塊のように酷く汚れていた。

その肩裏には敷島家の焼き印があるはずだ。家の所有物であると同時に犯罪人であることを示すそれを、二度と消えないその肌に、墨灰を纏った針の植わった焼き印で刻み込むほど黒々と焼き付けた跡が。

「……いいですか。椿さまの前で、決して声を出してはなりません。お前は口が利《き》けないと言うことにしておきますから、頭だけ、お下げなさい」

千代は、振り返らないまま言った。すでに下で言い聞かせた男は無言のままだった。

あれからずっと、窯《かま》にくべる石炭を掘っていたと、男は言った。ときには山で木を切り、巨石を運び、延々と大きな石臼《いしうす》を碾《ひ》き続けたとも。人が一番辛いと嫌がる仕事をさせられるのだ。人が流される川で橋を架《か》けたり、山の頂上から、一人でも手を滑らせれば轢《ひ》き潰れてしまいそうな、寺院の柱に使う材木を切り出す危険な仕事に当てられた。

あの日、まだ少年と言っても過言でなかった彼には辛い仕打ちだっただろうが、もう二つも歳を取っていたら、首を刎《は》ねられたに違いなかったことを行ったのだ。

当然と言えば当然で、振り返れば涙がまた込み上げるだろうと、千代は思ってそうしなかった。

近づくを憚《はばか》る汚れた身体を潮水で、たわしで擦り立てて洗った。汚れかと思えばそれは日焼けで、赤身を剝《む》くほど後ろ首を擦り上げてしまったほどだ。

雑巾より汚れている裂けたぼろ布を脱がせ、高男が残した妙な洋服を、慌ててまともに見えるように縫い直した。縺《もつ》れて垢で固まった虱《しらみ》だらけの髪を庭鋏《にわばさみ》で切った。黒い汁が出なくなるまで潮水で洗わせて、虱取りの粉を噎《む》せるほど振りかけた。海風に髪を晒されれば縁遠い薬だったが、取って置いて良かったと心底千代に思わせた。塩水で洗えば数日もすればいなくなるはずだ。張り詰めきった黒い腕の頑丈な皮膚を見れば、潮でかぶれるような柔肌でもなかった。

本当の名を名乗らせるわけにはいかなかったから、十左《じゅうざ》と名乗らせることにした。若かりし頃、香織の供で付いていった芝居の役者の名前だ。

「椿さまは、お優しい方だから、精々心を砕いて仕えておくれ。いつも小奇麗にして」

最上階までたどり着いた千代は、ドアの前でそう言って、もう一度目元を拭《ぬぐ》った。そして、いつものような品の良い静かな笑みを浮かべて。

「……椿さま、敷島のお屋敷から下男が到着致しました」

声を掛けて扉を叩くと、中から、いいよ、と小さな声が掛かる。

千代は数瞬、決心の時間を奥歯で作った。それから、きっと顔を上げ、扉を押し開けた。

厚いドアを開き、男を中に招いて、十左が驚く様子に床を睨んだ。

変わらぬ雅《みやび》と喜ぶだろうか。或いは敷島の屋敷と違う様相に、ただ興味の目を見張るだろうか。

敷き詰められた長い毛足の絨毯《じゅうたん》は褪せた緋色で、見事な細工を施された箪笥《たんす》が壁一杯に並べられている。ほんのりと焚《た》きしめられた百歩《ひゃくぶ》の方《ほう》。贅沢な黒檀の格子《こうし》天井からは薄紫の風に引かれた雲のような薄い羅紗布が幾重にも垂れ、その下には大きな大きな高い褥《ベッド》がある。そしてその上には――――。

放り出された白い腕、ぼんやりと天井を見つめる瞳。花弁を噛んだように赤い唇。白璧《はくへき》もかくやの白い肌。絹糸のような髪が、見慣れても驚くほど淡い色で真っ白の絹物の布団の上に散っている。

痛ましい姿だった。

おかしな薬は椿の身体を傷め、酷く発熱させた上に、苦しい幻覚を延々と見せ続けている。

昨夜もうなされて、まともに眠れた様子はなかった。

壊れた玩具のように汚濁《おじょく》と血に塗れて放り出される椿を清め、目のやり場に困りながら手当をして着替えさせるのももう慣れたものだ。

「椿さま。十左と申します。本日から椿さまのお世話をさせていただくことになりましたので、どうかお見知り置きを」

横目で合図をしても気が付かない、椿に見とれていた十左は、袖を強く引かれて慌てて頭を下げた。

「十左は口が利けません。が、何でもお申し付けくださってけっこうです。良くできた下男でございますから」

「————…そう。私が椿だよ。……宜しくしておくれね」

寝返りを打ち、こちらに少し顔を向けると、辛そうに、ベッドの中からそれだけ言って、椿はまた、動かなくなった。

「……」

十左は、椿と千代を代わる代わる見た。

それが何を意味するか悟った千代は、さらさらと辞去の意を述べ、部屋を出た。

厚い戸を閉め、階段を半分ほど降りてから。

「許したわけではありません。肝に銘じなさい」

許される罪ではない。

滑り落ちてゆく運命と言う名の崖に、最後に立てた爪を剥いだのはこの男だ。椿を不幸にしたのは、間違いなくこの男のせいであることは、自分も、椿も、あの高男たちも知っている。

「はい…」

十左は、低く、小さな声で痛むようにそう答えた。


千代の部屋は、椿の居る部屋から二つ下がった場所にあった。

元が、細い石造りの高い灯台であるのだから、一階につき、一部屋、下に向かって広くなったと言っても二間が精々だったから、灯台部屋を除く居室の最上階が椿、その下が椿の世話をするための細々の部屋で、さらにその下に千代の私室がある。

この灯台には、親しんだ日本風のものは何一つ設《しつら》えられなかった。ほとんどが珍しい唐渡か舶載の品物で、床も、畳ではなく木で張られ、囲炉裏《いろり》ではなく、暖炉があった。

開国と言っても、物語のように家の奥まった場所で聞くしかなかった千代は、和風というならこの上なく日本人的に暮らしてきたのだから、初めは心細さと使い勝手の悪さに泣いてばかりいたが、病弱の椿の世話に必死で、どの辺りから完全洋室のこの塔に慣れたか、自分でも思い出せない。

「……どうでしたか、久しぶりの椿さまは」

小さな洋卓《テーブル》に向かい合って座り、険《けん》のある声音《こわね》で静かな怒りのうちに、細い眉を歪め、皮肉に千代は訊《たず》ねた。

十左が椿を目にしたのは、あの日、五年前以来だから、さぞかし面影も変わっているだろう。自分も、目の前の男がこんなに様変わりするとは思いはしなかった。

そして、こんなところに閉じ込められてまで、一生のうちに再びこうしてまみえるとも。

「相変わらず、お美しく、たおやかにお見受け申し上げました。ただ、……どうして……」

十左が言いたいことは解った。

椿は小さい頃から香織に似て、確かに身体が弱かったが、それでも身体を起こせないほど病《や》みついたことはなかった。長く寝込んだことは確かにあるが、それは、……この男と共に去ったことだと、この男は思っているに違いなかった。

それに、すでに覚悟をした言葉を千代は差し出した。

どうせ知れる真実だ。取り乱されて何もかもが水の泡に消えるより、多少の屈辱と引き替えに、今度こそ取り返しのつかない事態に陥ることだけは避けたかった。この男が寄越されたからには、高男たちによる、あからさまな嫌がらせが今後行われるのは確かだったからだ。

「ご本家の高男さまと満流さまは、椿さまのお身体をお気に召しあそばして、椿さまに異国渡りの妙な薬を飲ませたり、惨《むご》い扱いをなさったりするのです。昨日もまた、同じ薬を飲まされたらしくて、一晩中、胃の腑《ふ》のものをお戻しあそばして……」

目元を拭うのを堪えて、気丈に答える千代に、十左の視線が訊ねた。

十左が知るのはあの日のことまでだ。それ以降、彼も同じく、別の場所に閉じこめられ罰を受けて、今まで一切誰の目にも触れず労役に就いていたのだから、その後の椿がどうなったか、知る由《よし》もない。だから、尚更。

「旦那様さえ生きていたら」

千代は十左をそう責めた。

けれど。――そうでなかったらと、思わない日もなかったと、言い切れない瞬間もある。

唇を嚙んで俯《うつむ》く十左に、千代は一度眉を寄せ。

「何があっても高男さまたちにお逆らいでありません。逆らっても何一つ変わりはしないのです。椿さまへの扱いが酷くなるだけですから」

十左は、無言で頷いた。そして。

「……椿さまの…お目は」

問われて、千代は口元を歪ませて笑った。

「斬《き》り殺されないのが答えと思うがいい」

椿の目が潰されたのは生後間もなくの頃だ。医師の診断によると、角膜はもとより、瞳の奥まで針で散々に掻き回されていて、西洋医学にはあると言われる、眼球の移植でもしない限り、見えるようにはならないと言われていた。

「お前は知っておくべきでしょうね」

と言って、千代は周りの気配を窺《うかが》った。

あの兄たちも、主人も知らない事実だ。極一部の人間以外、椿の目は病《やまい》で失われたと思っているし、その極一部も、香織の乱心として斯《か》くも愚かしやと公然と捉《とら》えるにあるところだ。

ここに送られたからには、何が漏らされても不思議ではない。そして何より、――――ここにいて、椿をしばしば見るからには、あのとき、自ら望んで与えたあらぬ誤解を奪い上げ、椿のために、そして何より香織のために、本当の事情をこの男に言い聞かせておきたかった。

「奥様は……、椿さまの御母堂様は、椿さまをお産み参らせる以前からお身体を悪しくしていらしてね」

もともと身体の強いほうではなかった。食が細く、良く熱も出した。

そんな、少女だった香織を庭に見初めて、二年、有吉は通ったという。彼女の両親は、そんな難しい家ではなく、裕福で平凡な商家の奥向きにでもやろうと思っていたらしい。

旧家の内儀など、どれほどの重圧だろうと、自身がそれである香織の実家は随分反対したらしいが、有吉の余りの熱心さに最後は両親が根負けしたのだと、何度も聞かされたことでもあった。香織が徐々に絆《ほだ》される様もこの目で見てきた現実でもあった。

愛されて、結婚は幸せだった。夫はまめで大切にしてくれると、何度も品物と共に香織の実家に書簡を代筆した。一向に子を宿す気配がなくとも幾年経《た》っても夫君の誠実は変わらず、庭先でそっと手を取り合う様は、誰しもがため息をつくような、深い愛情と絆《きずな》を見せつけた。

けれど、旧家の家元に嫁ぐのは、本人たちばかりが幸せであれば良いわけではない。跡継ぎを成せない不安。側室に引けを取る悲しみと自責。実家の不名誉。けれど、ようやく訪れた妊娠は、決して喜ばしいだけのものではなく、心に引きずられるように香織は身体を弱らせるばかりで、椿を産む寸前などは、起き上がれなくなっていたほどだった。

かたや、美貌に長けた繊弱《せんじゃく》の佳人。

かたや女の賢さと丈夫さを評価され二人の男子をたわいなく挙げてみせた女。

しかし、子を捧げても、愛らしく儚いばかりの女に勝てない哀れな妾を陰で石長比売《いわながひめ》と呼ぶ人もいて、香織の激しい悪阻《おそ》にしても、病み細るばかりの身籠もる間中の重なる病事も、人は神代の物語を引き立てて、多少の嘲笑と共に語るのを千代自身も耳にした。

膨《ふく》らむ腹の重たさを抱えきれず、やや子の血も賄《まかな》えない。心の臓が弱り、脚気《かっけ》が起こり尚細った。水の溜まった肺で細く喘いで苦しむ様は、馬鹿馬鹿しいと思いながらも、かの姉姫の、神話の呪いではないかと思うほどの悲惨な苦しみようだった。

《千代。お前にしか頼めるものはおりません。私が儚くなったあと、この子はこの屋敷の中

で一人になってしまいます。人の欲とそねみの渦の中にたった一人で取り残されるのです》

正式な跡継ぎとして、十五年も育った側室の長男、そしてすげ替えるにも、下には軍役に出さなかった体裁の悪い次男がいた。何度立場を諭しても、見せつけるように香織の元ばかりに通う夫を、側室はどのような気持ちで見ていただろう。そこに、椿が生まれたら。

心労のせいか、呪いのせいか。

二月近くも早く、五日間、苦しんで香織は小さな男子を産んだ。仮死で生まれた赤子は泣かなかった。

瀕死の香織はそれでも、死産だったと言って、その子を里に隠してくれと必死で千代に訴えた。けれどそれも見つかり、叶わなかった。

せめて、と、もう先がないのだと誰もが知る香織は一生を掛けた願いを夫に誓わせた。

自分に名を付けさせてくれ、と、首が落ちると、お上や武家に仕える華道家が最も忌み嫌う、椿と言う名をその子に付けた。少なくとも元服まで人前に出せない名前はそのまま、側室の長子に家督を譲るとの、事実上の申し渡しだった。

それでも、香織を愛してやまない夫は、どれほど禁忌の名前でも、愛した香織との間の子どもこそを嫡男にするのだと言って聞かなかった。だから。

――――あどけなく眠る赤子の横で、香織は、静かに針をとった。

《椿には…。この世の地獄を見せたくないのです。人を愛しても地獄、愛されても地獄…》

「椿さまがいらっしゃる限り、争い事は避けられませんでした。醜い権力争いから、椿さまを遠ざけるため、御母君たる御自らのお手で、椿さまの瞳に針をお当て申し上げたのです。決してご乱心あそばされたのではなくて……長い間深くお悩みあそばされた挙げ句の御配慮なのですよ。けれど」

そう言って、千代は、唇を噛みしめた十左を見た。

そうまでして、全てを捨てようとした香織と椿の辛抱を、この男は叩き壊したのだ。

「十左」

もう二度と、その名を思い出したくないとばかりに、千代は以前の名前でなく、新しい名前で、十左を呼んだ。

「決して忘れてはなりません。——お前は、椿さまの仇《かたき》です」

あの、雪の日。

椿の目の前で、椿の父親を斬り殺した。

声を聞けば十左がわかる。十左が十左であることが。そして十左が父親の仇であることが。

「……はい」

十左は、よく焼けた顔の寡黙な唇を結び、濃い眉を寄せて小さく答えた。

歪んで聞こえる潮騒は、鼓膜の奥を縦横に揺する、目眩《めまい》のような耳鳴りだった。

「……ふ……っ……」

力なく手首を敷布に投げて、椿は熱に倦《う》んだため息をついた。

震える手首を持ち上げる。やり場がなくて熱い額に乗せた。割れるほど頭痛は酷く、けれど痛みさえ、熱と衝動に追いやられるかに、鼓動を感じさせる疼《うず》きに過ぎなかった。

「ん……」

苦しくて、緩く悶《もだ》えた。とろとろとした何か熱いものを湛えているかの下腹は、そんな緩い動きにさえ、煮えた蜜のようにねっとりと揺れ、蕩《とろ》け溢れそうだった。

けれど、いっそ零してしまうには捨てがたく、恐怖すら覚えて、それは煮えたぎった己の内臓なのだと、零れる涙で自覚する。

「……っ…」

千代の言うような屈辱は感じない。抱いて生まれた運命は自分にそれを強要し、また生きてゆくために、それは必要だったから、それに甘んじなければ仕方がなかった。そう生まれついたのだ。選べる道は他にない。

ただ、何故《なぜ》生きていなければならないかと、そう問われると、わからない。この塔の主は自分で、自分が居る限り、この灯台には灯りは灯《とも》り続ける。

けれど、自分という、取るに足らない灯りが消えたとて。

「は……。…ッ…」

何事もなかったかのように、また誰かの手で、別の灯りが灯されるに違いないのに。

火照《ほて》る息。勃《た》ち上がったままの欲望。薬を使われた翌日はいつもこうだ。

狂うかと思うほどの快楽のあとに来る吐き気。高熱。水分を絞りきるように、涸《か》れて死んでしまうほど苦しいのに、捲《めく》られた内臓は腫れて痛むのに、身体は昨日と同じものを欲しがる。身体の奥を深く貫くものが欲しい。搾り出すように与えられる刺激が欲しい。

「……ん…」

椿は堪えるように、詰めた息を震えながら長く吐いた。

波の音が聞こえる。永遠に帰《よ》せ続ける重波《しきなみ》の目眩。

子守歌の代わりに聞いてきた音。鼓動のように途切れない、逃れられない唯一の音。

押し包まれるかの、鼓膜で歪み重なるざわめきに呑まれそうで、椿は火照った耳を摑《つか》んで身体を丸めた。

苦痛とやるせなさを感じながら、人の肌を求めている自分が居ることを椿は知っていた。

温かい誰かの肌が欲しい。気配が欲しい。

千代のそれは忠義であり、見護る者の、完全に一線を引いたそれとは違う。本当にいとおしんでそれを与えてくれる人はいないと知っているから、せめて、温《ぬく》もりだけでも。

馬鹿だと思った。

そんなものはあるはずもなく、少なくとも自分に向けられるものなど一つもないのに。

「……ぁ…っ…」

想像するだけで、背中がぞくんと悲鳴を上げた。鼓動の中心を置く場所がまた緩く張り詰めて行くのが分かる。体内から叩く鼓動は、肌を破って奇怪な生き物を飛び出させそうだった。その肌さえ空気との境が滲《にじ》んで薄く、だらしなく曖昧《あいまい》に蕩けている。

身体の中で、また熱がうねり始める。拮抗《きっこう》する悪心《おしん》と快感。呑まれる苦痛を知っているから、椿は、快感へと縋るように手を伸ばす。

「ん……くぅ…」

身体を丸めて、指を二本咥《くわ》え込ませ、腫れてまだ閉じられない場所に擦るように抜き差しする。指を絡ませて、彼らがするように、少し痛みを感じるほどきつめに扱《しご》く。

楽になりたい。眠りたい。吐き出してしまいたい。

この熱から悲鳴を上げそうな衝動から解放されたい。穏やかでいたい。そして願わくば、温かく、安らかな胸があれば、どれほど報われるのか。

想像は、罰で。

寂しさを揺り起こし、孤独へと閉じ込める。

ありえない。もう愛されるはずがない。母親の温もりも知らず、曖昧な絶望と引き替えに父をも亡くして。一生閉じ込められたまま過ごすこの身には、永遠に与えられるはずがない。

——常世波《とこよなみ》に誘われて、長い夜が来る。

永遠に明けない、海界《うなさか》に攫《さら》われるかの長い夜が。けれど。

「……ん……ッ……」

指に、温かい体液が弱々しく僅かに飛沫《しぶ》いた。絞りつくしたあとの身体は、沁《し》みるような痛みと共にだらしなく滴《したた》らせただけだった。

暗闇の中、熱に溺《おぼ》れる苦痛を、蹂躙《じゅうりん》される身体を受け入れてはいても。

「あ――――あ、あ――――っ…」

全てを諦められるほど、強くはないのだ。


本家に呼び出されるのは殺される日だと、十左は思っていた。

その日も朝、夜が明ける前まで石臼を碾《ひ》いていた。

名を捨てた他の数名の男たちと共に、大きな二間もあろうかという石臼を回す。石臼の下の深い溝に、京女の白粉《おしろい》にも足るようなきめ細やかな白い粉が、小さな滝に掛かる清水のような清らかさで滑り落ちてゆく。

雑穀や蕎麦《そば》、麦。そのままでは安価なものを、脱穀し、惜しげもなく厚く搗《つ》き、石臼で細かく磨りつぶせば高価な品となった。特に糯米《もちごめ》を碾いた寒晒《かんざら》し粉《こ》は珍重された。きめ細やかで質の良いこの白玉粉が、重罪人の手で碾かれていようとは思うまいと、思いながら碾く余裕があるのは初めの数日だけだった。

汗まみれになって、石臼から張り出た錆びた鉄《かね》の持ち手を押した。四人がかりでようやく回るそれは馬鹿げたほどに重く、鞭打たれながら休みなく一日碾くと、手の皮は一面に剝け、翌日は足腰が立たなくなった。それでも、休みなど与えられようはずもない。

余りの疲労に口の利き方を忘れる。小さく不潔な山小屋に寝起きし、桶で投げ込まれる家畜の飼料のような雑穀を奪い合った。まさに獣のようだった。

危険な仕事や、死人が出るような仕事は必ず自分たちに回ってきた。

実際目の前で、川に流され、大木に押しつぶされて何人もの男が死んだ。身体を壊すものもいたが、医者など見たこともなかった。病死はこの山にある最上の最期だと、皆は羨ましがった。

山犬や狼に食い散らかされて死ぬ者もいた。自殺が出れば我も我もと数人続いた。

他の男たちは、盗みや姦淫《かんいん》を犯してきたものばかりで、罪というなら自分が一番重かった。

何をしたのかと誰もが聞いたが、答えなかった。答えるなとも言われていた。

本家の下男だった自分のことだから、盗みに違いないと、それがまことしやかに罷《まか》り通っていた。姦淫と言うには年若く、もしもそうだとしても目溢《めこぼ》しされる年頃でもあったからだ。

誰も、と、十左は胸の裡深くで笑う。

本家の主の首を刎ねたなどと、ここに一生閉じこめられたきりの罪人たちは思うまい。主が死んだことすら知らない彼らの想像しうる罪は、精々、盗みや喧嘩《けんか》、家人同士の殺し合い、家人の誰か——屋敷には尊い家から預かる女性が多かったから、そのうちの誰かと、通じるのが罪らしい罪で、最も体面が悪いことだった。

「…」

水の入った桶を提げて、長い階段を上りながら、美しくなった、と、忘れたことのない面影を思い返して、十左は目を伏せた。

小さい頃は、いつも千代に不安そうに片側の腕を沿わせて、庭の濡れ縁に座っていた。

記憶の中の椿は、色白で愛らしい子どもだった。

綿毛のような長い髪。紺の絹から垂れた、胡粉《ごふん》が塗られたような白いつま先。

生まれてすぐに得た病で患《わずら》った盲目で、奥の離れに匿《かくま》うような生活をしていた。

見えるはずのない庭を彼はずっと見ていて、自分も、その目の前で、見られるはずのない庭を丁寧に手入れをした。

ひっそりと幸せだった。

椿は自分を信用してくれ、自分が庭を整えない日は寂しがると千代は言った。庭の仕事がなく、本家に手伝いに出かける雨の日を嫌うと、苦笑いもしていた。

数少ない椿の周りの人間だった。それが、災いでもあったのだけれど。

白い傷跡で割れた膝を交互に見ながら、桶の中で揺れて跳ねる水を、椿の居る下の階まで運び上げた。

ここには竈《かまど》があり、湯が沸かせる。

両手に提げた大きな桶を千代は心配したが、これより大きな岩を両手に提げて、ぬかるんだ悪い足場で垣を作る日もあった。しかも、他人《ひと》事のように、眠気に襲われながら昼夜なく延々と続くそれではなく、水汲《みずく》みは日に一度きりのことだ。木桶に汲んだ水など、あと二つ下げても苦痛ではない。

椿が熱を出して、汗も掻いているだろうから、湯を沸かして欲しいと言いつけられていた。椿の腹違いの兄たちが、椿に酷いことをすると言っていた。察しろ、と、自分にだからこそ、千代は嫌悪を滲ませて言った。誰よりも容易だろう、とも。

「……」

確かに、と眉を顰《ひそ》めたが、どうにもならないことでもあった。そして、手を出すな、と言われていたが、それもこの五年で――ではなく、無知で過ごした五年を経《へ》てようやくつい先日、散々思い知ったことだった。

椿を助けたいがばかりに、その父親を斬り殺した。

彼の母親の面影を椿に見る父親が、椿の元に通い、幼い椿にしてはならないことをしていたその真横から、首を。

受け止めきれずに、血まみれで悲鳴を上げながら、実の父親に犯される椿をただ痛みから救いたい、その一心が引き替えるには、五年という歳月は長く、辛く、そして過酷だった。

黙って見ぬ振りをすれば良かったのかと。――その答えは、未《いま》だ出ないけれど。

「……」

針金のような焼けて短く切られた髪を軽く振って、石張りの床に桶を置いた。もう沸かして良いのかどうか、椿の様子を覗いて決めようと、階段に足を掛けた。

階段は螺旋状で延々と塔の上まで続く長いもので、千代には辛いだろうと思われた。日に一度、食料を積んだ船がこの灯台にやってきて、乗ってきた男が、灯台の分銅についた縄を巻き上げ帰って行くと言っていた。それも今日から自分の仕事だ。

ここに到着してからすぐに、この灯台の最上階まで上った。そこには硝子《ガラス》張りの大きな楼閣《ろうかく》と、見たこともないような、巨大な琥珀の塊のような、或いは蜂が練り上げた蜜の塊のような、波打った八角の、柔らかい菱形《ひしがた》に膨らんだレンズがあった。

レンズは水銀の上に浮かんでいて、人が中に入れる大きさであるというのに、その下に巻き付いた台座の縄が解けてゆく力で、くるくると容易に回転する。それを保ち続けるために、分銅を巻き上げ、それが重みで下がる動きでその巨大な灯りの珠を回転させるのだ。他の灯台に比べても、ここは特別高い塔で、一度巻き上げれば最高十五時間は保つのだと、言っていた。その分、巻き上げは重労働だった。

地獄、と言うならどちらが辛いだろう、と十左は思う。

確かにあの山小屋は、地獄に他ならなかった。

明日をも知れぬ峻烈《しゅんれつ》な労働が、死ぬまで与えられるはずだった。噂に寄れば、釈放してやると連れ出された者は、腑分けの材料になることもあるらしかった。比較的若い自分もきっとそうなるのだと確信し、背中に哀れみの目を受けながら山を後にした。毎日が死と背中合わせの恐怖の連続だった。終わる予感にほっとするような、そこは紛れもない地獄だった。

それに比べればここは天国だ。

飢えない食料があり、労働と言っても下男と同じ程度の雑用で、薪割りや荷物の運び下ろしなど、あの山中で行われていたことに比べれば、朝飯前にもならない。

けれど。

階段をもう一巡り上がって、その部屋の前に辿り着く。

「……」

小さな音で戸を叩いて、十左は厚い扉を押し開けた。眠っているかも知れないから、返事がなくとも覗いて良い、と言われていた。

案《あん》の定《じょう》返事はなく、まだ湯は沸かすべきではないと、十左は判断した。

薄暗い部屋は、死んだように固まって何も動かなかった。

知らず、十左は扉に、手を握りしめていた。

《助けて……!》

幼い声が耳に蘇《よみがえ》って、目を伏せる。五年間、一度も忘れたことはなく、あれで良かったのだと、それを支えにどんな罰も労働も、耐え抜いた。彼の幸せと自分の罰こそが引き替えのような気がして、仕事や罰が辛いほど、嬉しく誇らしくもあった。

子どものくせに、声を上げて笑う人ではなかった。生きていてはいけないものだと知っているように、そっと焦点を持たない瞳を細めて微笑《ほほえ》む子どもだった。

「…」

この間に薪を、と十左は思う。島影の向こうの雲を眺めれば、海に刺さった雲の脚が見える。夕方から雨になりそうだった。

静かに、扉を閉めようとそっとそれに手を当てる、そのとき。

「……け、て……ぇ……っ……」

細い、声がした。苦しいのだろうかと思って、十左は扉を閉める手を止めた。

「い…や、だ……！」

「……」

ぐずるような涙声が苦しげに上がるのに、そっとまた、音もなく扉を開いて中の様子を窺った。

天蓋の中で緩くのたうつ白。苦しげな吐息は熱を帯びて熟《う》れた苦痛を訴える。

「う――…」

泣き声のようなそれに引かれるように部屋に踏み入った。

垂れ落ちる、裂けた襦子。

大きな窓向こうには手すりの高い半円のベランダが冷たく広がるだけだ。

薄暗い小さな部屋には、すすり泣きと、饐《す》えた性臭が満ちていて、淀《よど》んだ空気を掻き分けるように、十左はそれを発する薄布の膜に近寄った。

小さな籠居《かごい》のような褥。

足音は殺さず、ただ、わざと聞かせるようなこともせず。そこには。

「は……っ、あ、あ……！」

身体を丸め、真っ赤に腫れた下の口に、自分の細い指を咥えさせる椿がいた。

「ん、く……う……っ…！」

薄められた血が、点々と桃色の染みを画く。

それは快楽に浸る、と言うより、身体の中に潜り込んだ、おぞましい寄生虫を引きずり出そうとするような必死な様子だった。

開いた赤い唇は切迫した息を刻む。惜しげもなく零れ落ちる涙。つんと尖《とが》った鼻筋が埋もれた枕は、涎《よだれ》と吐き戻したもので汚れ、少し碧《みどり》色がかった琥珀色の目が虚ろに潤んで開いていた。

「あ……、あ——……」

指の間に糸を引かせ、痒《かゆ》みがあるような様子で、華奢《きゃしゃ》な指を抜き差しする。掻き毟《むし》ったのか、指は血まみれで、それでも何の痛みも感じていないように粘膜を擦る指は、死に晒されたものの必死さだった。

だらしなく精液は溢れ続け、射精と言うにも区切りなく、唯、溢れては張り詰めるそれを、制止するように握りしめる手は、首を絞めて殺そうとするかのようだ。

「うあ、あ……！」

淡い色の髪を涙で濡らし、汗に塗れてのたうち回る。

快楽、と言うには惨いといった、千代の言葉を思い出した。耽《ふけ》るにしても真っ当な快楽の範囲などとうに超えていることも明らかだった。

「ン……」

手首に血が伝う。彼は身体の中を掻き毟る動きをしていた。逼迫《ひっぱく》した息が、大きく深く何度か繰り返された。

熱の呼吸で焼けた胸が、ささくれた音を立てていた。

痛むのか、ほっとするのか、息を吐き緩く髪を振りながら、虚ろな目から幾つも涙を零す。狂った身体を鎮めようとしているらしかった。けれど。

「や……ぁ…」

火に油。そんな様子で、彼が急に跳ねる仕草で苦しんだ。極めるほどに引きずり込まれ、息をするような僅かな間には、我に返ったかのような痛みと、浅ましさに不意に晒されるかの羞恥《しゅうち》をも伴うのだろう。

そこには卑猥さなどなかった。ただ、どうしようもなく痛ましい肢体が苦しんでいた。

沼に嵌まった白鷺《しらさぎ》のようだった。白い羽根を汚れ散らし、鈍色《にびいろ》の粘った泥に引きずり込まれるまま、しなやかな翼と長い手脚を為す術《すべ》もなく折ってゆくような。

「…」

ベッドに近寄った。その端にそっと腰を下ろし、彼が気配に気づく前に、汗ばんだ背を撫でた。

重い物を持たず、この塔から出ることも出来ない。

そんな彼の背は薄く、撫でる脇腹には横に走った骨が微かに触れた。

「だ……れ……」

見えない彼は問うた。けれど。

「ン――――……！」

千代の小さな手でなければ、彼の兄たちの乱暴な手でもなく、だとすれば。

「下がっ……っ、う……」

自分であることを、彼は解っていながら、それでも自分が下がるまでの間を待つことも、その身を布で隠す余裕さえない。

「見るな……」

諦めた声が絶え絶えに命じた。擦りすぎた性器には細い縄目の跡が付き、赤い点状の鬱血《うっけつ》が浮かんでいた。散々に弄《いじ》られ空気が触れても痛みそうに赤く腫れたそれは。けれど、多分。

「……」

十左は、その痩せた肩口に額を押し当て、横に振った。

今日下がっても、どうせ、いずれ、これを見ることになる。ならば、

「じゅう、…ざ！」

下腹に腕を通して持ち上げると、あの水の桶より遥かに彼は軽かった。腰を上げさせ、はずれた指の代わりに。

「あ！　あ――――！」

自分のそれをゆっくり押し込んでやる。

「……」

酷いことはしないと、言う代わりに、血の流れた尾てい骨の辺りに唇を押し当てた。裂けて血を流しながら腫れる哀れな小さな口元は、奥まで開かれて淫らに薬で爛《ただ》れていた。含ませる指に返る感触。荒れたそれさえ、蕩けそうに柔らかく包んで呑み込む動きでうごめくそれに、自らの肉を差し込めばどれほどの快楽で迎えられるだろう。そうは思っても、

「あ！　ひ、ぃ……！」

彼の密《ひそ》やかであるはずの場所は、余りに傷つきすぎていた。踏み荒らされ、裂かれ、毒液

を塗り込められて、爛れ溶け、血を流していた。閉じることも出来ず、女以上に柔らかく、無防備な柔らかい粘膜を開いて傷口を晒していた。そんな不憫《ふびん》な場所を、たとえ本人であろうとも、薄く細いが故に尚、刃物のようにも見える爪で斬りつけ続けるというのは、到底忍びないものだった。だから。

「う……あ……！」

荒れてささくれた指だが、掻き毟るよりましだろう。重労働と傷で、節の立った指だが、指先を曲げて、故意的に内臓ごと掻き出すように引き毟るよりはきっと優しいに違いない。

吸い付く音で迎える場所に、奥まで指を挿《さ》した。

「うああっ！」

半端な刺激に痒がって暴れたからもう一本。指の真ん中辺りの太い関節を呑み込ませるとき、悦がり声にも聞こえる悲鳴を耳にしながら、そのまま指を重ねて彼の中に押し込んだ。

「ふ……っ、う……」

四つんばいで、真っ赤に腫れた場所に指を抜き差しされながら、彼は敷布を握りしめて湿った髪を振った。握ったままの欲望から、それを請け負ってやると、彼は細い背を反らして伸ばし、枕に縋り付いて、声を噛んだ。

いやだ、と。一言。彼は何度か繰り返した。

下男に素肌を見られる屈辱と、ましてこんな狂態に手を触れられるおぞましさ。

重々承知している。けれど、どうしてこれを放っておけるというのか。それに。

「……」

その白い肌の眩《まぶ》しさに目を逸《そ》らしながら。

「ああ、あ！」

椿は。

仕方がないと、割り切るだろう。薬がさせることだ。下男がそれを処理するのは、ある意味食事や排泄《とう》の世話をするのに等しかった。

「……」

十左は声を決して出さないよう、奥歯を噛みしめた。指を出し入れする粘液の音だけが酷く響いた。

彼が本当に自分を憎むのは。

千代が言うように、自分が彼の仇であると、露見する日なのだと、十左は思い。

「い、あ！」

熱く柔らかい椿の身体に節くれ立った指で、丁寧に指を抜き差しする。たわいなく溢れる、射精とも言えない力ない飛沫《しぶき》で反対の手を濡らしながら、濃い眉の根を、頭痛がするような重い錯覚に寄せた。

「んく……ぅ……！」

《助けてえ……っ……！》

幼い、白磁を刻んだような白い肌。水鳥のような華奢な剝き出しの肩。見えない目から零れる涙と、悲痛な悲鳴と。

「――――！」

あの日の幻影が重なって、目眩がする。

† † †

記憶の底は、いつも雨だ。

落ちぶれ浪人の子と、石を投げられ泣いて家に帰った日も、父が死んだ日も。

長兄が東京に下った日も、梁《はり》に首を縊った三番目の兄が縄から下ろされ、戸板に乗せられたそれに泣きながら縋ったその日も。

古い長屋を追い出された。東京の兄とは連絡が取れず、大阪に養子に行った次兄からの返事は返ってこなかった。

首吊りを出した家に、部屋は貸さない。

それが長屋の常識で、ましてや残ったのは賃など払えない幼い自分だけだったのだから、大家は手に握れるほどの駄賃をくれ、どこか親類を当たれと自分を二度と家に入れなかった。

貧しい家財道具は、畳の替え賃になるのだと彼らは言って、何一つ自分に形見を取らせなかった。

二人の兄の居場所など解らなかった。解っても到底路銀には足りず、訊ね歩く知識も強さも、つまはじきで育った世間知らずの自分にはなかった。

東へ歩き、数日その金で、食いつないだ。あっと言う間に消えるほどの金だった。

飢えて、疲れて、宛もなくて。途方に暮れながら、何日歩いただろう。

もう何にも逆らう気など、起こらなかった。路傍《ろぼう》に倒れて、虚ろに雨を見ていた。

行き交う人も見えなかった。馬車に水を跳ねられてももう何も感じない。草履《ぞうり》を片方、どこで失ったかも覚えていない。目に虫が纏っても瞬《まばた》きをする気も起こらない。そんなとき。

張りのある西陣織《にしじんおり》の鼻緒に、真っ白の足袋《たび》が目に入った。

《身形《みなり》からすれば、武家のお子かね？》

それが、椿の父、有吉との出会いだった。

どう受け答えたかは覚えていない。すぐに入れ違いにやってきた若者に、身体を掬《すく》い起こされ、引きずられるようにして雨の中、馬車の後を追った。

連れてこられたのは、大きな、城のような屋敷だった。

延々と白塀に囲まれた屋敷を、息も絶え絶えで走って巡《めぐ》り、裏口から中へと入る。

今日からお前はこの家の子だと聞き終わる前に、頑《かたく》なに結った髷《まげ》に鋏が入れられた。

維新が成っても決して髷を落とすことを許さなかった兄が見たら、どれほどの勘気に触れ、叱られ打たれるだろうと悲鳴を上げそうになった。そもそも、長兄が東京風の短髪にしたのを、その三番目の兄が気にくわなかったのが、この絶縁の喧嘩の始まりだった。

けれどその兄も、もう――この世にはいない。

びしょ濡れのまま、肩に禿《かぶろ》に落ち掛かった髪を短く刈り込まれた。襟足は、結っているのと変わらないくらい、月代《さかやき》など形ばかりに伸び生えたそれに合わせて、他の使用人よりも少し短めに切りそろえられた。

庭番を申しつけられた。腰の曲がった老人が自分に仕事を教えると言った。

案内された屋敷は広く、父の思い出話に聞くばかりで城内など知らない自分は、これこそが城のように思える大きさだった。

この庭は、素人《しろうと》があたれるような庭ではないと老人は言った。

庭、と言うより見渡す限りの苔《こけ》の毛氈《もうせん》がそこには敷かれていた。終わりのないそれは山際まで続き、そこには池も、築山《つきやま》もあり、川までもが流れて橋が架けられていた。

どこまでが家で、どこからが山なのかも解らぬほど広大な庭園だった。

自分たちの仕事は、庭師が手入れをしやすいように、枯れ枝や落ち葉を片付け、草を毟ること。枯れかけて見苦しい花を摘んで回ること。庭師が刈り込んだあとの片付けを行うこと。

庭番頭の老人はそう言ったが、あの庭を見れば、一生懸けても終わりそうには思えなかった。

それを訴えると、彼は笑いもせずに、お前は離れの番じゃ、と、あの表門を任せるなど、到底できる身分にはないという口ぶりで言った。

翌日から、奥と呼ばれる使用人が寝泊まりする建物の庭で、庭の手入れを習った。

下草を刈り、来年の花の養分まで吸い取る枯れかけの花を一つ一つ摘み取る。落ち葉を掻き、屋敷中から集められた呆《あき》れるほどうず高い、捨て場の端にそれを捨てに行く。

奥には様々な年齢の男たちが寝泊まりしていて、特に自分と同じ年頃の子どもは、同じ大部屋に詰められていた。そこで皆、自分の身の上話や、どうやって屋敷に上がって来たのかを争うように聞きたがったが、到底話す気持ちにはなれなかった。すぐに疎遠になる空気が流れたが、今はそれすら有り難かった。

天涯孤独。兄たちが生きている以上、それとはまた違うのかも知れないが、実質、酷くそれに相応《ふさわ》しい身の上で、話すことなど、何もない。

そして、そんなある日、庭番の五兵衛《ごへえ》という老人に、離れに行くと言われた。仕事ぶりは良いようだから、その五兵衛と共に、今日から離れの仕事を行うのだと。

離れと呼ばれる邸宅は屋敷の一番奥まった場所にあり、自分はまだ行ったことがなかった。白い塗り塀のどん詰まり、屋敷の所々にある番所の前か屋敷の中を通らなければ行けない場所にあり、普段は出入り禁止の場所だ。

奥から使用人が通れる屋敷裏を通って、離れに行くのは遠かった。渡り廊下を潜り、石畳を歩き。何しろ巨大な屋敷を一周するような距離を歩かなければ、他に道がないのだ。

その道すがら、五兵衛は、歯の抜けた聞き取りにくい声で、自分に仕事のあらましを言い聞かせた。時折小走りで懸命に、腰の曲がった五兵衛に身を屈《かが》めて耳を近づけながら、必死でそれを聞き取る。

ここには、《椿さま》と言う小さな主と、その世話を焼く女中が棲まうこと。庭は小さく、手入れはしやすいが、わけあって、通常の庭よりも徹底して地面の小石や枝を拾い尽くすこと、この庭は、他の庭に比べ、庭全体の隆起がないこと、代わりに一カ所に固まった前栽《せんざい》や塀際は、常に花が絶えないよう作ってあるから、まめに花を摘み、次の花を邪魔させないこと。自分たちが立ち入れるのは、苔の上までだけで、離れの建物をぐるりと囲む白い真砂《まさご》には、砂目を作る専門の職人が居るから、そこに立ち入ってはならないこと。

それに一々、はい、と、答えながら思いがけず足の早い五兵衛を覗き込むようにして、転がりそうな前のめりで付き従う。

そして五兵衛は、最後に、努々《ゆめゆめ》、と硬く自分に言いつけた。

離れの様子は決して家人にも話してはならないこと、何が起こったか、どんな様子か、誰がいたか、何を聞いても、それを漏らしてはならないこと。

それを聞いて、自分が何故、そこに遣られたかを、理解した。

口が固く、ここで友人らしき友人を作ろうとしない。半ば孤立した状態がこの先改善するようにも思えないのを、五兵衛や他の大人たちはこの半月余り、観察していたのだろう。

だったら自分も気が楽だ、と、自嘲しながらそれに付いて、離れへと入った。

離れは、閉鎖された袋地《ふくろち》のような庭だった。幾つもの白壁の倉に囲まれた、この屋敷の中では小さな棟があり、それに相応しい小振りな、庭がある。荘厳な趣《おもむき》の屋敷の庭に比べれば、どこか、愛らしく、樹木よりも花が多いような可憐《かれん》な様子の庭だった。

五兵衛は、ここが椿さまのお屋敷じゃ、と、言い、聞いていたとおりの、縁を囲む白真砂の手前で待つように言いつけ、縁の外から声を掛けた。

障子の中から、若い女中が一人出てきて、話が通っていたらしく、五兵衛の顔を見るなり、すぐに中に戻って人を呼びに行ったようだった。

《椿さま》は、まだお小さく、御身体が弱いのでここで静養なさっていらっしゃる。

そう聞いていた。

こんな大きな離れを与えられ、大事に仕舞われているのだから、余程愛された姫なのだろうと、思いながら、五兵衛の後ろに控えて中からの沙汰《さた》を待つ。

別の障子がさらりと開いた。中には几帳《きちょう》が立てられ、出てきたのは几帳面そうな小柄な初老の女だった。

女中はさらさらと淀みなく口上を述べ、椿さまのために尽くすよう自分に命じた。異存はなかった。

その《椿さま》は。

几帳の陰から幼い声で、酷くおっとりした様子で、ご苦労、と細く呟いた。か細いくせに男勝りな口調だと不思議に思った記憶があった。

離れでの仕事は気に入っていた。

小さい、と言っても毎日草を毟っても、かかり切りでも日が暮れる。躑躅《つつじ》の下から枯れ葉を掻き出すだけでも、運び出すのに半日もかかった。風が吹けば広大な庭中に落ち葉が舞い散って、早朝目《ま》の当たりにして、途方に暮れることもあった。けれど、人は滅多におらず、時折女中の姿を垣間見るくらいで、仕事に集中できた。

奥部屋の若い使用人たちとは相変わらず疎遠で、自分が奥向きの雑用ではなく、離れの仕事に当てられたのが気にくわないらしく、嫌がらせが酷くなっていた。

布団に水を掛けられたり、持ち物を隠されたり、示し合わせて食事を早く終わらせて、自分が戻るときには全てが片付けられたあとであったり、どうやって取り入ったとか、旦那様の色小姓、とすれ違いざま詰《なじ》られもした。だから、頭を空っぽにして庭を清める仕事は自分を酷く楽にした。余計に一心になった。今までのことを思い出す間もないくらい懸命だった。

奥の皆がわざと壺を割り、自分のせいにしようとしたときも、大人はそれを見抜いて自分は不問になった。誠実を買われる初めての出来事だった。

雨が降っても庭に出た。その日も霧雨だった。

「……」

目に落ち掛かる雨を軽く袖で拭い、箒《ほうき》を握った。

髪も、月代の跡がもうわからないほどに馴染み、池に映せば、もう武士だと名乗れる様子ではなくなっていた。

流されて行くのだと思った。どこへかは、解らなかった。

武士でもなく町人の子でもなく生まれ、今は堂々と名乗る名すらない。

この果てのない庭を清めて、それから。それから――――…どこへ？

「――――…」

ため息を一つつき、庭を掃く。考えても詮無いことだ。川の水とて、流される海の場所など知りはしないのだ。

そのときふと、普段は開かない障子が開いているのに気が付いた。

――――そう言えばまだ、《椿さま》を見たことがない。

そう思ったときだ。

その障子から、ころころと、何かが転がり出てきた。色鮮やかなそれは縁を転がり、――――白砂利の庭に勢いなく落ちて、止まった。

《椿さま》のものかと思った。しばらく見ていたが、誰も拾いに来なかった。

転がり出たのに気が付かないのか、或いはこの霧雨に躊躇《ちゅうちょ》して、傘でも探しに行っているのか。

誰も出てくる様子はなく、せめて縁に上げようと様子を見ながら側に近寄った。その時だ。

恐る恐る、小さな影が障子に縋るようにして外を覗いた。

歳は十、或いはもっと、幼いか。

小柄で、耳を覆うほどのふわふわの髪は鳶《とび》色で、大きな眼が印象的な酷く色白の子どもだった。男の子か、女の子か、判断しかねて、ようやく水色の着物に濃紺の帯に、男の子だと判断した。そして。

この離れにいる子どもは。たった一人。

子どもは雨を恐れるように障子の際で、躊躇していた。その不安げな様子が、哀れで、そしてどこか微笑ましかったから。

静かに近寄って、一礼をした。それから、転がった鞠のところまで脅かさないようにそっと歩いた。

近寄ってみれば、帯の結びも絹の着物の様子も間違いなく男子で、そして。

それが《椿さま》なのだと、間違いなく思った。

身体が弱いと聞いていた。なるほど頷く色の白さと手の細さだった。

白砂利に転がる鞠は絹糸で美しく巻かれ、雨を弾いてつるつると透明の珠《たま》を滑らせていた。

それを拾い上げ、袂《たもと》で露《つゆ》を拭ってから。

「椿さま」

と声を掛けると、驚いたような顔をしたが、それを叱らなかったから、彼がやはり《椿さま》なのだろう。

「鞠が零れております。お届けしても宜しいでしょうか」

触るなと叱られるか、手を差し出されるか。

躊躇《ためら》いながら待つとき、ふと。

彼の視線がこちらにないのに気づいた。泳ぎはするが結ばず、こちらを見ない。

無視されているのかと、思うとき。

心細げに手だけで障子を探すようにする、彼の仕草に。

「……」

彼の目は見えないのだと知った。

この家は、華道で成る家だ。身体が弱いなら、育てば希望もあるだろうが、目が見えないでは華道家の子息として立ちゆかない。だから、こうして離れに密かに押し込まれ、子息であるというのに姫のように、柔らかい秘密の籠《かご》の中、息を潜めて過ごしているのだろうと悟った。

躊躇って、その不安げなその手を壊れ物のようにそっと取り、息を止めて、手ぬぐいに鞠を乗せて返した。怯えるような受け取るその仕草さえ、酷く人形じみて、けれど、その手は間違いなく温かく、柔らかかった。驚いて言葉も出ない彼に、少し困った苦い笑いが浮かぶのを堪えて、雨の庭を早々にあとにした。

そして、その夕。

ほんのりと、良い匂いのする懐紙《かいし》に包まれ、干菓子の重ねが届いた。届けに来たのは、離れの若い女中だ。鞠の礼に違いなかった。

小さな椿は、それ以来、自分が仕事中であるのを見計らうようにして、何度も縁からわざと物を落とした。庭で気配がすれば自分だと察して、わざと、物を縁から、転がり落としにやってくる。

白い真砂の上に白い碁笥《ごけ》を落とされたときは、絶望的な気持ちを感じもした。けれど。

《有り難し》と書付けられた千代の、一言の代筆と、ひと包みの上等の菓子。

困り果てはしたが、彼の可愛らしさと――寂しさをその小さな懐紙の包みに知った。


それ以来だ。椿が自分を側に寄せるようになったのは。

椿の側はほとんど千代だけと言っても過言ではなかった。

余程、世間に、彼の目の患いが体裁が悪いと思うのか、掃除も膳の上げ下げも、ほとんど千代と、もう一人の若い女中で行うようだった。縁や、大がかりな拭き掃除などは、御端《おはした》の女中が数名入っているようだったが、その間はほとんど襖《ふすま》や障子が立てられ、その中で彼らは息を潜めるようにして、終わるのを待った。

さほどもせず、椿こそが、この家の正式な嫡男であることを耳にした。今、嫡男として本家で扱われているのは、確かに嫡子でも側室腹であると。だから余計に椿の居場所が苦しいのだと。

どうでも良いことだった。離れの中で、遠慮がちに笑う、それが椿ならそれで良いと思っていた。だから。

「……椿さま」

夜闇を忍んで。庭の陰を走って。

縁の陰から時折、椿の部屋の襖を叩いた。手には、真っ赤に熟れた胡頽子《ぐみ》が宝石のように手ぬぐいに溢れていた。

しばらく待つと、中から人の気配がする。襖の建具《たてぐ》を叩くのは自分だけだったから、椿は人目を忍ぶようにして、そっと細く、襖を開けた。

「……今日は、何」

目の見えない椿は、先に手を差し出しながら聞くのが愛らしかった。そうして待たれることが酷く嬉しかった。

「胡頽子でございます。いっぱいまで様子を見ておりましたから、甘いです」

仕事の中に、山での葛《くず》取りも含まれ始めていた。仕事の熱心さと要領の良さを見込まれて、山に連れて行かれるようになった。

家で活ける花に使う、あるいは、花器を巻き飾る葛を山に、鉈《なた》で刈り取りに行くのだ。そこで胡頽子を見つけた。紅く実が房になって、枝が撓《しな》るほどたわわに下がっていた。けれど、山の実は腐り落ちる寸前こそが旨《うま》いのだ。だからわざとそれを残した。摘めば崩れそうに、血のように真っ赤に柔らかく甘く熟れるまで、葛を抱え、横目でそれを見ながら毎日横を過ぎ去った。

当然とばかりに開けられる唇に、気づかれぬよう少し笑って、一つ摘んで、それを入れてやった。

甘い、と笑う笑顔が何よりも甘いのだと、口にはせずに、ようございました、と、自分も笑った。

「それでは、お休みなさいませ」

笑って、手ぬぐいごと胡頽子を手渡した。紅い汁が染みておりますので、お返しくださりますな、と、暗に、礼はいらないのだと、重ねて言った。

椿は、こうして何かを届ける度に、女中を使って菓子や墨などを届けてくれた。けれど、勿論それを期待してのことではないし、部屋の同輩たちはそれを酷く面白《おもしろ》くなく思っていた。ただ、こうして、外を知らない椿に、粗末なものを差し出して、笑って貰《もら》えるのが幸せだった。自分を見ずとも、ただ、綻《ほころ》ぶだけで嬉しかった。それこそが、何よりの褒美だった。

閉じ込められて孤独な椿、果てがなさすぎて孤独な自分。

僭越《せんえつ》だが、唯一孤独を埋め合える相手のようにも思っていた。笑ってくれさえすれば良かった。いつの間にかそれを唯一の願いとして生きる自分がいた。

襖に手を掛け、閉めようとしたとき。

唐突に差し出された手が、当てずっぽうの袂を摑んで。

「……もう行くの？」

泣き出しそうに潤んだ瞳が、闇にそう訊ねた。

「見つかったら、叱られます」

苦笑いで答えた。離れとはいえ、椿は本家筋の主側の人間だ。その部屋に、庭番風情が人も立てずに忍んでいるとバレれば、罰を受け、すぐさまこの屋敷を追い出されてしまう。

椿もそれを知っているのか、今にも零れそうに目にいっぱい涙を溜め、もう一度ぎゅっと、袖を摑んで。

「……また来て」

ようやくの様子でそう言った。また参ります、と答えると、いやいや袖は、離された。

名残《なごり》惜しい、その表情以上に自分も寂しかった。引きはがされるようだと、生まれて初めてそう思った。

恋しいと、寂しいと。

障子を閉める瞬間。落ちた涙が目に留《と》まって、振り切るように、庭に駆け出した。

仕事着の、袴の裾に墨が掛けられていた。

これは椿から賜《たまわ》った墨への当てつけだと思いながら、部屋の仲間の潜めた笑い声と視線を無視して、何食わぬ顔でそれを着た。

信頼を得ると言うことは、嫉みや意地悪の標的になると言うことだ。そして、重責と労働が増すと言うことでもあった。

自分を見込んだ庭師は、自分を本格的に山に連れ出すようになった。葛を切り、庭師の指示に従って、木に登って花に活ける枝を落とす。それを持ち帰って、葛は葉を毟り、枝は枯れ葉を落として、活けやすいようにして、瓶《かめ》に足下を浸けておく。

そうする頃には昼はとっくに過ぎていて、それから算盤《そろばん》を習い、帳面を習う。

書き物はよしとして、算盤帳面は武士の稽古事には含まれていなかったから、その手慣れなさと遅さを、同じく見習いの小さな子どもにも笑われる始末だった。

分担の掃除をして、奥の庭へ向かう。そこには最近、千代が待ちかまえていて、仕事が終わるのを見計らって、手招きで濡れ縁に呼び寄せては、自分に読み書きを教えてくれた。

筋が良いと褒めるほどに、千代の教えは厳しくなるのだった。そして、障子を隔てて、叱られる度に、くすくすと漏れる幼い笑い声も知っていた。

千代は厳格で、そして教え上手だった。叱られる度にくすぐったいような、奇妙な温かさも覚えた。

そして、今日は特別。

夕餉《ゆうげ》に使った鮑《あわび》の殻を持って椿の元へ向かった。七色に光る貝の内側を見せられないのが残念だったが、その滑らかさに触れれば、どれほど美しいのか見当が付くだろうとも思った。

傾ければ七色に光る鮑の殻の内側は、螺鈿《らでん》の細工の原料となる。

その美しさを語って聞かせ、滑らかなそれを指で触れさせれば、椿はやはり喜んでくれた。

自分も嬉しかった。そして。

「……旦那様のご信頼が、いただけそうです」

胸の裡に抱えきれず、椿にそっと打ち明けた。

椿の父であるこの家の主人・有吉が、彼が活けるものに関しては、自分に蔓《つる》や枝を刈らせるように、と、名を指してきたからだ。

この家に出入りする者の顔を覚えるようにと、言いつけたとも聞いていた。読み書きも、この屋敷の高弟に混じって習うように、と。算盤も早急に習い覚ゆるべし、と。

それは長く家人として居られると判断されたと言うことだった。出世も間違いないことだった。そうすれば、きっと、いずれ。

「剣を、一度は捨てた身ですが」

武士であることを取り上げられた自分だが。

「旦那様のお許しが出れば、佩刀《はいとう》のご許可をいただいて」

門番になれば、佩刀を許される。そうなれば、椿をあらゆる危険から守れるし、椿もきっと心強く思ってくれる。何より。

「椿さまを、御守りします」

それが嬉しかった。必死で働いて、誠実であれば主人はそれを認めてくれる。

もっと大きな信頼が得られるようになれば、椿を守りたいのだと、願い出ればきっと叶う。

命の限り側にいて、このいとしいものを守れるのだと。

「刀が使えるの…？」

驚いたように言う椿に、苦笑いで、

「昔は武士でした」

と自嘲を胸に押さえて答えた。酷く過去のような気がした。否、それは過去だったのだ。

生まれたときには既に主家はなく、剣の稽古をし、武士の格好をして育ったが、武士ではなかった。きっと、こうして椿に誓う、今の今まで。

けれど、そうして育ち、主に仕える精神を、剣を振るう術を得たことを初めて有り難いと思った。あの、無為に思えた生まれ育ちも、今このときのためにあったかのような。

「一生、身を尽くして、御守りします」

本当の命を与えてくれた椿に。あらん限りの忠誠と真心を。

「…！」

話を懸命に聞く椿が膝から滑り落ちた鮑を拾おうとしたのと、自分が手を伸ばしたのは、同時で。

「……」

音も立たないくらい、押し当てるようにしてそっと額が合わさった。少し熱っぽいような額が気に掛かり、動けずにいた自分を、椿は叱りもせず、むしろ確かめるように合わせたままで。

目の前で、花びらのように薄い瞼《まぶた》が伏せられる。色の薄い睫毛《まつげ》の下に隠れる、不思議な色の瞳に見とれるとき。

「名前を教えてくれたら、許しても良い」

と、小さな我《わ》が儘《まま》を言った。

取り潰された家だった。恥《は》ずべき名かもしれなかった。けれど、それが条件ならば。

「……潰れた家です」

言ってもそれを多分、椿は知らない。けれど。

囁《ささや》くと、椿は満足そうな顔をしたから、それさえ、どこか、嬉しかった。

それから、しばらくしてからのことだ。

彼の父親が、度々離れに渡るようになったのは。

表の庭の見事さは、まさに意匠の美であった。

何もかもが精密に、徹底して造り込まれ、計算しつくされた造詣《ぞうけい》によって一糸乱れぬほどに整えられていて、枝振り、飛び石の配置は元より、季節に合わせ、枝を刈り込み、遠近と対比の美に庭師が血眼《ちまなこ》になって精魂を込め、庭とは、植物とは、空間とは、ここまで美しく際立つものかと思うほどの静寂と動の美しさだった。

それに比べて離れの庭は、美しくはあるが、季節の移り変わりを慰みにするような、自然美溢れる優しい庭だった。造らず、季節の花が咲き、それに合わせて人の手で助ける。自然の移ろいを知り、散策をすれば容易に四季の移り変わりに触れられる、柔らかい庭だった。

それがその庭の美しさでもあった。のだが。

幾らひとときのお渡りといえど、そんな庭に主を通すわけにはいかないと、庭師は金切り声を上げた。かといって、一日二日で木が生え育つわけもなく、本家に比べれば小さいと言っても広大で、ともかく体裁を整え、せめて美しくせよと、苔の上を、針を探すかに這いずり回って庭を整え、急ごしらえの植樹の足下に、大きな石を幾つも運んで新しい土を隠した。

手が荒れ、血が流れた。それでも時間がない。

「……」

椿の居る障子はすぐそこに見える。けれど。

「ぼけっとするな！」

「はい！」

椿の様子が気になった。けれど、あちらの廊下にも小走りの女中が行き交い、見慣れない男衆《おとこし》が、総入れ替えをするような勢いで建具を入れ替えていた。とても近づける状態ではなかった。

「荒縄を持ってこい。そっちから引っ張れ！　急げ！」

「…はい！」

どうしているだろう、と、離れを遠く横目で見ながら、あっと言う間に陽は傾いてゆく。


特別のことだと思っていて、そう聞かされてもいた。

けれど、有吉のお渡りは一度では済まないようだった。

お渡りが続く限り仕事は途切れず、山通いと合わせて、座れば昏倒するような日が続いた。

椿も勿論忙しくはあるだろうが、久しく顔を見ていない。

どう言い訳をしようか考えているときに、京から上ってきた庭師が、昨今流行だという色の付いた石を売りに来た。

白く曇った石は井水《いすい》に濡れると鮮やかに光って、目映《まばゆ》いほどだった。苔色、紅、白、黒。水の中で掻き混ぜれば、まるで色取り取りの金魚が溢れているようにも見えた。

庭師は盥《たらい》いっぱいの見本を置いていったのだが、結局屋敷の庭師はそれを気に入らず、採用しなかった。河原に捨ててこいと言われたから、片手にいっぱい掬うほど、それを貰う許可を得て、椿の元に走った。

夜闇を掻き分け、足音を、弾む吐息を潜めて。

そうして、久しぶりに逢う椿は。

何度か呼んで、諦める頃、這うようにして出てきた椿は。

薄暗い灯りだった。部屋から流れ出る香が少しきつかった。

「……お加減が……？」

遠慮も忘れて、口を突くほど、悲愴にやつれていた。

小さな手は尚細り、白すぎて蒼く見える皮膚はかさついて水のない花弁のように細かい皺《しわ》が寄り、物を映さぬ目の縁は、黒く隈《くま》が縁取って落ちくぼんでいる。瞳は尚硝子玉のように虚ろに、涙をいっぱいに溜めて濡れるばかりで。

緊張や慣れない無理で身体を壊したのだろうと労《いたわ》しく思った。自由が利かない毎日が、寂しくも苦しかったのだろうと、哀れに思った。

改める、と言うと、椿は、今にも涙を溢れさせそうにして引き留めようとした。声も満足に出ない様子だった。

「椿さま…」

心の臓を摑まれる心地がした。

側に居たい、が、今見つかれば、余計、大事になる。だから。

「……ご気分がよろしければこの石を」

と、今日はもう渡さないつもりの石だったが、少しでも慰めになればと、差し出した。握って遊ぶにも、優しい手触りだった。

受け取る小さな手は震えて白く、余計小さくなったように見えた。

椿の回復を黙って待とうと思った。山に行き、椿の身体に良いものを探してこようとも思った。だから、椿の様子が回復するまで。

「一つ、廊下にお出しください。すぐに駆け付けます」

呼べば必ずすぐに。息が尽きるほどに早く。

それまでに、沢山《たくさん》椿が喜ぶものを山から集めてこようと思った。色取り取りの紅葉《もみじ》、瑞々しい山女《あけび》、無花果《いちじく》、楓《かえで》、団栗《どんぐり》。椿はそれを喜んでくれたから、山の目の利くようになった自分が集めるものは、もっと椿を喜ばせられるだろう。

そう宥《なだ》めるように笑いかけると、椿は何も言わずに、涙を零し始めた。

椿は大人しいが、我慢強い質《たち》のようで、あまり泣く子どもではなかった。泣き声もほとんど聞いたことがなかった。

さすがに不安になって、何があったかと訊いても椿は首を振るばかりで、何も言わない。

石を渡せば少しは落ち着いたようで、さっそく、一つ、苔色の石を手渡され寝ずの番を、嗄《か》れた声で言いつけられた。

微笑んでそれを受け取り、廊下に座って、一晩中、椿の回復を祈りながら、星を見ていた。

その中に。

奇妙に光る星が見えて、眉をしかめた。

瞬くでもない、ぬらぬらと光るような、気味の悪い星が、空の端近《はしちか》で光っている。

それを眺めながら、息を潜めた。

この屋敷の気配はどこかおかしい。

あれ以来、千代の姿も見えなかった。時折庭端から行き交う姿を垣間見るから、居るには居るのだろうが、それがなければ死んだのではないのだろうかと思うほど、存在感がない。

離れの中には、椿ただ一人が閉じ込められているような錯覚に陥りそうなほど、温かみがない。斬れるような緊張と、塗り込められそうな重々しい空気。淀んだ時間と虚ろな不気味と。

本当にそうなのではないか。食事が与えられていないのではないか。

そうは思ったが、食事は以前にも増して整えられており、主人が渡るとき、捧げ持たれて廊下に長い列を作る膳の数々は、まるで何かの宴《うたげ》のようでもあった。

「……」

椿の熱っぽい、小さな手の温かみが移ったような石を、手のひらを開いて眺めた。

深緑色の丸い、よく磨かれた鶉《うずら》の卵くらいの大きさの石で、渡したものの中には、他に、藍、乳、赤黒の鳥の卵のような縞《しま》の石が混じっていた。

妖しい星の下、炙《あぶ》られるような月影の下で、その石が幻影のように強く脳裏に焼き付いた。

白く光った手のひらに乗せられた、一粒の小さな碧い石。

「……ッ！」

不意に強い目眩に襲われて、きつく目を閉じた。

「！」

動悸がした。心の臓が裏返るように不均等に跳ねた。

目眩。とぎれとぎれに脳を焼く闇と光。

廊下の隅に、隠すように置かれた白い石、これ見よがしに真ん中に置かれた碧い石。早く来いと祈るように二つ置かれた二色の石には椿の小さな手の幻影が重なって見えた。

「――――！」

明滅する。明滅する。

転がる石と、泣き顔の小さな椿。

声にならない助けの声と、鼓膜に響いた悲鳴と。

――助けてぇ……ッ……！

溺れるような叫び。

飛び散るように、雪の溶け残るうららかな日の磨かれた廊下に転がり出た、一粒の石と、闇から覗く白い手が襖の塗りの縁を摑む。

雪駄のまま、縁を踏み抜いた自分の酷烈《こくれつ》な、激しい一つきりの足音。手を掛けた床の間の刀の鞘鳴《さやな》りの峻烈《しゅんれつ》の音。

振り上げる刀が弾く鈍い光。重みのまま、振り下ろす――――。


「――――ッ！」

悲鳴を上げそうに、鋭い息を呑んで、十左は布団の中で、一瞬激しく藻搔《もが》いた。

「……！」

目を見開けばそこは、あの屋敷でもなく、不潔な山小屋でもなく、怒濤《どとう》に揺るぐ潮の匂いの小さな部屋で、――――闇を映す見知らぬ天井が、灯台なのだと思い至るまで、酷く長い時間が掛かった。

夢を見ていたと、気づくまでにもどれほどの時が経っただろう。

「……っ、ふ……」

喘ぐような息をして布団の縁を摑んだ。手の甲まで、汗で濡れていた。

昔の夢など久しぶりだった。山にいる頃は夢など見る間もなかったからだと十左は思った。

ただ、椿への恋しさを抱き締めて、転落するように疲労の眠りに落ちた。その幸せを祈りながらそのまま死んでしまうような短く息の止まるような眠りだった。

胸が錆びた音を立てるほどに、息が弾んで荒れていた。目が覚めなければ死んでいたのではないかとも思った。

着物は汗でぐっしょりで、耳に流れ込んだものが、汗か涙かも解らなかった。

闇夜に目を見開けば、自分が流した血が見える。罪の重さがのし掛かる。

それと引き替えたはずの、椿の幸せは、椿にまでも呪《のろ》いのように降りかかり、あの頃より尚、椿を苦しめ、追いつめて。

「……」

打ち返す怒濤の唸《うな》りの中、血の幻影に浸り、目を見張ったまま。

——身じろぎ一つ、十左はできない。

† † †

「十左、……だったかな」

初めて会う椿は、浅黄《あさぎ》の着物を緩く着付けて、背凭《せもた》れのある籐《とう》の椅子に身体を預けていた。

ベランダに続く扉から流れ込む潮風に、昨日まで、二日にわたって続いた椿の苦しみは、その淀んだ空気ごと洗い流され、苦しさに藻掻いて、床に落として割った硝子の器《うつわ》の跡形もなく、十左に、夢でも見ていたかの錯覚を与える。代わりに目の前には、夢の続きのいとしい姿が儚くそこにある。

「さようでございます」

答えるのは千代だ。自分は口が利けないことになっている。

「…そう。加減が悪くて、遅くなってすまなかったね」

知らないわけではないはずなのに、椿はそう言った。

そうするべきなのかも知れなかったから、頷いた。

千代が、恐れ多ございます。と、頭を下げた。自分もそれに倣《なら》った。

そう言ったきり黙った椿は、――夢とあまり変わらない容貌をしていた。

差し込む陽に透ける柔らかそうな髪。細い手脚の印象は長くなった分余計儚く感じられた。

伸びた前髪が掛かる玻璃のような瞳はやはり自分を見ず、光の加減で琅玕《ろうかん》じみても見える
鳶色の眼が、余計硝子の作り物を思わせた。すらりとした絹の白足袋を履き、籠の大きさ程
度の厚い敷物にそのつま先を落としていた。

昔も、こうして、いつも庭先に出ていた。千代が言うには、見えずとも、風に吹かれ、松《しょう》
籟《らい》を仰ぎ、小鳥の声を聞き、緑の匂いを聞くのが何よりの慰めになるのだと言っていた。

だから余計にその庭を懸命に整えた。椿の部屋に挿す花を探す千代に、一番良い枝を案内
した。

懐かしさで、涙が溢れそうだった。そして、悲しさで。

「……」

千代に下から横目で睨み上げられて、十左は奥歯を食いしばった。

椿が大切ならば、自分が自分であることを伝えるべきではない。

視線を闇に漂わせたままの硝子の瞳は、それから暫く自分たちをそこに控えさせてから。

「雨の匂いがする」

独り言のようにそう言うのに、十左は、開けたベランダの扉に目をやった。

晩夏の風に、ベッドから垂れた繻子が揺れる。まだ一筋薄雲を掃いただけの空は青く、海面も凪《な》いで、天気が壊れる気配などどこにもないのに。

左様でございますか、と言って、千代は笑った。自分には訳が解らなかった。

「十左はしっかり務めておくれ」

微笑みで、そう椿に言われて、頭を下げはしたものの。


「は……っ…」

硝子を叩く風。小島に建てられたこの灯台に大きな波濤《はとう》が打ち付けられる度に、何か、大きな獣が体当たりしてくるような地響きと共に、この天辺にまで波飛沫は襲いかかり、地震のように大きく揺れた。

木の床に滴り落ちる汗が黒い円を重ねて画く。たった数日で鈍る腕の筋肉は張り、疲労の蓄積を訴えている。

横に取り付けられた大きな糸車に、縄を巻き上げる。

急がなければならなかった。巻き上げている間、灯台に灯は茫洋《ぼうよう》と瞬かない。

椿の予告どおり、夕方から海は時化《しけ》た。大時化だ。しかも師伯揃《しはくそろ》って取っ組み合いのような大嵐だった。それを厳《いか》つ霊《ち》が、降り注ぐ光の矢で分け入るような特大の大暴れだ。

《椿さまが仰《おっしゃ》るには、数日続くようですよ》と千代は嬉しそうに言った。

雨を疎んじていた椿しか、十左は知らない。

――雨の日も庭は汚れる。

幼い声で、自分の手入れを訴えた椿が寂しがる様子をいとおしく思っていたのに。と、変わってしまった椿を少しだけ寂しく思った。けれど。

すぐに、その理由は判明した。

椿は千代に、雨の用意を、と申しつけた。千代は、かしこまりました、と揚々と頭を下げて、灯台部屋に自《みずか》らも入り、巻き上げなさいと、ゆっくりと重みで落ちてゆく縄で結わえた分銅が下がった糸巻きを示した。

糸巻きに繋がった軸が水銀槽を回せば、その上で巨大な球体《ランプ》は回転し、レンズで集めた光が四方八方に瞬くように照射する。球体は全て光るのだけれど、放たれるのはレンズの分厚い部分で集められた閃光《せんこう》で、一定の間隔で射るような直線の光を発する。

まだ夜明けまでは保つほどしか、縄は繰り出されてはいなかった。けれど、申しつけだ。

仕方なく従った。巻き上げた自分に、千代はさらに、燃料を注《つ》ぎ足すように言い、部屋の隅にある木箱を示し、開けて、分銅を付け替えなさいと言った。分銅は、今着いている物の三倍は優にあった。

錘《おもり》を付け替えて、井戸のように下に向かって延びる穴に、同じように落とす。

それは、やはり三倍の速さで、するすると下に下がっていった。

十五時間の三分の一、およそ五時間、保つでしょう。と、千代は言った。

何の意味が、と、思って上げた顔を焼けるように強く白く照らされて声を上げそうだった。

煌々《こうこう》と照る珠。激しく光って尋常ではない速度で急を告げる回転をする。

分銅が落ちるのが速いと言うことは、糸巻きの回転速度が速いと言うことだ。回転速度が速ければ、それに繋がる歯車が早く回り、その分早く明滅する光を漆黒の海に放つ。

嵐の海を遠く照らす光。日頃より早く遠く瞬くそれは、多くの船の命を助けるだろう。

《お前が来て助かった》と言う椿の言葉に、あとで、千代が、以前嵐の予想が立つと、この灯台には年老いた男が寄越されていたと話した。

男は老齢で、到底、こんな重労働を朝まで続けられず、時化の間、島から出られないことを良いことに、灯りを灯すこともせず、燃料となる重いアセチレンガスの器を運び上げもせずに、ここで随分油を売っていった、と言っていた。時化が長引けば食料が乏しくなると言うのに、千代のように節制をせず、他人の目がないのをこれ幸いと、だらけてはたらふく食って、灯台の仕事も放り出したまま時化が去ると残念そうに戻っていったそうだ。

――だからと言って……！

声を出してはいけないことを忘れそうになるほど、しがみつくようにして、十左は糸巻きから張り出た突起を全身の力を込めて回転させた。分銅は重く、石臼にも引けを取らないけれど、石臼を碾《ひ》くのに比べれば。

《多くの船乗りが助かる。宜しく頼んだよ》

そんな椿の言葉に胸を突かれた。

この強い光は、遠く暗闇の海まで届くだろう。

波に翻弄《ほんろう》され、木の葉のように怒濤に嬲《なぶ》られる船を陸へと導くだろう。

「……っ…」

彼の暗闇には一筋の光すら、届かないのに、それを他人に与えろと、彼は言う。

（……届けばいい）

念じながら十左は持ち手を握って腕に力を込めた。余りの重さに、支える横棒がぎこちなく重い回転の度に軋んだ。

椿にもどうか、一筋の光を。

そんなことなど、自分に出来ることなどないことなど解っていたが、それでも祈った。

浅ましいと、烏滸《おこ》がましいと誰よりも知りながら。

波飛沫を打ち付け、脅かすような音を立てて揺れる硝子の向こう、闇を分けてレンズ越しの閃光が走る。

遠く、海の果てまで。願わくば、彼の瞳の奥まで。

「ふ……！」

祈りながら、夜明けまで、十左は糸巻きを回し続けた。


雨の恩恵はそれだけではなかった。

大嵐を伴った時化は一夜で治まり、あとは時化るだけで海面《みなも》は暗く、けれど月が出ていた。

昼間はいつもの分銅に変えられ、夜だけ、その半分程度の分銅が追加で付けられた。

嵐の夜を思えば、巻き上げの間隔も長く、錘も軽かった。上手くすれば、朝まで保った。

「……」

扉は叩くのだと、千代に申しつけられた。障子と襖と、山小屋の粗末な簾《すだれ》しか知らない自分が、それは不躾《ぶしつけ》ではないのかと問うと、洋式ではそうするのだと叱られた。

荒い波音はまだ、潮煙を上げ、怒濤を伴って塔を打ち付けている。海吼《かいこう》が轟《とどろ》き、地鳴りのような音で塔を揺らす。足下に、喰らい付くかに白い顎《あぎと》を開けながら。

「…」

握って曲げた指先で叩くと、硬く重い扉は、こつこつ、と澄んだ音で嵐の中に響いた。

扉を叩くと、大概、良いよ、と返事が返る。返らないときは眠っているときで、それでも十左は堪えきれなくなって、扉を開けて、椿の寝顔を繻子越しに覗き見た。

千代はご機嫌だった。雨告げ鳥がごとき椿の、涼しい声音の嵐の宣告から、途端に食事が粗末になったが、その、落差、と言っても良いほどの変化に、椿も何も言わなかった。

船が、来ないのだ。

ここは孤島に立つ、石振り立つ狂濤《きょうとう》の打ち付ける灯台だ。船なくしては渡れず、高い岩場に立つここに船を着けるのは、普段でも至難の場所だった。

嵐ともなれば、折れよとばかりに打ち付ける怒濤は何匹もの、顎《あぎと》を開けた龍が襲いかかっているようで、岸壁で砕け、潮煙が白い棘を氷の牙のように、天に向かって剝き出しては崩れ落ちる、そんな場所は遠目に見るにも恐ろしいものだろう。当然食物は届かず、けれど。

高男たちが来ないのだと、千代は嬉しそうに言った。千代は賢く、台所のレンガを外した場所に、米や麦、干した野菜などをぎっしり溜め込んでいた。

千代は立ち居こそなよやかだがその実、勝ち気で賢い女だ。咽《むせ》ぶ海鳴りが塔を揺るがす中、材料が乏しい分、手の込んだ食事が椿の前には並べられた。

目の見えない椿は一人では食事が出来ず、一々食べ物の名前を千代に告げられながら指し出した箸《はし》に、雛《ひな》のように細い唇をそっと開いた。

下男であったから、膳の上げ下ろしを待つために、その様子を入り口の隅に立って見ていたが、椿は相変わらず小食だった。けれど、普段よりは随分食が進むのだと、千代は心底嵐を満喫しているように見えた。そして。

雨の日は、定期的にベランダに続く扉の下を雑巾で拭かなければならなかった。多少の雨なら降り込まない構造になっているが、嵐になると、頭から海が落ちてくるような波飛沫を被るのだ。砕ける波が、叩き付ける雨が硝子を伝って流れ落ち、僅かだが部屋に染み込んだ。

細身の灯台は、しなやかで頑健で、波の一つで吹き飛びそうな巨大な怒濤にも、罅《ひび》一つ割らず、靡《なび》くばかりの草のように、決して倒れることはなかった。

滲み漏れる水も早めに拭き取れば、何と言うことはなく、膝の痛みを訴える千代に代わって、十左が日に二度ほど、それを拭き取りに行くことを命じられた。だから。

扉を叩くと、良いよ、と声が返る。この轟音《ごうおん》の波音に通る静かな澄んだ声だったから、椿は起きていたのだろう。

「……」

案の定、扉を開けると、椿はペルシャの織物で作られた長椅子に座って、本を読んでいた。

顔色はあまりまだ良くなく、足を少し引きずって歩いたが、千代が出した滋養の蜂蠟《みつろう》が功を奏したか、翌日に見た土気色をした椿よりは、随分生気があるように見えた。

目の見えない椿のために、ドアの縁を、こんこん、と、二度、叩いた。

「…ああ、十左か」

ないはずの視線を膝にやっていた椿は、ようやく顔だけを上げてそう言った。

「千代の膝は、どう」

訊ねられて、深く沈黙した。

立ち居は出来るようになったものの、階段を上れるような膝ではない。

皿に水が溜まっているようだと、千代は言う。薬屋が椿の回診に来るのはまだ来月のことだと言っていた。それまで、自分で灸《きゅう》を据えながら騙《だま》し騙し、階段を上り下りするしかないだろう。千代を背負っても良いと十左は申し出たが、千代は猛然と拒否した。そのあからさまに必死な様子がおかしかった。ただ、話したくとも椿に話せるようなことではなかったが。

「……」

椿と話したかった。

昔はあの庭で、椿のために、飛蝗《ばった》を捕まえたり、蟋蟀《つづりさせ》や月鈴子《すずむし》を茅《かや》で編んだ籠に詰めて持ち帰り、その様子を椿に語った。

廊下に転がされた色の石。山からの粗末な土産《みやげ》を強請《ねだ》って、障子の隙間から差し出される白い、小さな手。

仮にも主従の関係だ。下男の身では、語り合うほど砕けてつぶさに話すことは出来なかったが、様子を一言二言許されて告げると、椿は、綻ぶように微笑んだから。その、椿は。

静かに目を伏せたまま、横顔で呟くように言った。

「そうか…。労ってやってくれ。随分、無理をさせた」

自分の声など伝わるはずがないのに、自分がここに来たことこそ答えなのだと、椿は理解したようだった。

十左はそれに頷いた。見えずともこの沈黙も、椿にとっては答えになるのだろう。

「……」

椿はまた膝に目を落とし、本のページを捲った。

その余りの不思議に。

思わず、身体を屈めて、本に触れてしまった。

「…」

椿は少し、驚いたように目を瞬かせ、そして、顔を上げてふわりと暗闇を見てから。

「……読んでやろうか。十左」

自分の不思議を悟ったように、椿は少し意地悪く笑った。

「私が本を読むのが不思議か？」

重ねて問われて、頷くことも首を振ることも出来なかった。

その気配すら、感じ取ったかのように。

「千代は、ずっと私の目の代わりをしてくれた。私の代わりに美しい物をつぶさに語ってくれ、あらゆる本を選んで取り寄せては、ずっと読み聞かせてくれたんだよ」

諳《そら》んじるまでね。と、苦笑いで、それでも静かに椿は笑った。

千代の父親は東京外国語学校の教師で、その手元で育てられた千代は才女だった。女だてらにかなだけでなく、叢書《そうしょ》を嗜《たしな》み、漢詩を読み、中国古典をも読み下す女だった。

自分に文字を教えてくれたのもその名残であったのかも知れないし、目から学ぶことの出来ない椿が、追われても当主として相応しくあるだけの知識を与えるために、彼女自身、椿の代わりと、懸命に勉学に励んだのかもしれない。

「頭の中で、繰り返すだけだ。膝のものは」

そうだな、と彼は微笑んで、気分だ、と、また改めて笑った。掃除のためにこの部屋の本棚を見たことがある。革張りの美しい本が幾つもあり、和綴《わと》じにされた本は難しい漢詩のようだった。錦糸《きんし》の布張りの漢籍《かんせき》、靖献遺言《せいけんいげん》と背に書かれた本は漆《うるし》の文箱のように美しかった。金で箔押《はくお》しされた厚い背表紙の模様は、多分、英語、という物だろうと、誰が読むとも思えないそれらを飾り物のように眺めていたのだが。

「お前が読んでくれるようになると良いのだけれど……」

皮肉ではなく、少し残念そうに彼はそう言った。

千代は当然、椿より先に歳を取る。老眼も随分進んでいた。縫い物も辛そうだった。本を読むのは尚更だろう。千代が居なくなれば、彼はもう新しい本を読めない。

それまでに自分が読めるようになればいいのだろうが、千代が与える珠玉のそれを自分が

得るのは容易ではなく、例えそうなったとしても、自分は彼の前で声を出すことが出来ない。

「……戯れだ」

返す沈黙に椿はそう答えた。

彼が望むなら、どれだけだって努力する。千代が出来たことだ、自分に出来ないはずがなかった。――――けれど、例え文字が読めるようになったとて。

「不自由はしていない」

しばらくはそれを頭の中で繰り返すだけで事足りるだろう。

椿の部屋にある書架の中には、夥《おびただ》しい量の本が詰め込まれていたからだ。


平穏は、長くは続かない。

それは正に海のようであり、嵐にのみ屈する人間には、平穏こそが、気まぐれのようなそんな生活だったから。

嵐が過ぎ、海が凪いだ。重なる破波が幾重にも反物《たんもの》を転がしたかのようにまで海は治まり、闇を吸ったかの海原《うなばら》は鈍色に晴れ、黄金の波を優しく揺らし始めて。

船が出て、食料が届く。――――高男たちと、共に。

「退屈だっただろう。椿」

食料が欲しくば従えと、そんな口調の満流に、椿は微かに眉根を寄せて、蒼い瞼を伏せる。

「！」

薄い萌葱《もえぎ》の着物の襟を無造作に摑み、自分や千代の前で、満流は乱暴に椿の肩を剝いた。

「！」

目の見えない椿は簡単に大きくよろめいた。

それを、下品な笑い声を立てながら、そのまま床に押さえ込もうとする満流から、椿を助けようと反射的に動く身体を、千代の思いがけず強い手が、十左を止めた。

椿が彼らにどんな扱いを受けているか。何をされているか。

椿は嫡男を追われても、尚相応しくあろうと生きていた。誰も認めず、誰にも会わず、こんな牢屋のような場所で、一生誰からもそれとは知られることなどなくとも、家の恥にならぬよう、と、勉学を捨てず、作法に倣《なら》い、仕来りを破らず、この灯台の光を頼りにする船を、そして、千代と、下卑た笑いでこの危険な場所に度々食料を届けに来る意地の悪い下男を、等しく家臣として大切にしていた。自分の不甲斐《ふがい》なさを恥じ、けれど決して本家の恥にならぬよう、誇り高くあろうとした。なのに。

「下がって……くれ」

樫《オーク》の壁に押し込まれ、ずるずると絨毯の床に崩れながら、絞るような声で、椿は命じた。

椿は刃向かわないと、千代は言った。決して刃向かわないことを覚悟とする椿の心を無駄にするなと、海が凪いだ日、来訪を解り切っている千代の背中にきつく言いつけられていた。

それでも。

「！」

なぜ、と、問おうとした自分の袖を千代は、察したように、握りしめた。

なぜ、これほどの辱めを受けて、椿ほどの人間が自刃《じじん》しないのかと。

もしもあのまま嵐が去らなかったら、乞うことも取り乱すこともせず飢えて静かに死ぬのだろう椿が、そんな決意を持たないとも思えなかった。

あの苦しみを。あの傷を。そして、それほどに身体を踏み荒らすほどの屈辱を、何故甘んじて受け入れ、浅ましく生に取りすがるのかと。けれどそれも。

「……食料は」

「持ってきた。お前の分と――千代の分はさて、……どうするか」

煙管《キセル》の煙を長く吐き出しながら、高男が笑う。

高男たちが小刻みに食料を持ってくるのには、そんな企てがあった。自分たちなしでは、生きられない。飲み水さえままならない。彼らが椿の、ひいては千代の。――いや、千代が居るからこそ、椿はこの屈辱に甘んじるのだろう。そして。

「食い扶持《ぶち》も増えただろうに」

自分の、ために。

「！」

思わず握りしめる拳に、堪えなさい、と、抑えた千代の声が命じた。その手は震えていた。恐怖ではない。多分、自分と同じ怒りで。

「お前の心がけ次第だ、椿」

抗わないまでも、自ら開こうとしなかった椿は、その言葉を聞いて。

「――……」

唇を結んで苦しげな顔で目を伏せたあと、身体からゆっくりと力を抜いた。

「！」

「おやめなさい！」

目の前が真っ白になりそうだった。

押しつけられる黒い丹薬に唇を開く。立てた膝から柔かい絹で出来た裾が滑り落とされる。眩しいほどの内股の淡雪のような白。それに焼かれたように。

「……控えろ…、十左」

千代にしがみつかれてようやく止まるそこに、寂しい、それでも厳しい、椿の声が届いた。

「――…」

けれど、それを鋭く聞き咎めた高男は、数瞬、驚いたような目を丸くして。

「！」

けたたましく笑い始めた。

「《十左》、か。お前の名か？」

高男はまだ激しく笑いながら、十左を見た。

「……それで。それで、な！」

得心がいったように、笑い続ける高男を、千代が睨み付ける。

「血塗られているだろうよと思ってきたが、存外静穏でがっかりした。そこまで我が弟殿は腰抜けかと」

「高男さま！」

笑い転げそうな高男を、千代の声が厳しく戒《いまし》める。

「千代。お前か、こざかしい」

忌々しく高男は睨み付け、それでも笑いながら十左を眺めて、不可解な表情のまま、組み敷かれ、下賤《げせん》な女にするように手荒に肌を開かれてゆく椿を見やってから。

「……帰るぞ。満流」

酷く面白そうに、高男は笑って言った。

「へえ!?」

満流が間抜け極まりない顔で振り返る。

「良い見せ物を見せて貰った。駄賃には十分だ」

そう言いながら、千代を押しのけ、にやにやと、十左を舐《な》めるように見ながら、高男は扉を開ける。

「あ……兄者⁉」

慌てて、帯を巻き付けながら満流が、椿を名残惜しげに手放しながら、高男のあとを追う。

「自分がしたことを、よおく、言い聞かせてやるが良い、十左」

嘲笑の声でそう言い残し、閉じたドアに耳でも押し当てそうな、子どもが悪戯《いたずら》をするような意地の悪い笑みで、高男は笑って扉を出て行く。

「何だよ、兄者！」

不服そうな満流が、千代と十左を掻き分けるように乱暴に割り入ってあとに続く。

笑い声が階段を降りてゆく。あれほど愉快そうな高男は滅多に見られるものではないらしく、気味悪げに満流が何度も、高男を呼んだ。

「……」

開かれたままの扉。地獄へ戻り行くように、階下に消えてゆく笑い声。

呆然《ぼうぜん》と、それを見送る自分と椿と。

——一番初めに我に返ったのは。

「……」

力のない足取りで、それでも静かに椿に歩み寄った千代だった。

よろよろと近づき、膝をつく。蒼白な面ながら、それでも気丈に微笑んで。

「……お召し替え、致しましょうね、椿さま」

乱れた椿に、少し茫然とした様子のまま手を差し伸べる。

「……十左は」

「十左は、おりますよ。良く、耐えました」

椿の問いを微妙にすり替えて、千代は答える。

「お怪我はございませんか？　痛いところも」

問われて、椿は首を振るしかない。

「十左」

まだ問いたげな椿に、千代は言い聞かせるように無惨に開いた襟元を丁寧に合わせながら答える。

「十左は十左でございます。ただ……、本家様で、少々粗相《そそう》を致しまして」

ごまかすための嘘を紡いで。

数瞬の沈黙の後、堪えきれなくなったように、縮緬《ちりめん》の皺の寄った頬に千代は涙を落とした。

「良くできた、下男でございます」

屈辱と我慢と、忍んだ果てに、乞食のように投げ出される糧《かて》。

たった二人の家人のそれのために身を投げ出す椿と、それに尽くす老いた千代と。

――ここに椿を閉じ込めさせた自分。

「――――!」


椿の運命を、そして翻弄される儚さと、強さを。

思い知った瞬間、溢れた涙に、思わず手のひらで口元を覆った。

自分が罪を被ればいいと思っていた。椿を助けられたからそれで良いと思っていた。

五年の辛い歳月も、何度も渡った死線も、椿を想えば耐えられた。

この苦しさが椿の幸せと引き替えなのだと、自慢でさえあった。思い違いの自己満足と、犠牲を装った傲《おご》りに浸っていた。

その幸せを信じて、生死の狭間で、安堵していた。なぜなら椿は、まだその記憶の中の幸せにいたからだ。

息を潜めた、けれど幸せな時を過ごしたあの広い屋敷から椿が連れ出されたことも、罪人として牢獄のような山奥に閉じ込められた自分は知らなかった。ましてやこんな孤島の灯台に、老女とたった二人きり囚われ、汚辱に耐える日々を過ごしているなど思いもしなかった。

全て、自分のせいだ。

椿があの屋敷を出されたのも、高男たちに全ての思いどおりを許したのも、みんな。


「……!」


自分の本当の名を。自分が何をしたかを。そして謝罪を。

声を限りに叫んで椿に謝りたかった。その場で斬り殺されても良かった。

けれど、開きかけた唇を。

「……ありがとう、十左」

あとは、千代に。

掠れた声で、静かにそうとどめられて。

茫然に揺すられるまま、頷く千代に促され、見えない椿に深く頭を下げ、……部屋を出た。

熱が出ても構わなくて良い、と、そんな労る声がドアの隙間に挟まって消えた。高男たちが仕込んだ薬がどれほどまた、椿を苦しめるのか、解らなかった。

「……」

目が、眩《くら》みそうだった。

椿が大事だと、そう思いながら。

加護の足輪を切り、楽園の鳥籠から追い立て、海の嵐に縛り付け、飢えの恐怖に晒して、僅かな糧と引き替えに、苦しいほどの屈辱を差し出させて。

そうさせたのは、高男たちでも、椿の父親でもない。

「……っ…!」

——自分自身でしか、なかったのに。

椿がやはり熱を出したのだと言って、足を引きずる千代が降りてきたのは、夕暮れ前のことだった。

ただ、椿自身がどうにかして、溶けかけたそれを吐き戻し、身体の中も、できる範囲で清めたから、いつもに比べれば落ち着いていると、自分に身体を清め、冷やすための布と、水を持って上がるように命じた。清潔に洗われた幾枚もの布を受け取りながら、十左は。

「千代殿……」

「――――お気持ちを、無碍《むげ》にするような真似は、努々《ゆめゆめ》」

打ち明けていいか、と、辛さに耐えかねて訴えかけた言葉を止められた。打ち明けて、椿の裁断を甘んじて受けたいという、十左の言葉を。

「なれど」

渡されるべきは布ではなく、自分を討つための刀ではないか。椿に与えられるは礼の言葉ではなく、罵りと、憎悪と、積年の恨みと刃ではないか。

「お前の気持ちは当然です、十左」

そう言って、重そうにすり足気味に歩む足を引きずって、小さな桶を十左に渡すために、棚から取りだした。

「お前は、私にとっても香織さまの旦那様の仇。そして、椿さまの父君の仇、そして、私の仇」

女学校の頃には、香織の側にいたという千代は歌うように、十左を見ないままそう言った。

「しかし、お前ごときの死に、いかほどの価値があると思いますか？」

千代は訊ねた。

自分を斬り殺したとて、海に捨てねばならない大きな塵《ごみ》が一つ増えるに過ぎない。自分が居なくなれば高男のことだ。今度はどんな嫌がらせをする男を下男として寄越すか解らない。

「何もご存じない椿さまをこれ以上苦しめて、何の意味が」

皮肉を重ねて千代は問う。

行方知らずのはずの仇。死んだと聞かされているという男。口が利けない、それでも真面目に働く下男。――それが、自分だと、椿が知ったら。

仇を討てば確かに気は晴れるだろう。それに差し出す首も、今すぐにと言われても喜んだ。けれど。

悲しみを掘り起こし、瘡蓋《かさぶた》の傷をはがす。そうして今更椿を傷つけて、どうするつもりなのかと。

切り捨てるに値しない。住処《すみか》を汚し、始末に困る大きな汚らしい屍《しかばね》を残すばかりだ。切り捨てたとて現実は酷くなるばかりで、気が済むのは――自分だけだ。

「精々尽くしなさい」

冷たく、そして逃げ場がないほど峻厳《しゅんげん》に、千代は言った。

「椿さまの御為に。言を決して発さず、椿さまがお望みになるまで、全てを堪えて、ただ、耐えなさい」

「……」

にわかに返答はしかねた。

椿の為。解ってはいても椿を騙していることに違いはなく、これ以上の罪は最早憚られた。

「椿さまの、御為に」

無為の命も、汚れた嘘も、そのためになら幾ばくかにでも役に立つのだと、千代は言った。それこそが贖《あがな》いで、それこそが罰なのだと。

「……」

緩く押しつけられるまま、十左は無言で桶と布を受け取った。

この間のような汲み桶のような大きなものではなく、風呂にあるような小さな檜《ひのき》の桶だったから、あまり酷い様子ではないのだろう。

頷くことも、首を振ることも出来ず、ただ、うなだれて、十左は、塔を上る階段へ、足を踏み入れる。

真実と引き替えに、苦しみと断罪を。静穏と引き替えに、塗り重なる嘘と罪を。

煉獄《れんごく》の炎か、無明《むみょう》の闇か。椿が今まで保ってきた尊厳を突き崩されるか、或いは、いつか崩落するのを承知で、罪を重ねてゆくのか。どちらにしても。

「…」

やるせない笑みが思わず十左の大きな口元を歪めた。

高男という男は、本当に頭が良いと、十左は思った。


夕暮れの塔はいつも、下から燃やされるかのようだった。

百重波《ももなみ》寄せる荒磯。

煮える音を立てそうに、焼けた鉄のような夕日がきらきらと光る黄金《こがね》の海の果てに沈み、優しく藍を生み出す様は、鉄を落とした水が沸騰する様を思い浮かばせて、どこか神聖な生と死の儀式を見るようで、自然と声は憚《はばか》られた。

戸を叩くと意外にも、良いよ、と返答が返り、驚きながら十左《じゅうざ》は静かに扉を押し開けた。

そこには燃えるような赤い陽に照らされた部屋と、茜《あかね》に染まった海があって。

開け放ったベランダの扉。

常世波《とこよなみ》が寄せ来る音が、この部屋に詰め込まれてゆく気配のみの圧力に、皮膚が粟立《あわだ》った。

群青が降り落ちてくる煮え立った赤い海に、遠く波の白木綿《しらゆう》が幾筋も引かれていて、例えて言う神事の木綿の清浄な道のりは海界《うなさか》にも続いているように思えた。

そのベランダと、ベッドの中間辺りの床に、椿《つばき》はへたり込んでいた。

控えめに、暖炉の端を二度叩いて、自分であることを彼に知らせた。椿は振り向かなかったが、小さく頷《うなず》くような素振りを見せて、それを感知したことを、十左に伝えた。

厚い緞通《だんつう》に足音は消されても、気配は伝わるはずだ。ベッドに戻れと、どうやって伝えようかと、或いは、その腕を引くことは許されるのだろうかと、悩みながら近づいて、その横に膝《ひざ》をついた。

「……」

陽に照らされた椿の頬《ほお》は、染めようとする赤が艶《あで》やかであるが故に尚、その白さを際立たせていた。

整った横顔が瞬きもせず、差さない光を求めるように窓の向こうを見つめていた。長めの前髪を透かして見える、色の薄い長い睫毛《まつげ》、くっきりとした薄い唇。象牙に彫り込んだような細い鼻梁《びりょう》は整って高く、細い顎《あご》から続く喉《のど》への稜線《りょうせん》が、作り物めいて美しかった。

思わずそれに見とれる十左に。

「……この間は、悪かったね」

動かないまま椿は、独り言のようにそう言った。千代《ちよ》の言ったとおり、熱に潤んだ目をしていたが、塗り込められ、全て吸収されてしまう前に随分身体の外に出すことが出来たのだろう。ふらふらと頼りなく、それでも、身体を起こし、静かに座っていることが出来るようだった。

「見苦しいところを見せた」

目を伏せたまま、椿は言う。

それに、十左は首を振った。

あれほど苦しんで、踏み荒らされて、持て余す熱と行きすぎた快楽の地獄の中の自分を覚えていたと、椿は言うのだ。下男にそれを晒《さら》す屈辱さえ、抑え込んで。そして。

少しだけ長い沈黙を椿は挟んだ。寄せ来る重波《しきなみ》の、遠い波音をしばらく聞いてから。

「……十左は、何をしたんだ？」

苦笑いで、訊《き》いた。嫌悪より、諦《あきら》めが濃く滲《にじ》んだ問いかけだった。

椿のために、真っ当な人間を高男《たかお》が寄越すわけがない。

そんなことなど、自分以上に椿は承知だ。

「盗みか、喧嘩《けんか》か、……或いは人でも殺したか？」

冗談ではない様子で、椿は訊《たず》ねた。

「…！」

そっと中空に上げられる椿の手。口の利《き》けない自分の答えを椿は欲しがっている。

「――――…」

躊躇《ためら》って、陽が透けそうに薄い、その骨の浮いた白い手を取り、頰に押し当てた。

剃《そ》り残した髭《ひげ》に当たったのか、或いは、椿の柔らかい手に比べれば岩や枝のように節くれ立って荒れた手に驚いたのか、一瞬、椿はびくりと、手を引こうとしたが、大人しく、熱のある手を、自分の頬に沿わせた。だから。

十左は小さく頷いた。

「人殺し、か」

訊ねるのに、もう一度。

人殺しだ。しかも。殺した人間は。……自分は。

恐れるか、罵《ののし》るか、或いは、近づくなと、静かに命じるか。この塔を出て行けと、言い渡されるか。

覚悟に目を閉じ、熱を味わうように押しつけたままの柔らかな手のひらを頬に感じる。そのとき。

「……十左がそうするほどの人間は、余程非道な人間だったのだろうな」

穏やかにそう、囁《ささや》かれて。

「…っ」

奥歯を嚙《か》みしめた。

堪えるのが必死だった。問いたかった。

貴方が庇《かば》う人殺しが手に掛けたのが、貴方の父親だったらどうしますか。

路頭に迷った浪人崩れの四男を、下男として、けれど決して粗末には扱わなかった恩人を斬《き》り殺した男だと、知ったら、どれほどの罵倒《ばとう》を貴方は浴びせますか。

貴方のたった一人、絶対の贅沢《ぜいたく》と安全を保証する後ろ盾を斬り殺した男を。

故にここに追われる運命を与えた男を。

荒山に籠められ、畜生に堕《お》ちて尚、生き延び、再びその目の前に現れて、さらなる屈辱を与える男を。それでも、貴方を守りたいとこうして願う、身の程知らずの浅ましい人間を。

「…」

頬や手首に走り残った鞭《むち》の深い傷跡を、指先で探し苦しそうに辿《たど》って、椿は呟《つぶや》いた。

「すまない、十左」

そう呟《つぶや》かれた声を、思わず抱き締めて潰《つぶ》した。

事実だけを求めた椿。事情も、それが誰かも、そこに憎しみがあったか、恨みがあったか。妄執や愛憎、下世話で愚かしい欲。

過去にそんなものがあったかどうか、椿はその告白を求めない。

椿が謝るのは、本家が課した厳しい五年の罰と、こんな牢屋《ろうや》のごとき、波に浸った楼閣《ろうかく》に自分を寄越した高男の処遇に対する謝罪だ。

命を毟《むし》る厳しい罰から放たれて、今度は虐《しいた》げられる孤島の監獄へ。けれど。

そうではないと、その髪に頬を擦《す》りつけて首を振った。目頭が痛いほど熱かった。

《助けて》

あの日の叫びが鼓膜の裏に蘇《よみがえ》る。

鼓膜を内から削り取るほど、日を追うごとに薄く擦り切れて激しく震える。

妻を喪失した夫の苦悩。生まれたことさえ内密に、奥でひっそりと生き、日ごと愛した妻に生き写しになって行く、美しい子ども。

おかしな時間に大した供も付けず、屋敷の主が、椿のいる離れにひっそり通っているのを知っていた。

我が子可愛さだと思っていた。抑えられぬ貴重な愚かしさだと有り難く思った。

頼りにしていた。隠れ住む椿を幸せにと、願った。

中から上がる椿の声。椿は大人しい子どもだった。自分が何をしても、どんな面白《おもしろ》いことが起こっても、大きな笑い声を立てるような子どもではなかった。

なのに、何度か、椿の悲鳴を聞いた。

やはり父親は違うのだと、閉じられたそこに、はしゃぐような甲高い椿の声を聞いて苦笑いをした。あの、厳粛な主がどんな風に椿を構うのか、想像しておかしくもあった。

椿が、犯されていたとも知らず。

閉じられた襖《ふすま》は、決して開けることを許されなかった。当然だが、主が訪れている間、近くに寄ることも許されていなかった。

それはたまたま。

本家で、どうしても見あたらない、水切りのための大きな金盥《かなだらい》を貸してくれと内緒で乞《こ》われて、取りに行ったときのことだ。

主や高男が花を活けるための、家紋が打ち出された金盥は特別で、それが見あたらなければ一大事だ。高男が客のために花を活けることになったが、それが見つからないのだと、本家は大騒ぎになっていた。あんな大きなものがどう探しても見あたらない。紛失したとは言えず、けれど奥には香織《かおり》が使った、それと全く同じ品物がある。それを取りに。

椿の声が、聞こえていた。甲高く細く、とぎれとぎれの泣き声のようでもあった。

父に怒られたのか、或いは何か痛い目にでも遭って宥《なだ》められているか。そう思いながら庭先を、こそこそと過《よぎ》ろうとした。そこに。

襖が、細く、開いていた。覗《のぞ》き見る余裕はなかった。むしろ、決して開いていないはずの襖が開いていることは十左には酷《ひど》く都合が悪かった。

香織の生前の品が入った小さな蔵は立ち入り禁止だ。命のように必死に託された、黒く油に輝く鍵を握りしめ、見咎《みとが》められたら、と、駆け出そうとすらした。けれど。

黒い襖の縁に掛けられた、白く細い指。女のようで、しかし、それには幼く。

一つきり、小さな音を立てて、頼りなく転がり出た碧《みどり》色の石。

襖に縋《すが》り付くように覗く指。寄りかかるような押しやる動きで、少しずつ開く暗い襖の奥と、許しを乞う泣き声と。白い。

その瞬間を、十左はよく覚えていない。

網膜には、白い光の明滅のようなものだけがあったことを、刻んでいた。

白い指、白い肩。白い着物。銀を舐《な》める陽。鐵《くろがね》に輝く鍔《つば》の彫り。

白い脚。悲鳴と、涙。

あとで記憶と照合すれば、自分は履き物のまま、縁を駆け上がったに違いなかった。床《とこ》の間の奥に飾ってあった、日本刀を引き抜いたと思われた。

椿の幼く白い身体に深々と刺さった肉の楔《くさび》。

血の混じった白濁を纏《まと》い、赤黒く押し込まれたそれから、椿を助けたくて。

人を斬った感触も、真っ赤に浴びていたという返り血も思い出せなかった。

ただ、割れた額《ひたい》で振り返った驚きの主の顔と、恰幅《かっぷく》のいい腹をはだけただらしなく、滑稽《こっけい》にも見える格好が瞬くような断片で、記憶にあるだけだった。

直後の椿がどうなったかも、全く覚えていない。

家人が飛び込んできて、自分を取り押さえた。自分の仕手《して》かどうか聞く必要もなかった。音の渦に巻かれた。袋だたきの手脚も棒も、濁流に揉《も》まれるように何も見えなかった。

目の前で死体ごと着物で包み込むように襖に乗せて、主人が運び去られたことは何となく覚えている。その後、全く何の詮議もないまま、言い訳も許されない代わりに、理由も聞かれることはなかった。

今思えば、家人たちは、主の行いに気が付いていたのだろう。それを止める術《すべ》がないことも。その哀れな理由も。そして、何故《なぜ》自分がそうしたのかも。

人身御供《ひとみごくう》、と、身動きすら取れないほど殴られ蹴られ、折られた腕を縄で縛られて、夜中に屋敷から引きずり出されるときに、そんな呟きを聞いた。白羽の矢が立ったかのような、自分の行いをそう比したのか、或いは。

それから先はただ、辛《つら》い労働の記憶しかない。

幸せで穏やかな暮らしに微笑《ほほえ》む椿の夢を見ながら、土に腐った筵《むしろ》の上で浅い眠りについた。

確かに、椿は、自分の行いにより、一時的な苦痛から逃れられただろう。けれど。

結局、その血まで受け継いだかのような高男たちに陵辱《りょうじょく》され、いっそそれなら、あの父親の慰《なぐさ》みであったほうが、暮らしなりとも幸せであったのではないかと思うと、自分の所行は、どう言い訳しても罪にしかならない。

「……っ……」

謝罪すら、言葉に出来ず、また打ち明けられもせず、ゆっくりと、振った首に、柔らかい手に硬い頬の髭が擦れたのか、椿が震えて軽く竦《すく》むのが解った。いつもほどでなくとも、薬は多分、効いていた。だから。

「……」

そっと、背中を撫《な》でた。

この間のように、楽にしてやれれば良いと思った。けれど。

「十左は、優しいな」

哀しい瞳で、軽く俯《うつむ》いた椿は前髪の下でそっと笑った。

「こんな汚い私を、労《いたわ》らなくても良いんだよ」

耐え難《がた》い汚辱と、それに屈するを余儀なくされる自分を椿は恥じた。

精神ばかり凛冽《りんれつ》で、気位高く、清廉《せいれん》に生まれついたそれは、自分の罪と比べる術を知らず、真っ先に己の置かれた処遇の汚らしさを恥じたのだろう。

そうではないと。椿のせいではないのだと、むしろ、この運命を受け入れ尚清冽《せいれつ》であろうとする心根こそ代え難《がた》く美しいのだと、そんな説得は、それすら汚してしまいそうで十左の口から決して発することは出来ない。

「何…。側《そば》にいてくれるのか……」

抱いた腕に力を込めることしかできない自分に、椿は自嘲気味に笑ってそう言った。熱っぽい指が、彼を抱いた指にするりと掛かった。

そっと預けられる髪。小鳥のような、或いは、白い神々しい蛇のような。美しく儚《はかな》い姿の体温が、酷く頼りなくいじましく、いとおしかった。

欲望が下腹でどれほど猛《たけ》っても。

弾みそうになる息を抑えて、十左はそれを支えた。椿のそれも、苦しいほど熱を抱えているのが解った。けれど、椿がそれを浅ましく思うなら、それに従うまいと、十左は、ただ、椿を――――明けの明星が白く掻き消える夜明けまで、そうして抱いていた。

小さな幸せと、人は例えてそう言うけれど、自分たちに与えられた束の間は、まさにそれの一つだった。

高男たちは、秋の初めの家の行事でこの塔を訪れている暇がない。

仮にも華道の宗家だ。菊の盛りのこの時期は、園遊会を始め、数多《あまた》の尊い家の御花を受け持ち、自らの屋敷でも、権勢を知らしめるがごとく華やかに賀宴《がえん》を取り持ち、名だたる賓《ひん》客《きゃく》を花で持てなす。

茶人、政財界の有力者、宮家、非公式ながら東宮《とうぐう》までをも迎え、先代は行幸までをも得、広い庭に角を仕切って天覧角力《すもう》までを披露したというのは、先代が酔う度に口にするのだと、古い女中が言っていた。

各界の覚え目出度《めでた》き重鎮ばかりが首を揃《そろ》え、努々《ゆめゆめ》それを疎かにできるものでもない。

茶会を開き、宴《うたげ》を広げる。夫人たちの華やかな洋装と艶やかな錦の着物が行き交い、庭に、茶室の花々に、秋の蒼天に舞う美しい蹴鞠《けまり》にため息をつく。

子爵《ししゃく》家の権威を示し、沽券《こけん》を誇り、尚華やかに見せつけるほどに。それが存在意義である高男たちは今頃、用意と重なる挨拶《あいさつ》回りの外出と、奥を埋め尽くす引き出物の誂《あつら》えでてんてこ舞いだろうと、ほくそ笑むように、そして少し口惜しそうにも、千代は言った。本来そこにいるべきは、椿だったのに、と、千代は口にしないまでもそう思っているようだった。

桜に比べて菊の季節は長い。

穏やかに日は過ぎ、十左は懸命に働いた。

屋敷勤めの経験に加え、山で培った強い身体が、千代を喜ばせたようだ。

薪《まき》を割り、水を汲《く》む。海水を汲み上げ、蒸留して飲み水を作って溜める。ついでに潮も煮詰める。塩で野菜を浸す。

椿の所望で椿の室《しつ》のベランダから、魚を釣って見せた。一日掛けて、小さな虎魚《おこぜ》が二匹釣れた。汁椀の具にもならないようなものを煮付けて出すと、二箸にしかならないそれを、椿は喜び、そしてその少なさに驚愕《きょうがく》したようだった。十左は笑って、こんこん、とテーブルの端を叩いた。

是が二つ、非が一つ。

いつしかそれが、自分の返事だった。また釣る、と、そう答えたつもりだった。

このままで良いとすら、思い始めていた。

毎日欠かさず灯台に灯《ひ》を灯した。椿を眺め、薬のせいか、熱を出しがちな椿をかいがいしく看病をした。腰が曲がり始めた千代の肩を揉み、流れ着く流木を集め冬に備えた。

だから、――――今日も。

ベランダに、籐《とう》の一人がけの椅子《いす》を出した。暖かい膝掛けとショールを巻かせたものの、秋の海風は、沖鳴りを伴って、暮れと同時に気温を攫《さら》う。

窓の向こうの海はもう、たっぷりと闇を含み始めていて、白幣《しらにぎて》と呼ばれる指先を順に折りたたむような白波が、幾つも丸く手招きをしている。

「……」

眉をしかめ、いくら波の音が好きだと言っても、まだ室に戻っていない椿に、十左は、壁の縁を二度、叩いて自分の来訪を彼に告げた。

彼は、振り向かず穏やかに笑ったまま、自分が近寄ってくるのを待っていた。

「……懐かしいことを、思い出した」

もう一枚、ショールをソファーから拾い上げ、それを巻き付けて、抱えるように椿を立たせると、そんなことを、椿は言った。

「昔、屋敷にね、同じことをする者がいて」

椿はほとんど屋敷の話をすることはなかった。家人に未練を起こさせてはならない。そんな配慮が見えた。けれど、自分が家人《それ》でないと思うせいか、椿は千代の前では必要以外には言葉にしない本家のことを、話した。ただそれはあくまで本家の仕来りや思いの持ちようについてであって、珍しい、いや、私事を椿の口から語られるのは初めて、だろうか。

「廊下の柱を二度、叩いて、自分が自分であることを知らせてきたんだ」

言葉を聞いて、息を呑《の》んだ。

「私は目が見えないからね。女中ではないと、そんな合図に」

迂闊《うかつ》だった、と十左は手を握りしめた。

思いつきの無邪気な行為。それが椿の記憶をわざわざ揺すり起こしたとしたら。

「女中たちは、虫を怖がったから、月鈴子《すずむし》とか、蛙《かえる》とか、蟋蟀《つづりさせ》とかをそうして、差し入れてくれたんだ。金琵琶《まつむし》とか、蜥蜴《とかげ》とか、飛蝗《ばった》とか」

飛蝗は飛び跳ねて、私も恐ろしかった、と、本当に懐かしそうな微笑みで、椿は呟いた。

「……っ……」

身体が震えそうになるのを堪える。椿の中に穢《けが》れのない頃の自分がいるのが恐ろしくもまた、……震えるほどに幸せだった。けれど。

「どうして、いるだろう……」

哀しそうな独り言のような呟きに、十左は、首を振って、白い、草履《ぞうり》を履いたことのない柔らかいつま先を、美しい硝子《ガラス》タイルで貼られたそこから、暖かい緞通まで導いた。

素直に身体を沿わせてくる椿に、奥歯を噛みしめながら。

教えてやれる。彼が言う、その者の行く末を。

問いながらも、死んだと疑わないだろう、その者のことを。

罪に血塗られ、地を這《は》いずって、首根を摑まれ、そこから海中《わたなか》へと引きずり出され、今、ここにこうしていると。その身の側に沿うているのだと。

「飛蝗が食べられると聞いたときは、心底ぞっとしたよ」

佃煮《つくだに》にして食べられると聞いたから、半日掛けて、大量の飛蝗を捕獲したことがあった。台所に持ち込む前に、ひと目成果を見せようと庭に忍んだ。

食べないかとそっと持ちかけた。北でそれは大変珍重される美味だと聞いたからだ。けれど、椿は言葉を失うほど真っ青になって、飛蝗は好まない、と、わさわさと音を聞くだけでも麻袋いっぱいに詰められた飛蝗に、狼狽《うろた》えたように暗闇の視線をそれでも動かして、逃げ場を探そうとした。しかも。

手を滑らせて、部屋いっぱいに、破裂の勢いで飛蝗が一斉に飛び出したことも、椿の恐怖の想い出に拍車を掛けているに違いなかった。

今でも、想い出と、笑うに憚られる十左の大きな失態の一つだった。

室内のソファーに降ろされた椿は、頼りない仕草で柔らかい羊の毛のショールを肩に巻き付けなおした。

海風に冷えた身体が、少しだけほっとしたようなため息をそっとつく。

それを見ながら、十左は、ベランダに続く二枚挟みの硝子の扉を閉めた。そして。

「……」

三度、十左は、その硝子戸の桟《さん》を軽く叩いた。

「義理立てをするほどのものではないよ」

二度の合図が、彼との想い出ならばと、譲った十左に椿はそう言って苦笑いをしたけれど。

信じがたくもそこに、あの頃の自分が優しく棲《す》むならば。

自分のために、椿との間にだけ交わされる秘密の合図を、あの頃の自分に譲りたかった。

「……」

椿は、合図の他には自分の頬か髪に触れるしか、確認の手段がなかった。だから、

「…」

その前まで、歩み寄り、脅かさないよう目の前に膝をついた。そして当然のように確かめようとする盲《めし》いた者の仕草で手を差し出す、そんな椿に頬を触れさせ、十左は首を振った。

どうか、大切にしてくれと、浅ましくも願った。

あの庭の、小さな静穏だけが幸せの記憶のように思える椿の心の中に、自分が与えた、ほんの些細《ささい》な、それでも思い出があるというのなら。

嬉しくて、いとおしかった。

飛蝗を椿に差し入れた彼は、もう、――自分ではないけれど。

思い出したのか、哀しげに眉を寄せた椿にふと。

「…」

十左は顔を上げた。

軽く椅子の縁を三回叩き、触れると合図をして柔らかく掻き上げた椿の白い額に触れた。

「————…風邪じゃない、十左」

触れるに明らかなそれを、読み取り、椿は、先に答えた。

「……」

十左は眉を顰《ひそ》めた。脈を取るために触れる手首は明らかに熱く、速い動悸はどうしてここまで静かでいられるのかと思うほどの早鐘を打っていた。

これが病《やまい》でないならば、と、訴えかける目で椿を見ても椿にはそれは伝わらない。椿は、少し気まずそうに、自嘲の笑みで、熱に際立つ蒼い瞼《まぶた》の目を伏せて。

「急に、身体のどこかに残った薬が、思い出したようにこんな悪さをするんだ。病気などではないよ」

高男たちが椿に仕込んだ、唐《とう》や非立賓《フィリピン》から持ち込まれた得体の知れない丹薬はこうして、身体から流れたはずの頃になって、急に喉の奥にでも引っかかっていたものが溶けたかのように、椿に強く作用するという。

「……」

だったら。

十左は、もう一度、椅子の縁を三度叩いた。退室の合図だった。或いは。

「————…」

戸惑って、熱を発する細い指を取り、頬に押し当てる。椿がどんな痴態《ちたい》を見せても、辛いなら側にいる。あの、忌まわしい薬がどれほど椿を苦しめるか、身体を焼くか、肌から汗を搾《しぼ》り取るか、苦しがって泣かせるか。それを知っていたから、側にいて痩せた背を撫で、苦しみが去るまで、綿で水を含ませられればと思った。

椿が嫌がれば、見ないこともするし、この口では何を見たとて誰にも何も漏らせない。

「懐かしいことを…少し思い出したからかな」

身体の中で、少し時が巻き戻ったようなことを、椿は言った。

「……夕餉《ゆうげ》はいらない。水はあとでいつもの場所に差し入れてくれ。今夜はもう、褥《しとね》に」

だから出て行けと、椿は言った。

寒いだろうと心配したそれは、地平の向こうから運ばれてくる海風で、身体を冷やそうとしていたのだと知ると、尚不憫《ふびん》だった。

こうして一人、耐えてきたのだ。千代では正視はままなるまい。それほどの苦しみようと、美しくも淫らな、乱れようだったから。

「……心配しなくて良い、十左」

困ったように、椿は笑う。風に分け与えなくなった体温は、あっと言う間に驚くほどに上がり、椿の唇を真っ赤に染めた。

吐き出さないと、辛いのだと、そんな響きの声だった。だから出て行けと。

「……」

躊躇《ためら》って。

頬に手を触れさせて、胸に額を擦りつけるようにして頭を下げた。許しを乞う動きだった。

そして、彼の腰にそっと手を回すと。

「そうまでする必要がない…！」

困惑したように、椿はそう言った。

「……」

許されざることだ。下男が主人の肌に触れるだなどと。けれど、そうすれば、椿が少しでも楽になるなら。

ここには誰もいない。千代も、――彼の信頼を得た、本家の庭の少年も。だから。

浅ましくこの身に猛る欲望を抑え込んでも。

椿は、本当に困った顔で、苦しげに今まで微《かす》かにでも浮かべていた笑みさえ消して呟いた。

自分の思惑を見透かしてのことだった。

「お前が、どこの下男でも、人殺しでも」

抱かれるのが欲望だろうが、哀れみだろうが。傅《かしず》かれて育ってはいても、あの美しい鳥籠《とりかご》のような部屋で、それでも椿は、椿自身、忌みものとして、扱われたから。

――私はそれ以上に汚い。

椿は、海鳴りに紛れ、消え入りそうに、そう、告白した。

海風に幾ら晒《さら》してもぬぐい去れない熱。律しきれない欲望と、餌《えさ》を待つかのように熟《う》れて爛《ただ》れる貪欲《どんよく》に開く口。それらは、精神のみとはいえ、否、妥協を知らない孤独の中で育ったからこそ、酷く椿を戒《いまし》め律して、それから外れる自分を汚らしく思っているらしかった。

それが余りに労しくて。

「！」

頬にその手を押しつけて、強く首を振った。汚れてなどいない、と。誰よりも綺麗だと。

「十左」

早く離れろと諭《さと》す、苦笑いに。

「！」

余計強く、腰を抱いた。無礼を承知で、その下腹に腰を埋めた。布の下にある、硬く熟れた実が柔らかい椿の肉体の一部だと思うと、酷く不思議に思えた。形を変えてまで欲しがるそれが、どれほど追いつめられているのかも。

「十左、汚……！」

幾ら彼自身でも、彼を貶《おとし》めるのは許せなかった。だから。

「ん……！」

怒ったようになる表情のまま、唇を吸った。

「じゅ……、う…、ふ」

彼が、彼を傷つける言葉をもう紡げないよう。深くその唇を塞《ふさ》ぐ。

「……」

濃い毛の密集した、淡い色の睫毛に縁取られた鳶《とび》色の目に涙が滲む前に、十左は、乱暴な口づけを解いた。滑らかな白い額に焼けた自分のそれを合わせ、ほっそりした鼻に自分のそれで触れあわせる。自分を見ない瞳を覗き込んで、目を伏せた。

「………」

告げたかった。汚れていないと。

全てを知っている自分が必ずそう証明すると、誓いたかった。

貴方がどれだけ綺麗か。貴方がどれだけ厳しいのか。

それを、言葉の限りを尽くして、この人に伝えたかった。けれど。

「……ありが、とう」

苦しさから解放されたはずの、椿が不意に目にいっぱいの涙を湛《たた》えて呟くから。

「…」

もう一度、今度は、そっと、見えない彼を脅かさないように口づけた。彼が少し怯《おび》えた様子を見せたから、押し当てたままの手で、いいのか、と首を傾《かし》げる様子を伝えた。

彼の誇りを傷つけはしないか。彼の尊厳を、或いは、あの高男たちと同じ苦痛を椿に与えはしないだろうか。そして、それが椿なりの謝罪による我慢や代償なら、決して受け取りたくはなかった。

――波音が高かった。

永遠に繰り返される音。無限に打ち寄せる常世波。海界を越えて轟《とどろ》く低い濤声《とうせい》。

遠雷が聞こえる。

沖鳴りの向こうに。

問うたあとの、長い沈黙の果てに。

「――……今夜は、冷えるな…、十左」

諦めたような哀しい笑いが自分を許すのに。

「！」

その身体を包み込むように背中に大きく手を回し、脅かさないようにそっと、けれど、逃げられないほどに強く、膝立ちでその身体を抱き締めた。

「……」

耳元で漏らされる、ため息の熱と、抱き締められる苦しさに浅く上擦《うわず》る吐息を聞きながら、腰の後ろで、貝の口に縛られた、帯を解く。

器用だな、と、彼は笑ったが、本家では、日常、男子は下男までもが全てそうして結んでもいたから、山では、麻の縄で固結びの生活ではあったが、指はその、織り込まれた衣擦《きぬず》れの音や、美しく巻き上げられた布の感触を覚えていた。

「……十左」

絹鳴きで帯を解けば、簡単に着物は緩《ゆる》んだ。細い鎖骨を覗かせる襟の合わせに指を差し入れ、ゆっくり下に引き下ろす。

袴《はかま》を穿《は》かない、そして目も不自由な椿には、普通男が着るような上下の分かれた襦袢《じゅばん》ではなく、真っ白な絹の、裾《すそ》にだけ、控えめに秋草の絵の描かれた、青色の染めが入った一重《ひとえ》の長襦袢を着用させていた。

ほんのりと、千代が合わせた香の焚《た》きしめられたそれからは、微かに百歩《びゃくぶ》が薫っていた。潮に晒され、高級な樟脳《しょうのう》の匂いが薄れたそれは、尚高雅に控えめに、椿の肌の甘さに移って薫る。柔らかい襦袢も丁寧に開いた。

腰に細い帯を緩く巻き付かせたまま、ソファーに足先を上げさせ、裾を割らせて、眩《まぶ》しいほど白く、細い、膝を開かせて。

「……十左！」

不安そうに触れていた髪を、そこから花の花芯のように現れた肉の突起に唇で触れると、苦笑いが浮かびそうに必死に摑まれた。

「嫌だ、十左。私は」

そんなことをしなくとも大丈夫だからと、薬に溶かされた身体をそんな風に彼が言うから、余計に。

「アアッ……！　あ！」

白い、優しい形のそれに舌を伸ばした。脂肪を持たない硬い茎は瑞々《みずみず》しく張って、先端の植物じみた丸みを帯びた柔らかさは、切ないまでのいとおしさを十左にもたらした。

「う、あ……あ！」

白い内股を震わせて、椿が細い声を上げる。快感のさざ波が立つ度、そこにうっすらと紅が掃《は》き重ねられるのが、春の儚い花びらが降り敷いてゆくようで、酷く美しかった。

「……っ、あ！　ア！」

細く、高い声で、椿は啼《な》いた。雲雀《ひばり》が啼くような美しい声だった。

それが聞きたくて、舐め溶かすほどに愛した。甘く嚙み、先端の形を教えるように差し出した舌で丹念になぞる。吸い舐め、口内に含んで、舌で包んでさすった。

「んん……！」

すぐに二度、簡単に吐き出された蜜を赤子のように欲しがって十左はそれを止めなかった。

「十左……！」

震えて閉じようとする膝を許さない。室内しか歩かない椿の脚は細く、生まれて一度も陽に晒されないその場所は、雪のように白く、どんな繊細な血潮すら赤裸々《せきらら》に透かして見せた。

「やあ、……っ…！」

口元をべたべたに汚したまま尚、萎《しお》れかけた椿を愛そうと舌を伸ばし、薬で何も拒めなくなった下の口に、椿の粘液で濡《ぬ》れた指を伸ばしたとき。

「嫌だ…っ…、十左…！」

「…」

呟かれて、躊躇った。椿が汚いというなら否定したかった。そして自分を嫌っているなら手を離したかった。主の身体を犯すなど、本来なら出来るわけなどない。ましてや無理に肌を合わせ、一番柔らかく弱い場所に押し入るなど。けれど。

「……っ…」

体中を真っ赤に染め、乱れた着物を僅《わず》かに腹の辺りにまとわりつかせて、細い腕でしがみついて。

「ここは、いや、……だ」

紺の絣《かすり》の肩に、目元を押しつけてくる、柔らかい薄い色の髪の下から乞う、その声には、嫌悪はなくて。

「…」

額を合わせて、頷いた。ベッドが良いのだろう、多分。あそこは柔らかくて、清潔で広くて。椿の痩せた身体を傷つけない。

「…十左！」

軽く抱え上げると驚いたように彼は首筋にしがみついてきた。思ったよりもずっと軽かっ

た。鳥のようだった。

見えないまま振り回されたのが恐ろしかったのか、ぎゅっとしがみついて落ちまいと縋《すが》る姿が目が眩《くら》むほど愛らしかった。だから。

「……」

繻子《しゅす》の天幕に押し入り、椿をそこに降ろす。

自分も上がって良いかどうか。本来なら許されるはずもない場所に戸惑うときに。

「……」

縋るような手が伸ばされた。

闇に。助けを求めるように。

何かを逃すまいと細い指を開いて伸ばされるそれに。

「――――!」

白く焼け付く衝動のまま、十左はそのいとおしい生き物を加減のない力で抱き締めた。

どうしてこの手を伸べずにいられるだろうか。

どうして、砂に打ち上げられた鱗《うろこ》のない魚の儚さをした肌で、空気の熱さにのたうつ人を、己のものにだけと抱き殺す誘惑に逆らえるだろう。

「!」

抱き包んで倒れ込んだ。野蛮な欲望で、もう椿との体温の差があまり酷くは感じられない。

「灯り、は」

弾んだ息の下で、椿は泣きそうな声で訊いた。陽が暮れるに任せて暗くなるばかりで、薄い布の中では、それも酷く暗かった。

ただ。

洋風の有明行灯《ありあけあんどん》が天蓋《てんがい》の中には届けられていた。

今宵は空が重く、海鳴りが低く轟く時化《しけ》の気配だ。光もいつものものでは足りないと、そんな判断も十左には出来るようになっていた。

椿の世話を手早く焼いて、上の灯台に上がろうと思っていた。色硝子を嵌《は》め合わせた小さな行灯に手燭《てしょく》を差し込み、彼の、ベッドの枕元に置いて。

「…」

ない、と、髪を擦りつけ答えた自分は卑怯だろうか。

彼は、そうか、と、ほっとした声で答え、乱れた姿を抱え込むようにしていた四肢から、ゆっくりと力を抜いた。

「……」

見とれるほどの可憐《かれん》さだった。

不安げに眉を顰めた表情で、薄い唇を熱に赤く開き、白い胸元を晒す。

緋《ひ》色の耳元、毒に打ち据えられても肌は瑞々しく薄く張って、立てた膝に浮いた骨までも作り物めいて美しかった。けれど、それが陶器のように思えないのは、哀れなほどに生を主張する、欲望に実るたおやかな身と、涙に濡れる、ものを映さぬ眼の美しさ故《ゆえ》だ。

「……」

脅かさないように、髪に触れ、それから、その場所に口づけた。頬に触れ、そこに。荒れた指に遠慮しながら、尖《とが》った鼻先に。確かめるように形のはっきりとした上唇をなぞり、そこを、そして、同じように赤く濡れた舌を。

割れた爪が毛羽立った親指で、その隙間《すきま》を開かせて、指を押し込んだまま閉じられないようにして深く唇を合わせ、熱の籠もった吐息を、舌を優しく深く、長く、吸った。

「……ふ……」

長い口づけに焦《じ》れたのは椿で、苦しげに腰に剝《む》き出しの肉の芽を擦りつけてきた。だから。

「あ――――！」

とっくに尖《とが》った胸の、溶かし硝子のような赤い突起に舌を伸ばした。硬いそれを歯で揉《も》みしだき、音を立てて舐《な》め上げる。捏《こ》ねる音がするほど、硬くした舌先で抉《えぐ》る動きを繰り返す。

「ふ…っ、あ！　ア！」

その度に、椿は震え、けれど、それを必死で噤《つぐ》んでやり過ごそうとして、それでも堪らず解ける唇から漏れる悲鳴が、狂おしいほどいとおしかった。

脇腹に浮いた骨を辿る。食べさせなければ、と、その凹《くぼ》んだ溝に思う。困惑を極めたように、怯える仕草で身を捩《よじ》る身体を舌でなぞりながら、魚を釣る手段をろうじる。好き嫌いの多い椿だが、白身の魚は好んで食した。

柔らかく凹んだ下腹。髪と同じ色の柔らかい茂み。

そこに触れて、愛していいかと許しを得るのに、椿が暴れた。けれど。

「や、アアあっ！」

縫い止めるように、摑み退けたその奥の柔らかい入り口に指を深く差し込むと、

「……あ……！」

観念したように、しなやかな四肢を自ら緩く搔《か》き寄せて、震えながら動かなくなった。

「……」

体内はすでに蕩《とろ》けるようで、指ごと溶かされそうに燃えるそこは、息するように緩い痙攣《けいれん》を繰り返していた。

「ん……」

顔の前で、腕を軽く交差させ、堪えがたい様子で、椿が緩く悶《もだ》える。

身の置き場がなくて、投げ出した手の手探りで、所在なさげに敷布を摑んで引いた。

身体に柔らかい絹をもつれさせながら。緩く。死に絶える魚のように長い絹の鰭《ひれ》をのたうたせながら緩慢に、美しく。

陶然と目を細めて十左はそれを鑑賞した。目の眩《くら》む痴態だった。

触れるのが恐ろしいような、椿だった。だから。

「…」

傷つけられないと、痛ましくすら願い、もっと念入りに解《ほぐ》そうとする、そのとき。

「……十、…左」

懇願するような、何を言葉にしていいか、解らないかのような、少し怒ったような。

躊躇った挙げ句、つま先の伸ばされた、十佐の腰を挟む膝に力が込められる。

「……」

少し驚いて、椿の髪の横に手をついて見下ろす彼は、泣き出しそうな不機嫌な表情で。もう一度。

「十左……！」

察しない自分が無粋とばかりに、苦痛の表情で、自分の腰を挟んだ震える膝を、引き寄せる仕草をして。

言葉が許されるなら、謝っただろう。けれど、それだけは、死んでも、出来なかったから。

「――…」

椿の熱い頬に自分の頬を擦り寄せ、軽く左右に擦りつけて、いいか、と乞う仕草をする。

椿は目に涙をいっぱいに溜めて、返事をさせられる屈辱に、苛立《いらだ》たしくけれど甘く焦《じ》れたように、小さな頷きを返した。

「……ん…」

女のように柔らかく腫《は》れた場所は、それでも女のそれよりも随分狭く、割り入る苦しさがそのまま椿の苦しみを感じさせた。

「十左……あ…！」

驚くほどに柔らかい場所に、恐る恐る踏み込む。激情のまま突けば濡れた薄紙のように儚く破れそうで、けれど貪欲に呑み込もうと熟れる粘膜は、いじらしくしがみついて十左を欲しがって。

「……っ！」

ゆっくりと、何度も埋めなおした。うごめいて欲しがるそれを引き抜いて、椿の角度を何度も探した。

一番奥に埋め込めるまで。剛直な凶器の根元に茂る十左の下腹の終わりが、椿と合わさる場所に擦れるまで。何度も埋め込み、引きずり出して、初めからこんな形で生まれたかのような深い繋《つな》がりの場所で、ゆっくりと揺すり上げられるほどには。

「十左……！」

叱《しか》る声を、椿は初めて発した。苦しいのかと、覗き込もうとしたとき。

「アふ……！」

不意に絶頂の飛沫《しぶき》を放たれて、十左は下腹に飛び散ったそれを見つめた。

「は……っ、ふ……！」

椿は息を弾ませ、折った中指の関節を軽く嚙んで、声を殺していた。飛沫は肩まで飛び散り、まだ、十分な硬さを湛えたままのそこからは、たらたらと鼓動と共に、白濁の残滓《ざんし》を垂れ零《こぼ》している。

椿を労る自分の動きが、椿を簡単に追いつめたのだと。そう言えば、待て、と、言われたような気がしたが、譫言《うわごと》のような拒否を何度も椿は繰り返したから、聞き流した……覚えがあった。

「十左の……馬鹿者……！」

前を弄《いじ》ってやりもせず、後ろだけで極めさせられた。

それが椿の、未《いま》だに在処《ありか》のわからない、彼独自の自尊心に触れたのだろう。

「……」

苦笑いで、彼の頰にそれを合わせ、謝罪の代わりに擦りつけると、もう良い、と、ふてくされた返事が涙声で返ってきた。だから、どうにかして彼をあやそうと。

「あ――――!?」

細腰を抱え上げ、ゆっくりと引き抜いた、まだ金棒のように硬い十左を思いきり奥まで突き通してやった。

「あふうッ！」

悲鳴のような甲高い声が上がったが、それに含まれるのが痛みだけではないことが十左を安堵《あんど》させた。

「あ……！　ア！」

肩に縋り付いて、細い啼き声を上げる。

まだ少年の名残《なごり》の強い薄い腰を掻き抱いて、片脚で乗り上げたベッドの上に、半ば抱え起こすほど抱き締め、自重で深く犯させながら、下から最奥まで突いて捏ね上げる。

二人分の熱に揺られてベッドが、小舟のような軋《きし》んだ音を立てた。

二度目の絶頂は薬が体温に溶かされたように早かった。

「あ……く、……う……！」

蕩けた身体の中から、淫猥《いんわい》な音を立てながら十左の濃い白濁を溢《あふ》れさせる。自分が飛沫《しぶ》いたそれは十左の下腹に吐き付けられ、繋がる場所へ流れて、十左の楔《くさび》を尚奥に迎え込んだ。

きし、と音を立てて肉が軋む。抵抗はないに等しいのに、滑らかな粘膜はきつく十左を噛むのだ。しかしそれもすぐに粘った蜜の、淫らな音に掻き消され、身体の奥で聞こえるばかりになる。

ゆっくり呑み込ませれば、赤い粘膜の隙間から白い蜜を滴《したた》らせる。捏ねれば小さな泡で音を立てて溢れかえった。

「あ……は……、……っ……」

腕の中でのたうつ哀れな肢体が、深い深い、絶え入るような息を吐く。

さらに柔らかく沈んでくる身体。それは、幸せに括《くく》り殺される泥沼のような、或いは解け合う水銀のような、二つ身にはもう戻れない快楽で。

「じゅ…」

掠《かす》れた吐息が確かめるように呟いて、頼りない指が唇を探す。

それを取り、十左は頬に引き寄せた。そして、敏感なそれに、微笑みの形を教えると、その手を退けて、椿の頬に、自分であることを知らせるように、髭の残ったそれを擦りつけた。

「ん……」

ほっとしたように、椿は笑った。

ゆっくり背から柔らかい布団に落とし込むと、不安そうに、けれど、深い繋がりに安堵したような息を吐いて、骨細の手を差し伸べながら、ゆっくりと腰をうごめかせた。

素直なその様子がいっそ浅ましく無邪気に幼くて、愛らしかった。

抱けば安堵の吐息をついた。きゅ。と、音がしそうなほど、自分から見れば鳥の骨のような白く儚い長い腕でしがみついてきた。柔らかみが不思議なような椿の皮膚だった。白壁かと思えば、血潮の掃くそれは柔らかい桜の芳葩《ほうは》のようでもあり、冷たいかと思えば、抱く腕の覚悟を試されそうな熱した欲情の塊だった。

その、有り難さに、十左は目眩《めまい》に強く目を閉じた。

少しでも慰められればいい。

少しでも支えになれれば、その不自由な運命の手足になれればいい。

孤島の牢獄。本当の地獄。そう思って差し向けられた場所に、尽くすべき人がいた奇跡。

その代償が声ならば。

「……」

一生、愛の言葉も、恋うる言葉も伝えまいと、十左は思った。

この人の側にいられる代償ならば。決して呻《うめ》き声一つ発しまいと。

「……十左……ぁ……ッ！」

また、身体を哀れなほどに蕩かして上り詰めるいとおしい人を強く抱き締め、その奥深くに白い熱を吐き出しながら。

「――――！」

十左は誓った。

凪《なぎ》が長く続かないように。花に終わりがあるように。

それでも短く、そして、どこか長いようにも思えた平穏の幕が、拍子木《ひょうしぎ》が鳴り響くかの、明確な終わりの瞬間を以《もっ》て閉じられるのを感じながら、千代は纜《ともづな》がきつく結びつけられる桟橋の崖先で、深く頭を下げた。

菊の宴は長く、その幸せを噛みしめた。

椿が穏やかに微笑んでいて、凪いだ海の綾波《あやなみ》を見ながら、椿の身の回りの世話をした。

縫い物を仕立て、高男や満流《みつる》が投げ寄越していった、椿には到底下品な着物を解き合わせて、十左に新しい着物を何枚か縫った。

十左が着るのは、絣《かすり》か綿地の作務衣《さむえ》で、椿の絹の長物《ながもの》とも、袴とも違って、股は別れているが、膝下までのそれは随分動きやすい作りになっている。

本家で独特に着用される下男の作務衣は、縫う千代にも懐かしく、また、自分の手前、礼を深く言ったきり黙り込んだ十左にも同じ懐かしさで沁《し》みたようだった。

本当は、ただでさえ立場の危うかった自分たちを、ここへ突き落とした十左の行いを許してはいない。けれど。

「また歳を取ったか、千代」

菊の宴の間に仕入れたのだろう箱いっぱいの妙な物を、下男に持たせた高男に、

「…総領様にはご機嫌麗しゅう、お慶び申し上げます」

心にもないことを言って頭を下げながら、彼らに比べればましなのだと、千代は、入り口の側で忍ぶようにじっと、言いつけどおり深く頭を下げて動かない十左の気配を背中に感じながら思った。

「新しい下男はまだ生きてるじゃねえか。ああ!?」

面白そうに笑って、少し酔いでもしたのか、唾を吐きながら満流が下船してくる。その後ろには、反物や着物の入っているのだろう葛籠《つづら》と、食料を抱えたいつもの小柄な下男が続いていた。

これから寒くなる。反物は有り難かったが、どうせそのまま着られるような品のある品《しな》ではないだろう。

「椿はそこまで腰抜けかぁ？」

顔を押しつけるように前に出し、歯を見せながら下品に笑って、満流は十左を押しのけ、塔への扉をくぐった。自分の必死の抵抗を芝居でも見るかに高見から面白く、嘲笑《あざわら》うかのようにして。

「耐えなさい、十左」

そう小声で呟いて、唇を結んで俯く十左の横を千代は通り抜けた。

これから起こるであろうこと。これから彼らが椿に行う無体を。

椿は耐えると決心したのだ。どれほどの侮辱も、屈辱も、逆らうことなくあの脆《もろ》い身体に受け止めてきた。それを崩されては、今まで長く堪えた椿の努力を泡にする。本当の惨めさはそこにある。

――――私は、大丈夫だ。

余りの扱いの酷さに、やめさせてくれと、泣いて願ったことがある。失明しただけで、ここまでの扱いを受ける謂《いわ》れはないと椿に訴えたが、本当は。

椿にもどうにもならないことを、千代は知っていた。

椿が失明し、香織が死んだ。

実の母親に目を潰された嫡男の存在を、どう周りに伝えればいいのか、解らないまま奥の離れに隠したまま、先代の館《やかた》が死んだ。

椿の存在は誰にも知られないまま。

その頃にはすでに高男が家を継ぎ、家内の派閥もすでに揺るがぬ状態で、名顕《なあらわし》は尚難しい状態にあったから、香織の実家にも椿の存在を知らせることは許されないままだった。まだ存命のはずの香織の両親は、孫の存在すら知らないまま、窶《やつ》れ果てた娘の遺骸《いがい》と泣き別れた。覚悟の上だったとは言え、余りに痛ましい細い亡骸だった。夫君の有吉《ありよし》が死んだとき、椿の存在は決して表には出せないものになっていた。

「……」

大きな笑い声を塔中に響かせながら、長い階段を上がる彼らに痛む膝で付き従いながら、殺されるべきは、と、千代は思う。

椿を嘆く前に、十左を責める前に。

死に値するは、香織の葬儀のとき、本家を裏切っても椿の存在を、子を成さないまま病《や》んで死んだと、居たたまれなく口惜しく、肩身を狭くして訪れた、香織の実家に知らせなかった自分ではないかと。

今思えば、あれが最後の隙間だったのだ。見る間に閉ざされてゆく外への扉を出る、最後の瞬間だったのだと、千代はここに来てから後悔しない日はなかった。

体裁を気にせず命と引き替えても、これが香織の息子なのだと、彼らに託せば、彼らは決して椿を見捨てはしなかっただろう。

不幸になると確信しながら送り出した娘。その娘にうり二つの、不幸な椿の存在を彼らが知れば、今度こそと、何としてでも彼らは椿を引き取っただろう。

けれど、終わりは何もかもが突然に、そして、茫然《ぼうぜん》自失の内に衝撃的に襲ってきた。

千代は、立ちすくんだまま、小さく消えるその背を見送った。香織の側仕えとして彼らの家から出た自分に、戻ってきて良いと誘われてまで、そのときはまだ、椿を隠し守ることだけに懸命だった。誰からも、何からも。頑《かたく》なに盲目的に必死だった。

それから、彼らに椿を託すことをようやく思いついた千代だったが、時はすでに遅かった。

御家の争いを恐れた高男と、高男を立てる老人方が万が一にも存在が知れてはと、尚強く、椿を閉じ込めた。

香織の実家に椿の存在を知らせ、保護を願う手紙はことごとく握り潰され、夜を忍んで椿を連れ出すことは愚か、離れは忌み屋として厳重に見張られた。裏庭に続く戸口には、賊避けとは口実にしてもあからさまな櫺子《れんじ》が嵌められた。夜闇に忍んで庭に這い出ても門にある番所の出格子《でごうし》から番人の姿が消えることはなかった。

塔に送られてからも、助けを求める書簡を何度も認《したた》めたが、当然のように返事はなく、彼らの元へ届いていようはずも、なかった。

椿が逃げ出す隙間を最後に閉じてしまったのは自分ではないか。

そんな呵責《かしゃく》に怯えながら過ごす日々。

運命を、十左を呪うのは転嫁ではないか。そう悔やみはしても、――高男たちが椿に行う仕打ちはあまりのことだ。

「羽根を伸ばしたか？　ええ？」

扉を開け放ち、日陰の身だったかも知れない彼らに、椿は、本家の嫡男として敬意を払い、静かに頭を下げる。それが椿の矜持《きょうじ》でもあり、そして、屈辱を殺した命乞いでもあった。

「土産《みやげ》がたんとあるんだぜ？　椿」

堪えきれないように笑い始める満流の様子では、ろくな物はないならまだしも、とんでもない物なのだろうと、簡単に予測できた。

予告のなかった来訪に、衝撃を隠しきれなかった椿だったが、それでも取り乱しもせず。

「……茶は、いい。下がってくれ、千代」

自分の身に何が起こるか、静かな声には微かな怯えと覚悟が湛えられていた。

そうして自分を十左を、そして、惨めでも他に行く宛のないこの生活を守れるなら。

どんな扱いも椿は静かに受け入れるつもりだ。

「はい……」

ここで逆らっても、自分には何の力もない。彼らの勢いを煽《あお》り、余計椿への扱いを酷くさせるだけだ。

逆らえばねじ伏せる。逃げようとすれば引きずり戻して息が絶えるほどきつく組み敷く。抵抗は彼らの加虐《かぎゃく》趣味を煽る興にしかならない。

夕まで続く椿の悲鳴に耳を塞《ふさ》ぐ。今日もそんな一日が始まるのだと思い、石のように重い十左を、堪えなさい、と、重ねて部屋から押し出そうとする。

十左には、十分に言い聞かせてあった。

決して逆らうなと。殺しはすまいと、それだけが拠《よ》り所だった。

高男たちの援助がなければ生きられない。船は彼らが去来するためのそれしかなく、筏《いかだ》を作ろうにも潮に浸され、己で造ろうにもこの小さな岩礁《がんしょう》には木も生えない。

潮が満ちれば人丈が潮に浸るここでは畑も作れず、白く波煙の立つ岩場の海で魚《うお》を捕るのも危険すぎた。高男たちが船で届ける食物。それがなければ飢えて死ぬしかない。言うなれば、椿は、身を捧げることで、その糧《かて》を得ているのだ。

女郎のようだと、一言でも言えば、懐刀で突き殺そうと思った。けれど、十左は黙って泣いた。だから。

堪えなければならないと解っているはずだ。彼もまた、椿がこうせざるを得なくなった、大きな厄災そのものだったのだから。

「……」

戸口に立っていた十左は顔を歪《ゆが》め、握りしめた手を震わせて、それでも押されて千代に従った。

実情はどうあれ世間的には、高男たちは、人里離れて療養に専念する、盲いた弟を篤《あつ》く労り、その生活を援助する、椿に代わって立派に本家を支える慈愛に満ちた腹違いの兄たちだ。ここを逃げ出したとてどこへ行く宛もない。

必死で自分を殺して、それを椿は守っている。

その有り難い忍耐と決心をどうして自分たちこそが邪魔だてできようか。

子を生《い》け贄《にえ》に出す親のような心持ちで、ドアを出て、引かなければ動かない重い十左の袖を引く。そのとき。

「おい。お前」

心底おかしそうな声で呼び止めたのは、高男だった。

「確か、十左、と言ったな」

「！」

血の下がる思いだった。

高男達は、十左の本当の名前も、十左が何をしたかも、幼い頃の十左をさえ、知っている。自分と十左で繕《つくろ》った、《十左と言う男》。

椿にとって、たった二つの楯であり、そして、拠り所でもある自分たちが、彼を欺《あざむ》いていると知ったら、椿はどれほどの傷を負うだろう。

けれど、高男という男はそうしなかった。

掘った墓穴に自ら埋まる様子を、高い場所から見下ろして笑う。そんな男だった。

高男は、礼を尽くした椿に、挨拶すらろくにせずに帯に手を掛ける満流をにやにやと横目で見ながら、睨《にら》み付ける十左を面白そうに眺めた。そして鷹揚《おうよう》な口ぶりで。

「お前はここにいろ、十左」

「高男さま！」

椿へ与えられる屈辱は自分の目にすら辛いものだ。それを下男の目に晒すとなれば、どれほど椿が辱められるか。見せつけようと、日頃に増して、満流がどれほどの無茶をするか。

けれど、高男は細く煙管《キセル》をふかして、困った表情を繕った、薄ら笑いで言った。

「目が見えんから奥まった場所で大事に育てたはいいが、大層我《わ》が儘《まま》に育ってな」

冗談にも過ぎたことを、高男は言った。

絶え絶えの泣き声さえ漏らせぬ離れの奥の、ほんの二間に息を潜めて隠れ住まうことを強《し》いられた。食べ物に粗末はなかったとはいえ、椿から何一つ、足袋《たび》の一足欲したことはない。

ただひたすらに、気配をひそめた。ここに送られることさえ黙って受け入れた椿に、それは余りの言いようであり、また、椿の存在を知るほんの一握りの家人の間にはそれが事実としてまことしやかに受け入れられると思うと、臓腑《ぞうふ》が煮えくりかえるような怒りを千代は覚えた。さらに。

面白そうに、煙管の先を、つい、と十左に差し向け。

「甘えて縋り付いてくるときもあるが、どれほど可愛がっても泣きやまぬこともあるのだ」

赤子のようにな、と、喉を鳴らして、声一つ上げず、食い散らかされる小動物のように、野蛮な床の上で引き毟られてゆく椿を背中に、なめ回すような目で、高男は十左を、つま先から、短くした頭まで、矯《た》めつ眇《すが》めつ何度もゆっくりと眺めた。

「慣れた者のほうが人見知りをすまい？　泣けば貴様があやしてやれ。下男の役目だ」

そう言う間にも満流が、籃胎《らんたい》の箱から何やら奇妙な缶や見知らぬ品物を取りだしている。あからさまに如何《いかが》わしいそれらが椿に触れると思うだけでぞっとした。瞬間、隣で総毛立つ音を聞いた気がした。

「！」

反射的に十左の、息を止めて握った拳の甲《こう》を、千代は冷や汗に濡れた手で、鋭く叩いた。

「……っ！」

十左はそれに我に返ったかのように。上擦った息を瞬間、呑んだ。

それにほっとする間もなく。

「居るだろう？　十左」

問いかけは、命令だ。

「……！」

自分が退出したあとの十左が、最後まで、それを見ていられるとは思わなかった。

けれど、帯刀の高男と、異国渡りの短筒《たんづつ》を持った満流が相手だ。

幾ら腕っ節に長《た》けても、力があっても、丸腰の十左が渡り合えるとは思えず、もし上手く彼らの隙を突いたとて、椿を人質に取られれば、二度も本家の主に殺意を抱いたものとして、その場で切り捨てられても何も言えない。

「――――堪《こら》え、なさい」

祈るように、千代は低く強く、十左に申しつけた。

あの屈辱を身に受けて、耐える椿の目の前で、どうして自分たちが耐え兼ねようか。

「堪えなさい」

何があっても、椿が耐える限り。

言い置いて、千代は草履の裏に生えた根を引き千切るように部屋を出た。

床を激しく睨み付けたまま、震える十左が、心配を越して、恐ろしくすら、あった。

「――――ん！」

水鳥が羽を引き毟られる様子だった。

袖が裂かれる。帯が引き解かれる。合間から伸ばされる椿の細く白い手。堪える苦鳴《くめい》。むしゃぶりつく満流は、正に野良犬が鳥を生きたまま貪《むさぼ》るような乱暴さで椿を扱った。

袖の絡んだ白い羽根のような腕が歪めて押し込まれる。

「……！」

べとついた、肌を吸う音に悲鳴が埋もれる。

手を伸べたくとも、禁じられている。騒げばそれが椿のためにはならないと、余計彼らを面白がらせ、不興を買えば自分ではなくそれは椿に対して向くのだと、解っている。けれど。

「あ！　う」

喉の奥に、満流がおもちゃ箱のような籃胎から大粒の梅の種ほどもある、黒い何かを押し込んだ。

「うう！」

椿がえずいて暴れても馬乗りの満流には全く関係がなかった。むしろ、満流の重い体重が下腹に全て掛かるのが苦しいようで、尚暴れようとする手は、片手に括《くく》られて、折れるのではないかと思うほどの酷いきつさで頭の上に、捩《ね》じ曲げられ、押さえ込まれる。

「う！」

椿は激しく咳《せ》き込んで、けれどそれを呑み込んだようだった。

満流はそれいっぱいに入ったおもちゃならどれでも良いように、箱の中身を見さえせず手を突っ込んで、異国の観音像の形をした象牙で出来たそれを。

「満流。無茶はするな」

高男にそう言われなければ、壺に入った蜂蜜のようなものにそれを浸しもせず。

「うアアあっ！」

まだ、何の準備も成されない椿の小さな秘所にそれを押し込んでいたに違いなかった。

頭の大きな観音像は、見ようによっては男根の形に似ていて、張り出した頭や、なだらかに、けれど太くなるばかりの肩から袖に掛けて、人のそれを受け入れるより尚辛い形で、椿の中に深々と埋め込まれた。

「は……ぁ……、っ……！」

膝を曲げた足首を摑んで開かされた椿の脚。陰りには奥まで埋まった観音像の、なよやかな襞《ひだ》の寄った足下が見える。

「極楽を見せてくれるとよ」

下品に笑って、それを引き抜こうとする。満流はふと。

「兄者」

それを見ながら、高男を呼んだ。

「知らない男の臭いがする」

そう告げる満流に、高男は数瞬黙って。ゆっくりと、十左を見る。

「傷は入ってねえけど、柔らかい。まさか」

と、振り向こうとする満流に。

「……残したおもちゃで遊んだか？　椿」

助け船を出したのは、意外にも高男だった。

椿の部屋には、いかがわしい男根の形をした石や、磨き上げられた樫《かし》の棒、淫猥《いんわい》な春画が幾つも置かれていた。どれも、高男たちが自分たちが通わない間これで紛らわせよと、置いたものらしいが、千代が全部、椿の触れない場所にしまってある。

「……」

椿は、首を振ればどうなるか。知っていて頷いた。

自分に抱かれた己の身体がどうなっているか、一番知るのは椿自身で、故に彼らの来訪を知ったとき、一番追いつめられた心持ちがしたのも、椿であっただろう。

隠しようもなく、愛された身体を、椿はしていた。

傷つかないよう、丁寧に奥で合わさったが、それでも身体は傷むらしい。

丁寧に手当をし、軟膏を塗り込めて、赤く充血して腫れたそこを冷やして慰めたが、昨日の今日では知れている。

「……ふうん…？」

高男は、従順なその様子を斜《はす》に眺めてから。

「玩具《みやげ》がお気に入りだそうだ、満流。良かったな」

「そうだな、兄者」

子どものようだ。と、笑って、まだ弱々しさを十分に残した椿の身体の奥に、見えなくなるほど深く観音像を押し込んだ。

「アアッ！　やあ……っ！」

抜き差しし、中で捩る。浸すほどにまとわりついた、水飴《みずあめ》のような粘液が滴《したた》る。

「唐で練られた薯蕷《じねんじょ》の蜜だ。痒《かゆ》いか？」

「！」

薯蕷というのは山芋の種で、男の形にも削り出せる長さを持つ芋だ。粘ついて、触れれば猛烈な痒みを発し、同種の中でも際立って強烈な作用を持つものだった。しかも、

「値が張ったのだから、旨《うま》いのだろうよ」

それから立ち上る臭いは芋の物ばかりではない。生薬臭い、何か燻《いぶ》して煎《せん》じた臭いがする。

「は……っ、ふ……！」

それはすぐに薬効を発するのだろう。堪えきれず、泣きながら痒みに擦りつけるように徐々に腰をうごめかす椿は、理性と欲望が血を飛沫きながら二つに裂かれてゆくようだった。

昨夜の名残に簡単に綻《ほころ》ぶ椿の粘膜。粘ついた雫《しずく》を落としながら椿に埋まってしまうほどの象牙の観音。

「！」

椿は、不意に、片手で胸を苦しそうに押さえた。瞬間。

「あ！」

弾けるように、椿が粘液を飛沫かせた。

「つい――――ア！」

張り詰めた瞳を見開く。快楽ではなく、苦痛と痛みで。火中の硝子玉が弾けるように。

「イイか？　椿」

押さえ込んで真上から嬉しそうに問う満流の、うっとりした声とは裏腹に、椿は、無理矢理絞り出されるかの精液を零しながら、胸元を押さえ、のたうって苦しんでいる。

「使いすぎだ。馬鹿者」

その様子を苦笑いで眺める高男が呟く。急激に心臓に負担がいっているのは、紅色に染まる肌と裏腹に、蒼く染まってゆく唇と指先が何よりの証拠だった。

「！」

思わず手を伸べようとした十左の目の前に、不意に。

「満流は可愛い弟に構いたくてたまらんのだ」

差し出される煙管。高男だった。そして、満流は、射精が止まらなくなったかにだらしなく白濁を零し続ける椿に、観音像を何度も埋め込みながら、今度は、別の道具を籃胎から引きずり出している。

「苦心惨憺《さんたん》とは、これ正に」

それを、本当に苦く、それでも滑稽《こっけい》そうに笑いながら、高男は十左の首下に当てた煙管を椿に向ける。

椿は、顔を背け、衝撃の逸《そ》れた胸で喘《あえ》ぎながら、声を嚙み殺していた。涙が伝う目を強く閉じる。それでも押し溢れる涙は止まらない。

「どうした。啼かぬか」

面白くないように、満流が不満げな声で、観音像を捩じり込む。さすがにそれには短い悲鳴が上がったが、すぐに喉に声を詰めさせて、椿は歯を食いしばった。

満流の不審な声は、それが椿の常ではないと知らせていた。

自分が居るからだと、確信せざるを得なかった。高男のほうはそれが面白いらしい。

椿が苦しむなら、彼は何だって良いのだ。少なくとも椿の身体に征服欲的執着を持つ満流より、尚、残酷で陰湿だ。

「……っ、あ、アア!」

声を嚙む椿が気にくわなかったらしい満流は、酷く不機嫌な顔をして、無理矢理に勃たせられた椿の可憐な花芯の先を爪を立てて、強く揉んだ。

「痛……っ、く……う……！　や……め、……ひ――――！」

身体を捻って逃げようとする椿の肩を掴んで裏返し、背中から強く胸を床に押さえ込む。手の中で椿が捩られる痛みの声を発した。堪えて耐えきれない悲痛な啼き声は、思わず喚《わめ》きたくなるような堪えがたいやるせなさで胸に刺さる。

「止めてやらぬか、十左」

奥歯が軋む音を頭蓋《ずがい》に直接聞きながら、ひび割れそうに身体を硬くして堪える十左に、からかうような高男の声が言った。

「お前の主がほら、可哀相な目に遭《お》うている。満流は可愛いばかりで見境がないから、見ろ」

啼かないなら、日頃の何倍もと執心するのが満流という男のようだった。革紐《かわひも》で、椿の根元を縛り、血流を止められて赤く果物のように張り詰めたそれを指先で強く揉む。

四つんばいの椿は、丸めた背中を大きく晒して、腹の周りに溜まった着物に戒められるようにして、床に手を突き掴まれるまま腰だけを高くして、その苦痛に悲鳴を上げていた。

「嫌、あ……！　ア！」

萎《な》えることの出来ない場所を痛みで揉まれ、剝き出しの白い狭間《はざま》に開いた真っ赤な口で、蜜に塗れた観音像の抽送を受ける。

それらは全く別物の生き物のように、片方は真っ赤に熟れて痛みを訴え、片方は吸い付く音を立てて、埋め込まれてしまうほど深く咥《くわ》え込んでは、うごめいて催促するような動きを見せていた。ただ、それらが同じ身体に繋がっている証拠というなら、両方正視に耐えない淫靡《いんび》さと可憐さで光る粘膜であることだ。

「見境をなくした満流は何をするか、解らんぞ？　椿を殺しかけたこともある」

椿の反応を面白がって、注いだ薬物が身体の中で毒の反応を起こしたらしい。急に身体が冷え、息を詰めた椿を、それでも犯し続ける満流を引きはがして一生を得たと、暗に千代に聞かされたことがあった。けれど。

「……家人甲斐のないヤツめ」

口の端から、流れた血が十左の顎で雫《しずく》を結んだ。

堪えよと、千代は言った。出来なければ、余計に椿が酷い目に遭うのだと。

ひとときのことだと、夢の中のことのように言って、受け流すことで正気を保つかの椿の夢に割り入ってはならないと、思ってはいても。

「乱暴をするな、満流。可愛い弟だろうが」

無理矢理の淫行を働くそれを、どうしてそう言えるのか、信じられない言葉を最早茫然《ぼうぜん》と聞く十左を、軽く煙管の先で払って、高男は、金具の通った革紐で、後ろ手に縛られて、真っ赤になり始めた茎の途中も同じようなそれで縛られ、涙ばかりを惜しげもなく流す椿へと歩み寄った。

「お前の忠実な下男は、お前を助けろと言いもしない。全く薄情なものだ。なあ…椿」

「……！」

高男は、笑いながら喧嘩傷の残った視線の端で十左を振り返り、冷や汗にまみれた椿の髪を掴んで、その横顔に、煙管の煙を吹き付ける。そして。

「ならばお前はそこで見ているがいい。可愛い声で、啼かせてやる」

「！」

それが何か。悟ったのか、瞬間、椿が暴れた。取り出されたのは、

「兄者こそ、乱暴を」

笑う満流が、椿の膝裏を抱え上げ、膝を開いて、革紐に縛られた椿の実を、高男の前に開いて見せた。

「嫌…。嫌だ……！」

初めてではないのだと、その怯え方が語っていた。

重さを支えきれなくなった象牙の観音像が、糸を引いて、床に重い音を立てて落ちる。

「塞いでおけ」

「う、ふ！」

可哀相だ、と、笑う高男に、笑い返して、満流が後ろから、猛りきった自分の肉の根を深

々と、椿の身体に突き込んだ。

「く、う……ン！」

自らの重みで開かれ切った身体は、満流を根元まで呑み込んだ。それでも物足りないように揺すられて、椿が細い悲鳴を上げる。その合わさりの深さを高男は存分に眺めてから。

「訪れを待てずに一人遊びとは、悪いヤツだ。いつからそのようなはしたない遊びを覚えた？」

教えたのも与えたのも彼らであるというのに、一切それに手を付けていない――自分に抱かれた身体を、自分だけのものとする椿を、高男は柔らかく縊《くび》り殺すかに問いつめる――その瞬間まで、高男が酷く不機嫌であることに、十左は気が付かなかった。

高男が箱から取りだしたのは縫い針で。摘んでも取り落としそうな、艶《つや》やかに磨かれた、細い細い映り込みそうな銀のそれは、愛らしくさえ見えるのに。

「行儀の悪い子にはお仕置きだ」

笑い声がそう宣告する。とっさに椿は逃げようとしたが、身体を深く縫い止められ、身体は解けかけた着物と、強い満流の腕で羽交《はが》い締《じ》められていて。

今にも弾けそうな実の先端に、その針先が当てられる。信じがたい行動は、とっさの、十左の息を深く止めた。

「うあああっ！」

裂けるような、悲鳴を聞いた。

「清楚《せいそ》に見える、お前の下の口は、何でも拾い食いして頬張るような卑《いや》しい口だ」

お前の母親のようにな、と。全ての恨みはそこへ通じるのだと、謂《いわ》れなどないはずの椿にやり場のないそれを擦《す》り付ける。

「や、あ…っ、あ……ア――――…！」

汗にまみれた前髪の下から、涙か汗か解らないものが幾つも滴り落ちた。

高男の指を離れても倒れない銀の針。爪の半分ほどの深さにも入っているだろうか、それは指で軽く突かれても抜けないほど、椿の珊瑚《さんご》のような先端に突き刺さっていて。

「己が身の上を良く考えるが良い、椿。我々の温情なしには生きられぬ身なのだと」

そう言いながら抜き取られる針の下から、深紅の珠が可憐に生まれる。紅玉《るびい》のようなそれに目を細めて、高男はもう一度。

「ひ、い……っ！」

丸いすんなりとした実の先端より少し上に、また針をゆっくりと打ち直した。続けて。

籃胎から取りだした、金の簪《かんざし》。長い五角の柄の先端に、鼈甲《べっこう》と螺鈿《らでん》、その反対には丸めた小さな金の珠が付いている。その、鼈甲細工ではないほうを、高男は煙管の上で軽く炙《あぶ》った。

数瞬、息を呑んで。

「！」

何をされるかを悟った十左が、やめろと叫ぼうとした瞬間。

「控えろ！」

動く気配を察し、厳しく叫んだのは、椿だった。その峻厳《しゅんげん》さに、打たれたように十左は息を呑んだ。それに。

「馬鹿者め」

高男は笑った。見えない椿はその、この塔の主としてのなけなしの尊厳で、救いの手を振り払ったのだ。

呆然と、十左はそれを見た。

焼かれた簪の先端が、椿の肉の芽の先端を抉《えぐ》った。悲鳴はもう、聞こえなかった。

何もかも頭の中が真っ白で。鼓膜は粉々に砕かれたかのように。何も。

上がる小さな煙。探すように、切れ目のような小さな小さな細い穴を、灼熱に焼けた小さな丸い珠が捏ねる。

痛がって暴れる椿の口に、また干からびた梅の種のようなものが押し込まれた。

響き続ける悲鳴。ゆっくりと、尿道を辿《たど》る金の簪。呑み込まれる金の珠と、押し込まれる京の流行の五角の茎。女の髪が滑らない、と、呪いめいて髪に挿される細かい細工の贅沢な簪だった。打ち振られる前髪の下から落ちる雫と、悲鳴に開かれたままの紅色の唇が、やけに鮮明に見えた。

椿を抉る満流の肉が立てる音だけを、聴覚ではない場所で知覚する。

目眩を覚えて十左はよろめき、音を立てて、軽く壁を背で叩いた。

動く気配が消えたのを悟ったのか、椿は、針のように放った鋭い気をみるみるうちに失わせ、すすり泣く小さな白い肉の塊になった。

「……」

二度と抜かれない簪を花のように埋め込まれたまま、獣のように這わされ、興奮しきった満流に柔らかい場所を犯される。気を失っては痛みに引き戻され、絶え絶えの悲鳴を上げる。

見境のないそれは椿を裂いて、内股に幾筋もの赤い流れを引いて、膝の内側に溜まった。

針は先端だけに及ばず、小さな胸の実にも横から突き刺されていた。満流に揺すられる度痛んで、椿に悲鳴を上げさせた。救いといえば、過ぎた薬で椿が朦朧《もうろう》とし、髪を摑まれ押しつけられる、高男への奉仕に素直に、苦痛なく従ったことだろうか。

満流ほどに精力はなく、観覧するに興を置く高男は、椿の髪を強く摑み、わざと噎《む》せさせるような喉奥で一度放って、簡単に満足したらしかった。

その後は、身体に埋め込まれた簪や針を弄って椿を泣かせながら、抜かないまま何度、椿の身体の中に精を放っても満足をしない満流を少しうんざりした表情で眺めるばかりだった。

衝撃、だった。

犯されるのは解っていた。

けれどここまでの虐待《ぎゃくたい》を受けているとは思わなかった。

それを止める手立てがないことも、強いて言えば、生きるため、望んでそれに甘んじていることも。

あの、気丈な千代が泣く理由が解った。自分が呪い殺されるほど恨まれるわけを知った。

これを作り出したのは自分だ。歪《いびつ》だったとはいえ、最後の歯止めを砕いたのは自分だった。

その椿に、こうまでして、のうのうと守られながらこの塔で暮らす。

それは空恐ろしい罪ではないだろうか。

凄絶《せいぜつ》な動揺と混乱は、十左に、彼らがこの部屋をまた大声で笑いながら出て行ったことさえ、感じさせなかった。

転がった籃胎の箱、飛び散った得体の知れない異国の品は粗雑なばかりで、体液に塗れた金の簪が床に黒い染みを作っていた。ただの小さな美しい銀に戻った細い縫い針。粘液と血で塗れた観音像は、慈愛に満ちた穏やかな微笑みを浮かべていた。

全ての拘束と、責めを解かれて。死に絶えた白い金魚のように。

所々、滲んだ血の斑点《はんてん》に染まった単衣《ひとえ》を、破れた鰭《ひれ》のようにまとわりつかせた。

――椿が床に、転がっている。

小さな竈《かまど》に白米があった。籠には根菜が、藁蓋《わろうだ》には鯛《たい》が。干された鯵《あじ》が。背負《しょ》い籠《こ》には青菜が、そして味噌《みそ》と、砂糖が。

整頓された清潔な炊事場。それ故に尚、簡素さが際立った。

「────貧しい、……と思いました」

腰掛けた膝の上で手を握りしめ、告白する十左を、千代が泣き腫らした目で見つめる。

「椿さまともあろうお方が、食を切りつめ、衣を節してお住まいであるのを、労しく
────情けない、と」

罵倒を覚悟で、懺悔《ざんげ》を差し出すと、無言の呪いが返されるようで十左は腹の奥底から湧《わ》く震えに奥歯を噛みしめた。

こんな生活は五年にも及ぶ。そして、自分がここに寄越されて、三月が経った。

十左は、耐え難い衝動と震えに突かれて、二度目の許しを乞うた。唸《うな》るような声が出た。

「椿さまに、告白をお許しください、千代殿」

そうまでして守られるべき人間ではないと。彼に耳が裂けるまで罵られ、目を抉り出されて、斬り殺されようとも一言の言い訳すら、差し出せないのだと。

自分たちは椿を騙《だま》している。

椿は自分をこうした原因を、父の仇を、あんな目に遭ってまで守ろうとした。これからも、きっとそうだ。

静かに、ほんの少しいたずらっぽく笑う。

この境遇を椿は自分に詫《わ》びた。そうして、あの手酷い陵辱を堪えて、自分たちが生きる糧を乞うのだ。

確かに、自分が死ねば、次にどんな下男を高男が寄越すかわからない。少なくとも、自分のような傷物はいないだろうから、もっと不出来か、椿を主人とも思わぬような野卑な輩《やから》が寄越されるには違いなく、千代の苦労は楽になるとは思えなかった。けれど。

「……耐え難く、存じます――――！」

椿が恋しいから尚更だった。

日々募る罪悪感。仇である男に抱かれたと知ったら、彼らの陵辱以上に、どれほど椿は傷つくだろう。数少ない幼い日の想い出を壊し、家人と認めてあんな目に遭ってまで、自分を庇《かば》った椿から、そのとき自分は何を奪うのだろう。

これ以上裏切れない。耐え難い。鞭で打ち据えられ、虫の息になるまで皮膚を裂かれたあの日より、強く、十左はそれを切望した。

「告解《こっかい》のお許しを。千代殿」

どのような仕打ちを受けても良い。椿に真実を。

償いたい。ああまでして、自分を守る価値などないのだと、椿に知らせたい。

この境遇を、命をかけて詫びて、願わくば自分の屍《しかばね》で、少しでも椿の気が晴れればいい。

「もうこれ以上、欺くことは出来ません……！」

良かれと思ったことだった。いつ高男の気まぐれで斬り殺されても、椿に憎しみで討たれても、それでも良いと思いながらあの日、船に乗った。山は地獄だった。けれど。

「これ、以上……」

深い苦悩は錐《きり》で刺される頭痛のように、十左の眉間《みけん》を突き刺した。

ここに待ち受けているのは、地獄なのだと思っていた。

仇と二人、逃げ場のない塔に閉じ込められるその罰はどれほど悲惨な場所だろうかと、贖《しょく》罪《ざい》に浸れる少しの安堵と、高男の策謀の道具となった自分を嘲笑いながら、ここにやってきた。なのに。

記憶のままに、椿は静穏で優しく、愛らしかった。

名を偽った自分を労り、千代を労れと、家人として篤く自分を迎え入れた。

灯台を守れと、些細な願いを自分に託し、感謝のみならず、詫びる気持ちで懸命に働く自分を喜んでくれた。そんな椿に。

「……御願いです」

——守られる価値など、間違っても自分にはない。

「忍びなさい」

堪えきれず滲んだ涙を、両の拳で押さえる自分に、厳しく、静かに千代は命じた。

「千代殿！」

もう堪えられないのだと、癇癪《かんしゃく》を起こしそうな心地で訴える十左に、千代は身じろぎ一つしないまま、厳しく命じた。

「心して、椿さまに身を尽くしなさい」

もう戻る道はないのだと。十左が逃れることは十左だけが楽になることに過ぎないのだと。

「それがお前の罪です」

苦しむ椿を階上に眠らせたまま。

静かに千代は、そう十左に言い渡した。


半日余り、椿の正気は戻らなかった。

目覚めはしたものの、口も利けず、口に差し入れた水を飲み込むこともせず、ただ、見えない目を虚《うつ》ろに開いたまま、褥の中で闇を見ていた。それほどの憔悴《しょうすい》だった。

驚くべきことに千代は外科医師の真似事までした。御典医の治療を見覚えたのだと言った。敷島《しきしま》家お抱えの医師が、椿を女郎と、囲われものだと愚弄したから、それきり呼ぶことはしなかったと千代は言って、十左に、椿の暮らす階にある湯殿に水を汲み上げさせ、薪で焚きつけて沸かした湯で椿を清め、温めて、べたべたに汚れた何もかもを洗い清めさせて、椿の身体に治療を施した。

今までこれらは全て千代の仕事だったという。幾ら椿が骨細でも肉がなくても、頻繁でないにしろ、小柄で老齢の千代には、不可能としか思えない重労働だった。

椿への想いだけで行い得たものだと、貴重に思われた。

指を差し入れ掻き出せるものは全て掻き出した。初めの数時間は、頻繁に口移しで水を無理矢理飲ませて、身体に回った薬を流させることに専念した。体中の傷という傷を消毒し、腫れた場所を冷やし、清潔な単衣に包んで、ベッドに大切に仕舞い込む。

焼けた石のように熱くなったと思ったら、突然息を浅くして、冷や汗で冷えてゆく。

時折胸を苦しがったが、何に効くかわからない、黒い薬丸を飲ませるしかなかった。

「……」

それでも少しは落ち着いたかと、額に当てた布を退けて、十左はその額に触れた。前髪を上げて、美しい額を見せて眠る椿は酷く幼いようにも見えた。

端正な造りだから余計に、美しい人形のような様子だったが、触れれば明らかに熱いその身体と、微かに開いた乾いた唇が短い息を刻むのが、それでも必死で生きているのだと主張していた。

「……」

ずっと椿の側にいた。跪《ひざまず》いて、膝に手を握りしめ、頭を垂れて、息もせず。

自虐的なほどでもあった。喘ぐ動きの一つ一つに息を詰め、様子を見つめては、指先が、唇が、微かにでも何かを訴えようものなら、すぐさまそれを差し出した。

夜半になって、千代が薬湯を用意した。椿が食事をしない間、極力食料を温存するため食事を作らないこの塔の決まりは逆に、十左には有り難かった。

これで、椿の身と引き替えにした食物でも出された日にはそれを食することも、残すことも出来ず、痛烈な居たたまれなさに、己が身を持て余したに違いない。

「……」

身体の温度調節が上手くいかないらしい椿は、悪心《おしん》がするのか、寒気に肌を震わせ、冷や汗を額に浮かべていた。絞った手ぬぐいで流れるそれを押さえてやる。そのとき。

「……すま、なか、…た、十左」

まだ意志を映さぬと思っていた瞳が、不意にそう呟いたから。

十左は、大層驚いて息を呑み、そして。

「――……！」

投げ出された、痩せた白い指を取って、頬に当て、急いで首を振った。

目が見えない椿にこちらの意志を伝えるのは、触感で感じる簡単な意思表示だけだった。

土下座をしても見えはしない。たとえ、その目の前で腹を切っても。椿に詫びる手立てがとっさに思いつかない。

込み上げる涙を嚙み殺して、もう一度、強く首を振った十左に、椿は困った顔をして。

「良く…、堪えたな。醜いものを……見ただろうに」

いかがわしく卑猥《ひわい》なと言うにも残忍な、椿への虐待の一部始終を。

「お前がたとえ人殺しでも、こんな塔に送られたのでは、…哀《あわ》れに思う」

ここは地獄なのだと、椿は言う。

「力、ない…私を許せ……」

そうして、苦しげに許しを乞うのだ。

逆らいきれず、家人も守れない。こんな塔一つきりを財とし、常に命の不安に晒され、糧すら己で都合できない、そんな主である自分を。

力など見あたらないだろう手が、そっと上がって自分の硬い髪を撫でた。いとおしそうな慈愛の籠もった痩せた指だった。透き通りそうな薄い掌《てのひら》は哀れんでいるようにも感じた。

「私が…生きているばかりに」

自分にとって、椿が居るこの塔がどれほど不自由でも幸せであることを知らない椿はそう言った。

「私が生まれたばかりに」

存在そのものが罪であったと、死なないことすら罪のように言う椿に、首を振る以外、どう答えていいか解らず。息を詰めて、禁じられた告白が口を突きそうになるのを奥歯を噛みしめ必死で堪える。そんな十左に。

「生きる…意味などないのに……。すまない」

そんな、じわりと引き裂かれるような呟きが、絶え絶えの息の合間から漏れて。

「！」

布団を剝《は》いで、絹の敷布ごと椿を掬《すく》い上げた。

「十、左⁉」

混乱の声を無視し、引きずらないよう、椿を冷やさないように腕の中で手早く敷布を身体に巻き付けさせて、十左はベッドから離れた。

「どこ、へ。駄目だ！」

大股で歩く自分の向く方向を察したのか、椿は掠れた悲鳴を上げた。

椿は、この部屋から出たことがない。

螺旋《らせん》の階段が急で危険なこと、そして万が一、間違って外に出たとき、目の見えない椿は高波から逃げる術を持たず危険なこと。高男たちによって、禁じられていること。

そんなことは、千代に聞かされて知っていた。けれど。

「十左！」

扉を足でこじ開け、階段の小さな踊り場に出る。普段はここで、椿の返答を待つ。

そこから、上へ。

「十左！」

焦る声。けれど藻掻《もが》く力はなく。十左は易々と、椿を抱いたまま、狭い階段を踏みしめて、上へと上がった。

まだ作業の途中であったから、上へ跳ね開ける扉は開けたままにしてあった。そこへ椿を腕にしたまま、頭から入った。

「ここ、は……」

仮眠用の古い布団を足で掻き寄せた。嵐の日には、これに包《くる》まって明け方までここにいる。その上に、そっと椿を降ろした。そして。

ようやく震える腕で、上半身を支えて、萎えた素足を投げ出し、不安げに見えない視線を巡らす椿を側に見ながら。

「…!」

十左は、大きな糸巻きの横についた鉄の取っ手に手を掛けた。

ぎし…、と、軋む音を立てて、ゆっくりと、解け落ちていた錘《おもり》が止まる。力を込めて、十左がその取っ手を回すと、また、軋んだ音を立てて、今度は錘が上がってくる。

一晩分がどれほどであるのか、もう覚えた。

夕暮れ前に巻いたそれを、十分な高さまで巻き足してから。

「……」

鉄の匂いに染まった手を解き、椿の側に膝をついた。

「十左…」

不安げに縋ってくる椿の髪に頬を押し当て、頷いて。また抱き上げ、部屋の中を半分に仕切るような、レンズの真横に繋がる人丈の階段を上へ。

そこへ椿を優しく降ろして。そっとその手を取って、差し出すよう、導いた。

回転する大きな琥珀《こはく》色の玻璃《はり》。

中央が円形に大きく波打って膨《ふく》れた、硝子が箱のように四面接続されていた。

あのあと千代は、詳しく自分にそれが何かを解説した。

第一等灯台相当、百十万光度・フレネル式八面閃光《せんこう》レンズ、というのだと、千代は言った。中で灯す光を波打つ球面の一番分厚い中心に集め水銀槽の中でそれが回転し、海から見れば、明滅するように見える。

それは輝く巨大な琥珀のようだった。

光は攪乱《かくらん》し、強く弾き、蕩けた月のようなそれに溢れそうに詰め込まれていた。これで、起こった灯りを漏れなく集め、四つ嵌め込まれた厚い円の中心から遠く強く放つのだと。

蜂蜜色の光を放つその、回転する琥珀の硝子に触れさせた。

大きな琥珀は生き物のように、椿の手のひらで甘えるようにその身をさざめかせ、強く光を放った。波打って美しい琥珀はさらに、内包した光を回転させながら照射し、この階全てに光を迸《ほとばし》らせていた。

迸る光は明滅しながら海へ。そして闇へ。そして迷った船へ。

命綱として届くのだと、教えてくれたのは椿だ。

琥珀の硝子は、光を抱え続けて温かかった。激しくはなく、優しく強い温かさだった。目映《まばゆ》い光を身体に浴びながらそれに触れる椿は、堪えきれなくなったように、ゆっくりと、祈るように額を預けた。

この光で大勢の船が救われると言った。闇夜に惑う航路を導くと言っていた。

椿が居なければ、自分は錘を巻き上げない。そもそも生きてもいないだろう。だから。

「――――……」

椿は、細い指を、硝子に当て、額をそれにそっと押し当てて、苦しそうに、音もなく、静かに涙を落とした。

存在と役割こそ誰よりも知っていても、実際に触れるのは初めてだろう。

そうして実感したのだ。その重みと、温かさを。

しばらくそうしていた椿は、惜しげもなく涙を幾つも落として。そして。

「……これからも、…頼む、十左」

この光が闇に迷う船乗りを救うように。この硝子がいつまでもこうして椿を温めるように。

返事を求めて手を伸ばす椿の手に、頬だけを差し出して、頷いた。

彼が望むなら、幾らだって。嵐の夜が幾夜続こうとも。

「…」

ようやく、椿が小さく笑った。それに頷いて笑い返したが。

それがとんでもない日々の始まりだとは十左はまだ、知る由《よし》もなかった。

「早く、十左」

笑顔の椿が、そう強請《ねだ》る。

油の染みた床に惜しげもなく敷かれた毛の皮の敷物。その上には、椿が言いつけて、小汚い袢纏《はんてん》や古い布団の綿をたたき直して仕立て直した、それでも気持ち良く厚い敷物がある。さらにその上には、痩せた寒がりの椿のための絹の布団が。

「……！」

その余りに楽しげな様子に、さすがの十左もこめかみに血管を浮かせながら、鉄の取っ手を渾身《こんしん》で押し回した。

「急がないと、日が暮れるのではないか？」

雨の日は、早くから昏《くら》いのだろう？　と、急《せ》かす椿は多分、一回転とてこの重い取っ手を回せはしないだろう。

雨の日には、重い分銅が付けられる。しかも夜間には夜標と呼ばれる、一定の強さと間隔の灯光を正確に放たなければならない。

夜標は早い回転のため、重い分銅を必要とし、重い分、早く落ちる。必然、巻き上げる回数も増える。

「力自慢だと、千代が言っていたよ…？」

その評価が不服とばかりに、頬杖でこれ見よがしのため息をつく椿に、ギリギリと、歯ぎしりをした。

椿がこの、灯台部屋に入り浸るようになってしまったのだ。

普段は、一日一度、日が傾くまでに巻き上げれば済む仕事で、分銅も軽く、あっと言う間に済む。

けれど雨の日や嵐の日は、一晩中、付きっきりで光の加減を調節しなければならなかった。

千代はもちろん怒った。猛烈に反対をした。

椿を一人で上がらせない、高男たちが訪れそうな日も駄目だ。そんな約束をくどいほど椿はさせられて、万が一にも椿を冷やさぬようにと、布団の綿を打たせ、小さな蜘蛛《くも》の巣の張った、正に普通の作業小屋であった灯台部屋を、隅々まで糠袋《ぬかぶくろ》で掃除させ、椿の目に障らぬようにと光を避けた場所に敷物を敷かせて、決して足裏などを汚させてはならないと、八つ当たりじみて十左に何度も言い置いて、床の間のようにまで床を磨き上げさせられて、やっと椿の我が儘は許された。

こんな高潮で嵐の日は、高男たちは来ない。夕暮れともなれば確実だ。様子を見下ろす小さな高い覗き窓から波濤の海を見渡せば、塔の付け根に石振りの波は白く砕け、暴れる鯨《くじら》のように、海吼《かいこう》を轟かせて吠え狂っている。

彼らはここの危険さを誰よりも知って、椿をここに閉じ込めたのだ。

大概は明るく凪いだ午前中に訪れて、夕刻には帰って行く。質素で侍女もいない、食事も粗末で、褥さえ用意できないここに泊まってゆくことはない。だから。

「退屈になってきたよ、十左」

不服そうに。……これほどのんびりと椿が居るわけだ。

「……！」

汗まみれの腕の筋肉が硬く張る。取っ手を引き上げる背中もそうだ。着物が濡れるのが嫌で、上半身をはだけた。主人の前で不敬に当たるが、どうせ椿には見られはしない。それより後から汗まみれだと罵られるほうが面倒だった。

頭上で輝く球体の灯り。暗い井戸のような穴の中に、分銅が見え始める。

十左は身体の重みを掛けて、思い直したように必死でそれを巻き上げた。

結び目が見え、分銅が眩しい灯台の灯りに晒される。そこまで巻き上げて。

「……」

ゆっくりと手を離すのだ。

ゆるゆると落ち始める分銅。自分の苦労が全く無駄になるような気がする、何とも言えぬ虚無感と、脱力と満足が複雑に交錯する瞬間だ。

「……」

息を上げる十左に、終わり？　と、椿が涼しい顔で問う。

それを、呆れと腹立たしさで睨め据えながら、手の甲で滴る汗を拭う。拭って。

「……」

寝転がって差し出される腕の前に、膝をついた。

小さく笑う椿が、ご苦労、と笑って、汗に塗れた首筋を探し、腕を巻き付けてくる。

水を浴びてくる、と、首を振る十左に、そのままで良いと囁いて、唇を開く椿のそれを。

「……ん……！」

十左は夢中で吸った。

椿を抱いたのは、あれからしばらくしてからのことだった。

自分が穢《けが》らわしいと思い込んでしまった椿に。娼婦のように囲われるばかりで、家人を辱めてばかりいると、打ち拉《ひし》がれる椿に。そうではないと伝えたくて。

これ以上の苦痛を望まないなら、十左は決してその身に触れもしなかっただろう。けれど、暗闇の隅に蹲《うずくま》るかの椿はずっと、全てを目にしても彼を侮蔑しない、そんな存在を求めていたから。あるはずがないと思い込む、彼自身の行いへの、赦《ゆる》しを与えるものを、求めていたから。

否定の声を身体で黙らせて、無理矢理椿を抱いた。

けれど、決して裂かないように、苦しめないように。絶頂だけで、彼を泣かせた。

これほど、彼をいとおしく思っているものがいるのだと、これほど、狂おしく恋うるものがここにいるのだと、甘い悲鳴を放たせ、汚いと、己を罵る言葉を唇で塞ぎ、きつく揺すって悦《よ》がり声でそれを消した。

「この光が、見える、だろうか」

回転する強い光が当たらぬ物陰で、強く貪り合う合間から、椿が祈るように訊いた。

届かねば、自分のこの苦労は何なのかと、情けない笑いで十左は頷いて答えた。

「私にも、見える気がするよ」

少し哀しげに呟く椿がいとおしくて。

「あ――――待……!」

浅く解して、性急に乾いた身体を合わせた。

海が荒れ始めてから、毎夜合わせる身体は随分、柔らかく綻んではいたが、それでも筋肉の張った血管の巻いた十左の腕に似た、凶暴な器官は簡単には椿にそれを受け入れさせない。

「く……う……」

昨夜散々に嬲《なぶ》られた場所を太い先端で捏ねられる苦痛に、椿の鳶色の目が潤む。

それでも上気する目元に安堵しながら、それを唇で拭ってまた、深く深く唇を合わせた。

「……」

身体の中に十左の凶暴な先端だけを収めて、腰を反らして浅く喘ぐ椿は。

「十……左」

壊されたいと願うかのような、甘い声音で単衣をその細い腕に滑り落とさせながら。

「――雨の匂いがする――……」

長い夜を、強請った。


この海は荒れやすいのだと椿が言うように、また大きな時化《しけ》が来た。

陸も大雨だろうが、海ほど風は強くないから、本家は無事だろうと、あんな目に遭ってまで椿は願うように予想した。

けれど、それが信じられないくらい、この灯台は大時化だった。

波は荒れて逆巻き、隙間から垣間見る一面の海は、海原《うなばら》と言うより、猛吹雪《もうふぶき》の白だ。

黒い水面すら見えず、波は、粉々に砕けて好き勝手に違う生き物になって、空に舞った。

彼らは凶暴な刃と傲慢《ごうまん》な暴力じみた力で、あらゆるものを嬲《なぶ》り、薙《な》ぎ倒そうとし、鉞《まさかり》のような甚大な力の刃を何度も振り降ろした。

しかし、それにすら、この華奢《きゃしゃ》な灯台は折れもせず、細身故にするりと刃の間を滑るように、すんなりと立っている。その地響きを、激しい神楽《かぐら》舞いの足音のように楽しんでいる。

籠城《ろうじょう》、という言葉を思い浮かべて、十左は一人、笑った。

外には抗いがたい神の斧《おの》。逆巻く白姫《ふぶき》。息を潜めて閉じこもるしかなく、しかし、それはどこか浮き立つような、或いは、その激甚《げきじん》の膜に守られるかのような優しい日々だった。

だからといって。

「……」

《父上、母上。御達者でせうか》

「――――……」

ありがちな書き出しを考えて、十左は、達者も何も死んでおるのに。と、ため息にもならぬ息を、それこそ丸めた紙を投げるように投げやりに吐いて、細筆を水の入った硯《すずり》に置いた。粗悪な漉返紙《すきがえしがみ》の下には、真っ黒の布の下敷きが敷かれ、水が辿れば黒く透けて、何度でも書けるようになっている。

古びた絨毯《じゅうたん》、畳まれた布団は叩き崩れそうなまでに打ち直した様子で薄く折られ、その隣に何故か西洋机がある。その前には枠の歪んだ木の椅子が鎮座し、もっと異様なのはその隅には、葛籠に入った細い鉄で綯《な》った縄、8の字の錆びた管《かん》が幾つも入っていた。金槌《かなづち》と鋸《のこ》と、黒く錆びた得体の知れぬ鋼《はがね》。それらに塗れた油と。

鉄と油が酸化する独特の臭いに、初めは何度か夜中に吐き気を覚えて部屋を転がり出たものだが、最近は最早体臭のように、あれば安心するような匂いになってもいる。

机に置かれた雑紙から逃げるように十左は視線を逸らして、その己の匂いに完全に馴染んだ部屋を出た。

扉を閉めれば、目の前には、大きな重箱程度の小さな石の床がある。その右は下りで、左は上りの階段だ。

十左は、左上に伸びた石の階段を上がる。部屋の嵌め殺しの小さな丸窓から見た海に、未だ激しく飛沫く、闇に落ちる寸前の海が映っていた。

長い石の階段が上下に向かって螺旋を描いているのを、さらに左に上がる。

両を壁に挟まれた石の階段は狭い。

巻き上がる階段を上れば、十左の部屋の真上辺りに、小さな部屋があり、そこは全く趣《しゅ》を異《こと》にした扉が取り付けられていた。

重く滑らかな樫《オーク》の扉に、美しく曲線を画く洋猫のしっぽのような取っ手が付いている。

それを押し開くと。小さな部屋が、のし掛かりそうな密度で存在していた。凹凸《おうとつ》大小の木箱。立てかけられた軸と屏風《びょうぶ》。朽ちた木の匂い、忍び込む潮香と鉄錆と古い墨、紙の匂い。

「…さて」

初めは命じられた物を探し出せずに手間《てま》取《ど》って随分《ずいぶん》と叱られたものだが、最近は几帳面に仕分けられた品々が、どんな分類で並んでいるのかも、およそ理解できるようになっていた。

何一つとして新品はなかったが、手入れは細《こま》やかにされていて、磨かれた鏡、飴色の、菊の細工の柘植《つげ》の櫛《くし》には、濃紺《のうこん》の房《ふさ》が品良く下がり、磨き抜かれた桐《きり》の簞笥《たんす》があった。小さな格子《こうし》には香炉《こうろ》が並び、下に行くほど、季節を賄《まかな》う花器が並べられている。

恭しく置かれた花鋏《はなばさみ》が四丁《よんちょう》。いずれも鐵《てつ》で、刃紋《はもん》が美しく打たれた見事な品だ。

十左は寄せ木のように押し詰められた、いずれも時を経《へ》た桐箱を眺めやり、ぎっしり詰まったその中から、黒みを帯びた濃紺の紐の掛かった一つを探し出した。

房紐を解き、桐の箱から取りだして、褪《あ》せかけた赤橙《あかだいだい》の、金襴《きんらん》の布を開く。

茶碗のような、赤土色の小さな花器がそこには収められていた。

《上》へ持って上がっておけと命じられたものだった。なるほど、この手のひらにしっとりと収まる、暖かみを帯びたぽつりと赤い花器は、隠し育てたかのような秘密の小さな白い花を、過不足なく映えさせるだろう。

潮に湿気り、暗く、潮香が染みついた石と煉瓦《れんが》の塔は、自分にこれを命じた人が、出来るだけ絶え間なく、貴重にそれを活けるだけで、随分と心の安まるものになった。けれど。

微かに苦笑いをして、十左はそれを手のひらで包んで冷たい階段を上がった。

上の階の扉《ドア》は、先ほどの部屋に似た設《しつら》えだが、大きさが違う。材質も、比べものにならないほど上等だ。

左にはまだ上り階段が続いている。そして、その先に見える天井が終点ではないことを示すように、そこには、上に押し上げる扉が付いていた。

軽くそれに視線をやって。

「……」

十左は、奥歯を一度、噛みしめてから、目の前の黒檀《こくたん》の大きな扉を三度、叩いた。

返事はなく、もう一度手を上げるか、それとも、と迷うとき。

「……いいよ」

と、部屋の中から小さな声が返ってきた。

十左は何も言わずに扉を押し開け、入ったところで、また軽く後ろ手にそれを叩いた。

柔らかく繭《まゆ》のように閉じられた繻子の天蓋。ベッドの上の、紅い錦の布団の上に、そっと白い手だけが差し伸べられるのが破れたその隙間から見える。

「……もう、…朝餉《あさげ》？」

膜の中から、掠れた声が、幼い口調で問うのに、十左は、花器を手にしたまま、ベッドに近づいた。

ゆっくりと、指で繻子を退ける。頭のほうにある片方を、年月に染まった絹の紐で留めた。中には。

「ん……」

まだ目は開かないようだった。

色素の薄い、目の詰まった長い睫毛は、眼球の曲線に沿って傷口のように閉じていた。

柔らかく、眠りにまだ浸った温かい身体が胸元にそっと赤みを差して、陶器で出来た桃のような頬が、温かみを持っているのが酷く不思議な様子だった。

「十左が昨日、酷いからだよ…。また千代に風邪だと騒がれる」

薬湯は嫌なんだ。と、寝起きなだけではない、掠れた声に、不服そうに目を閉じたまま呟いて、手首の骨が丸く浮いた細い手をそっとまた、持ち上げる。

十左はそれを無言で取って、頬に引き寄せた。

「おはよう…十左」

触れられる手に、己の荒れた大きな手を重ねて。

まだ、昨夜の甘い蜜の匂いがするような手で、麩《ふ》で包まれたような白い華奢な手先を、日焼けが随分落ちた気がする頬に押し当てて、十左は頷いた。

それに笑う彼の反対の手を布団から探り出し、十左は、手にしていた紅い椀を触れさせた。

彼はそっと、冷たい感触と荒い土のざらつく肌を包むように、撫でるように確かめ。

「…花が見つかったのか？」

横を向き、枕に色の薄い髪を散らかしたまま、彼はようやく少し目を開けた。さすがに驚いたようだった。

酷く貴重な目の色をしていた。普段は目に掛かるよう前髪を少し長くしているから解らないけれど、ふと見れば鳶《とび》色、覗き込めば榛《はしばみ》に、あるいは薄い緑がかった炭酸硝子のような不思議な瞳の色をこの人はしていた。

どこから贈られたものか、あとで千代に問い質《ただ》すとしよう、と、彼は返事をしない自分を傷つけないように笑って。

「紅い……花器だね？　清楚な花なのだろうね」

桜貝を乗せたような指先と手の触覚がそれを視《み》る。

十左は、頬に手を当てさせたまま、微笑んで頷いた。実際、狭いとは言え、似たような形の花器などあの部屋には膨大に詰め込まれている。触覚だけで当てるのは至難だろう。

大振りの花器ではないからだろう。本家は喰うに事欠く品しか投げ寄越さないから、石の割れ目に必死で咲いたそれ以外、活けることもなく、大振りの花器など多分、ここでは使わない。

雑草のようなそれに合う花器など大きさは知れていて、もちろん限られても来る。だがそれ故、この大きさの品は器以上に多く所蔵していたのだが。

「珍しいのに、残念だ」

千代が活けてくれるのだろう？　と。昨夜、すすり泣き赤くした目尻で微かに笑い、彼が、少し喘ぐように、唇を開く、仕草をしたから。

不遜にも主のベッドの上で。

逆巻く嵐の音を聞き、片手を頬に当てさせ、片手で花器に触れさせながら。

啼きすぎて嗄《か》れた喉を宥めるように、十左は、椿の花のようにそこだけ鮮やかに赤い、唇を吸った。

「……腰が痛む」

不機嫌に言う彼に、その辺りをそっと手のひらで撫でて、許しを乞うた。

「布団はもう少し、厚いがいいな。皮の敷物も、もう一枚」

本当に辛そうに、そんなことを、寝間着の白い小袖を肩から落とされながら、ため息でそう呟くのに、十左は困り果てた。

「……」

日に晒したことのない肌は透き通るほどに白く、繊弱《せんじゃく》な身体はあくまで雅《みやび》で、けれど、凜とした強い張りを瑞々しく身体中に詰め込んだ、白い水鳥のような身体を彼はしていた。

血が透けそうな透明な白で、本当に透明の上薬の掛かった陶器のようだ。

会ったことはなかったが、彼の母親の、消えてなくなりそうな淡雪のそれと、椿のそれは似ていると千代の言うところだ。

「――……」

そんな身体を掻き抱けば、口づけで血の花を刻みたい衝動に時々強く駆られたが、しかし、そんなことをすれば、彼の、大切にはされない貞節を責められるのを十左は知っている。

華道で成る本家は今、まだ秋口だというのに、すでに先の菊の宴とすら比べものにならない正月の算段で忙しくなる頃だ。潮を慎重に選んで渡ってくる彼らに、それを押してまでの余裕はないだろうと、一度きりと、目は眩んだが、彼の身体に跡を残すことは出来なかった。欲望で彼を苦しめる人間たちと自分は、決して同じものではないと、そんな馬鹿げた矜持だったのかも知れない。

「……今、《千代に叱られるのは自分なのに》、と思っただろう、十左」

自分の深い悩みを知りもしないで、唇を尖らせた幼い表情で、鶯《うぐいす》の、厚手の綿の着物を着せ替えられながら動く度に、櫛《くし》も通さない内から、はらはらと目元に零れ落ちてくる前髪の下で、彼は不服そうに言った。

「私だって、怒られているんだよ？　十左。《椿さまをそんな酔狂の物好きにお育て申し上げた覚えはございません》ってね」

そうして、そんな酔狂の物好きに、その椿をしたのは自分のせいだと、千代は泣きながら今度は自分を詰《なじ》るのだ。

「……」

確かに。と、十左はため息をついた。

千代の言い分は尤《もっと》もだ。

自分が来るまで、この上の仕事部屋に椿は一度も上がったことがないと言った。

階段は、狭く、急で、上へ上るそれに到っては最早梯子《はしご》のような狭さだ。

そこを全盲の椿が上がり降りするのは危険であったし、兄たちには、この部屋から出ることを禁じられている。必要もなく、危険が伴うそれを、千代も、椿も、今まで椿のためだと頑《かたく》なに守り通してきたというのだが。

「……お前は反対などしないな？　十左」

少しだけ、頼りないような声音で。

ここに三人きりで閉じ込められ、兄達に陵辱《りょうじょく》されながらその代償に僅《わず》かな糧《かて》を得《え》る日々。この不自由な塔で、自分さえ生きていなければ、自分も千代も、ここに共に押し込められることなどなかったろうにと、椿は自分の命を苦しんだから。

「…」

困った顔にはなった。が、十左は、目の前に垂れた椿の白い右手を頬に引き寄せて、……頷いた。

この上にあるのは、椿を救った洋灯だ。そして椿はその主だ。

波打った硝子越しの光の暖かさに触れ、それが闇に射《さ》すのだと理解したのだろう。彼は、それきり、世を儚《はかな》むような事を口にはしなくなり、以前に増して、静かにその身に起こる過《か》酷《こく》な出来事を耐え。

生きる価値もないと言った椿を絶望から引き戻した光の珠が、彼の支えや慰みになるならば、その側に寄るなと十左に言える筈もなく――。

確かにあの部屋は、椿のような貴人が立ち入っていい部屋ではない。酸化した油の鉄錆の匂いがする。天井は煤《すす》で汚れ、湿った縄に染み込む汗の臭いがした。

そんな下男の仕事部屋に椿を招き入れ、仕事ぶりを見せ――あまつさえ肌を合わせることなど、罰当たりなことであることは解っている。

けれど、心が砕けて死んでしまうのと、彼の《多少無理な》我が儘を聞き届けるのとどちらを取るかと問われれば、後者を選ばざるを得なかった。

「千代には、お前から良く言っておいて」

「！」

頼んだからね。と、見えない視線をそっと高く逸らす。

そんな椿に、息を呑んで顔を上げ――気の遠くなる思いで上を仰いだ。

ただでさえ、今まで蜘蛛《くも》の巣が張り放題で、煤《すす》と埃《ほこり》が混じって転がった、油の染みた黒い埃の玉があちこちあるのに悲鳴を上げた千代に、まずは顔が映るまで床を磨けと、糠玉を投げ付けられ無理難題を言いつけられているというのに、これ以上長い時間、椿が居たがっているなどと告げたら。

鉋《カンナ》で剝ぐほどの掃除が言いつけられるのだろうと思うと、十左は跪いたまま、強い目眩を感じて、目尻の長い、一重の目を、眉根を寄せて重く閉じた。

「――――お手習いは進みましたか、十左」

窺うような、自分にしてみればそれなりに精一杯の笑顔で、室《しつ》に入った途端、

「……」

先制攻撃を受けて笑顔が凍り付いた。

台所に隣接する使用人部屋で、ここを使うのは、自分と千代だけだ。主に日々の打ち合わせや、針子の仕事に利用され、千代は毎日ここで、誰も咎《とが》めるはずもない貧しい物の支出を帳簿に書き出している。

「……はあ、……まあ……」

曖昧《あいまい》な返事をして壁際を回り込むように部屋に入ったが実際何も書けてはいないのだった。

読み書きを良くし、いずれ屋敷の裏門を任され、出入りする商人の帳簿を改めるのも仕事の内に入るはずだった。さらにとうが立てば、奥向きの雑務を仕切り、膨大な帳簿や書状の数々を振り分け、取り仕切らねばならないのが、何事も起こらなければ、十左が当然辿っていたであろう望ましい人生でもあった。

千代はいずれ、その帳簿を自分に任せるつもりでいるらしい。最近目が薄くなったと、いつも目を細め、眉間を指で揉んでいた。

ただ、十左に文字が書けると言っても、達筆の千代のそれには到底及ぶところではない。女かな文字は当たり前、なよやかな麗筆を認《したた》め、男文字まで館の代筆が勤まるのではない

かと思うほど黒々と骨太く書き出して見せた。到底そこまでは望むべくはないけれど、と、千代はため息で言い、けれど、目の見えない椿の代筆をこなすのに恥ずかしくないほどには文字が書けねば椿さまの恥になる、と、申し渡され、寺子屋宜しく大の男が水習字の手習いごとを行い、嵐で外の仕事が行えない今こそ、と、練習を言い渡されているのだ。

日頃が忙《せわ》しく、身が入らぬとぼやいたのを聞き咎められ、ならば身内に手紙を書くが良い、と、指南されたが、あの通りで、たとえ両親が存命だったとしても、書いて知らせられるのは、健勝でも耳にすればたちまち寝込んで死に至るような醜聞というなら絶品な部類で、それが千代特有の、やんわりとした深い深い嫌みでもあることくらい、十左にも解っている。

「お部屋に花器と水を運んでおきました」

花が咲いたと聞いて、大変驚いておいででした、と答えて十左は、鉢植えの一輪きりの白い花に目を向けた。

「椿さまにも、後に千代殿がみえられる、と」

椿が聞いたら驚くだろうと思うと、声を出す度、未だ苦笑いが込み上げる。

「悟られてはおりませんね？　十左」

非を許さぬ千代の問いかけに、また、はい、と、苦しく十左は答えた。

短い単位でこの問いは繰り返された。

「間違いなく」

命を賭けて。決して暴かれてはならない嘘だ。

「感謝、しております」

噛みしめるように、十左は言った。

かの兄たちは、自分をここに投げ込むことで、椿が取り乱す様が見たかったのだ。恐れ、憎み、罵倒の言葉で泣きわめき、長い不遇の怨恨《えんこん》に、清貧のこの塔の穏やかささえ、掻き乱して嘲笑おうと画策した。

けれど、隠れようもないこの小さな塔に着いてから、千代は自分に言ったのだ。

《我らが怨恨、その身を千度裂いて火で炙《あぶ》っても、血の染み一点濯《そそ》がれることはあらねども、この上、主を嘆かせるは甚《はなは》だ遺憾なれば。かの嘲《あざけ》りもまた業腹《ごうはら》》

千代は、罪人の石山から引き立てられ、錠縄に繋がれ、地面に転がされたままの、垢《あか》で成ったかの自分を見下ろし、刃のような言葉を放った。そして。

《お前が声を発することなくば、椿さまにはお前がお前だと、解りません。お前はもう、……私が知るお前でもありませんから》

人殺しの罪は、死んだ方がましだと思うほどの重労働で贖《あがな》う。

大木《たいぼく》を倒し、石臼《いしうす》を碾《ひ》き、濁流《だくりゅう》の川水《かわみず》に浸《ひた》って橋を架《か》ける。ぬかるんだ雨山を、大きな岩を運んで越え、炎天下に着物に汗で潮《しお》が浮くような石垣《いしがき》のための石を打ち崩す。昼夜を天候を問わずだ。泥水《どろみず》をすすり、桶《おけ》でよこされる雑穀《ざっこく》を奪い合って食べた。それすら届かない日もあった。人間の扱いはされなかった。

働いて働いて、身体を壊し野犬《やけん》に襲われ、又は過酷な労働に病みついて、早死にするのが緩やかな死へ引き立てられる真っ直ぐの道のりだった。そこで過ごした五年の歳月が。面差しも、体つきも、懐かしい記憶の何もかもを自分から剝ぎ取って行ったのは間違いなかった。名残《なごり》があると言えば、多分――。だから。

《決して声を出してはなりません。打ち明けることも叶いません》

彼に斬《き》り殺されたいと思いながらここに来た。父殺しを詫び、海を泳ぎ渡り本家の彼らを殺して、ここに再び戻って死ね、と言われれば、そうしたかった。自《みずか》ら刃《やいば》で身を削《そ》ぎ落としても、どうにかしてただ詫《わ》びて、少しでも彼の気の済む方法で、――殺されたかった。けれど。罪の告白を喉に詰め、椿のために懸命に働く。それが自分になせる最上のことだと千代は命じた。

確かにその通りだった。

贖う、と言う言葉を十左は嚙みしめた。椿に触れるほど重くなる罪に、笑顔を向けられるほど強くなる苦しさに、耐えながら心を尽くして仕えることこそが、償いなのだと。けれど。

「あの……。椿さまが……その」

何と切り出したものか、いかにしても考えあぐねる。

「革一枚、薄掛け一枚たりとも、これ以上灯台部屋に持ち上がること罷《まか》り成りませんが

――それで、椿さまが？　なんと」

「……」

昔はさぞ美人であったのだろうと思われる、くっきりとした目の視線だけを上げて問う千代に、十左は何も言えず、押し黙った。

この板挟みが贖いなのだ、とは、さすがの十左にも、なかなか思うことは出来なかった。

板挟みは続いた。万力で締め付けられるがごとき、強烈な挟み付けだった。

慎ましく行う嵐の夕餉の支度を終え、いよいよ本当の闇が訪れる前に、十左は最上階の灯台部屋に上がって、一日の間に下に落ちた分銅を巻き上げなければならなかった。

嵐と言っても、峠《とうげ》は越えた。巻き上げる要領も覚えた。

「……」

ぎし、と、油が染みた縄を軋ませ、横に倒した糸車のような滑車を回して分銅を巻き上げながら、十左はため息をついた。

灯台部屋に上がりたいと、椿は今日も言った。千代の手前、さすがに頷かなかった。

布団は足されず、千代が反対をしていると、どうにかして彼に悟らせた。椿は拗《す》ねて、此《こ》所《こ》は自分の塔であるのに、何故その主《おも》なる部屋に出入りすることが出来ないかと訴えた。

そんな理由など、千代にこっぴどく叱られて椿はとっくの昔に知っていることだ。

下男の下働きの仕事場で、主がそこに立ち入るのは、御父君が竈《かまど》に立ち入るようなものだと、千代は何度も椿を叱った。詭弁《きべん》さえ自由自在に使い分ける口の達者な千代と、意外にもそれに負けていない椿の言い争いの勝敗は、結果、千代の圧勝だった。

だから今度は十左に椿はごねるのだ。甘えたりぐずったり、拗ねたり泣き落としてみたり。

正直それに負けて、何度か上に連れて上がったが、やはり千代にこっぴどく叱られて、少なくとも自分は椿の要求には応えられなくなってしまった。

今日も、詰られ、ふてくされてベッドに潜り込まれ、それでも折れない千代と椿とを見比べるしかなく、連れて上がれと、手を差し伸べる彼の手に頰を押し当て、首を振って、逃げるように彼を置き去りにした。背中には枕が投げ付けられた。

「……」

明日はまた、きっと機嫌が悪いのだろう。そう思うと、ため息が出るやら、それすら愛らしいやらで、己の愚かしさを心底思い知る心地がした。

「……っ」

とにかく。

思い直して、滑車を回す腕に力を込めた。

早くこなして、椿の文句を延々と聞くのが最上なのであろう、とも思う。

「……」

――椿の肌に、昨夜は触れていない。

そう思うだけで、頭の芯が、痺《しび》れたような焦燥に冒される。

たった一日、抱けないだけで、狂おしく恋しく思う。

吸われて腫れた唇を赤く染め、白い喉を反らして啼いて、甘い蜜を振り散らかして悦《よ》がる姿は、罪の意識も何もかも白く焼き尽くしてしまうほど、熱く自分を狂わせた。

けれど、それもそろそろ控えなければならないと、

「……」

十左は板に刻んだ×印を横目に眺めた。

忙しい合間にも定期的に彼らはやってくる。そして、来れば、必ず椿の身体を改める。

日を開けて、噤《つぐ》んでいるはずの椿の小さな下の口が、毎夜の情に、綻び蕩けて、柔らかく熟れているのを彼らが見逃すはずがない。

耐えられるだろうかと、十左は思った。

あの暴行がまた、繰り返される。

それに。椿がそうされることに。傷つく椿を見ているしかないことに、椿を抱けない日々に。

「…」

浅ましい、と十左は思った。贖いをと、あれほど切実に願う思いはどこへ行ったのか、と。

ため息をついて、ぎしりと取っ手を押し回す。厚みなき天女の衣を天まで積み重ねるかに果てない作業のひと織りを。そこに。

物音がして、ふと、十左は部屋の隅に視線をやった。

相変わらず、嵐の音は吹き荒び、灯台は低く震え、鳴り続けている。が。

「…」

何事もなかった。

大きな木片でも打ち付けられているかと、今度は引き上げた取っ手を向こうに押し回しながら思う。と、また。

「？」

孤島のここに泳ぎ着く鼠《ねずみ》はいない。嵐ならば尚更だ。

先の荷に混じっていたのが、この嵐で驚いて飛び出してきたか、或いは、とうとうどこかに罅《ひび》でも入り始めたか、と眉を顰める、そのときだ。

「…」

下の階段に繋がる戸板が微かに持ち上がった。が、一寸も上がらずに、ぱたん、と閉じた。

嵐の煽りを受け、下から風が吹いているか。一瞬そうも思ったが。

ゆっくりと持ち上がった戸板の隙間に、白い、――――白い。

「！」

取っ手を放り出した。不覚にも悲鳴を上げそうだった。

床に転げ込み、その床に着いた戸板を勢いよく引き上げる、そこには。

「あ……」

見間違いなどでもなく、欲望が見せる幻でもなく、鼠でも、船幽霊でもなくて。

「…」

不意になくなった戸板を探して、白い手首がふりふりと、頭上で泳ぐ。

こんな急な階段を転げ落ちたらどうするつもりかと、千代に見つかったら、どれくらい叱られると思っているのかと、見えない目でこんな狭い階段を上がって、何の拍子に嵐の風が吹き込むかも知れない狭い踊り場で、手を上に上げるだなど、頭蓋を割って本当に死にたいのかと。

熱い血と共に、茹《ゆ》で上がるほど頭に上る怒鳴り声は。

「十左が迎えに来ないからだ…っ…!」

酷く怒った詰る声に萎える。代わりに。

「……!」

たまらなく込み上げる愛おしさに、決して落とさないよう強く、しがみついてくる細い単衣の身体を抱き締めていた。

「ふっ、う……ぁ……！」

聞くところによれば、この塔が出来て以来十五年間、これほど美しく掃除されたことはないだろうこの部屋で、あり合わせでも絹で張られた布団の上に、しがみつくばかりの椿《つばき》を座らせて。

「ふ――…」

唇を吸って、床で手を握り合ったまま、唾液がその細い顎《あご》から滴《したた》り落ちるまで、舌を探り合って、何度も首を傾《かし》げなおして、甘い椿の口腔《こうこう》を余すとこなく味わった。

舌先で、ざらりと口蓋《こうがい》を撫《な》でてやると、たまらないように上げた腰が、軽く持ち上がるように震えて、またへたり込む。

目を閉じて、ただその甘さに没頭した。胸の裡《うち》に隠したその心の臓までが欲しかった。それほど椿の頬《ほお》の粘膜も舌も蕩《とろ》けそうに甘く、柔らかで。

力の入らない、内股を撫《な》で、ゆっくり膝《ひざ》を上げさせて、抱き込むようにして、椿曰《いわ》く、堅くて死にそうな、布団の上に押し倒す。

口づけに飽きた表情は、視界に気を取られないせいか、うっとりと蕩けたままで、吸われて少し腫《は》れた赤い唇が、濡《ぬ》れて小さく喘《あえ》ぐ様は、愛らしく気高くも淫猥《いんわい》な様子で、十左《じゅうざ》の目を眩《くら》ませた。

物足りないような舌が、引き寄せた自分の指をそっと舐《な》める。

厳しく躾《しつ》けられた椿は、普段なら絶対にしない仕草だ。口の端から頬へ。唾液が伝ってゆくのさえ顧《かえり》みない。

小さい頃から性欲は本能にしか頼らない椿の、幼稚な、けれど何より本能に近しい欲望は、薄く柔らかく張り詰めた紅い唇を物欲しげに舐めるのでさえ、それは媚態《びたい》ではなく、純粋な欲情の印だった。

「……」

その様子を、真上から余すところなく、堪能した。

口づけの余韻に浸り、上気した薄い胸でため息をつく。痺《しび》れたのか、紅く吸われた細い舌先を差し出し、そっと唇を舐めて、確かめてみる。それでも物足りないようで、曲げた人差し指の横腹で赤子のように唇をそっと撫でさすってみる。開けた瞳は何者をも捉えず、琅玕《ろうかん》の色に潤むばかりで。

「……！」

山に押し込まれた間に性根まで野蛮になったかと、そんなことすら言い訳にしそうなほど、目が眩み、凶暴な欲が熱となって、身体の中を荒々しく駆けめぐるのを十左は感じた。脳から何もかも閉め出して、劣情のまま喰い殺すかに目の前の人が欲しかった。

堪《こら》えがたい欲は、けれど犯すには無垢《むく》すぎて、手を出すことも出来ない。

ヘタにその身体の甘さを知るが故に尚更それは、拷問に近い酷だった。

「…！」

はち割れそうに重く張り詰めた、鉄のような硬い実に息を詰める。熱すぎて、張りすぎて、痛みまで感じるほど、そこには獣の情が詰まっていた。

椿の身体の甘さを知るそれは、早くその身体に押し入って、柔らかい粘膜に包まれ擦《す》り立てられて、絞りきられる愉悦の中で、想いの飛沫《しぶき》を解き放ちたいのだと凶暴に疼《うず》いていたけれど。

「十…左…？」

破るには尊《とうと》すぎる信頼だった。重すぎる、細いその身の清廉《せいれん》さだった。

虚《うつ》ろな視線を泳がせて、探す仕草をする椿の額《ひたい》に、すでに汗ばんだ自分のそれを合わせた。

「……」

胸元から零《こぼ》れそうに、その名を呼びたかった。

大切なその名を呼んで、これほどいとおしく思っていることを繰り返し告げたかった。

けれど、それは許されることではなく、この幸せを、幸せだった過去を、そして、椿の未来を、壊してしまうことに他ならなかったから。

「……」

静かに、唇を合わせて、深く吸った。胸の裡はそうして伝えるしかなかった。

「じゅ……」

離れるそれを、寂しそうに椿の唇が齧《かじ》り付こうと追ってくる。

真っ赤に吸い上げられた唇は正に寒の椿の花びらで、開けば微《かす》かに覗《のぞ》く真珠のような歯はまるで、瑞々《みずみず》しい花びらに乗る珠の雫《しずく》のようだった。

「もう……いい」

愛され慣れた身体は、素直に快楽を欲しがった。

……交わいとは。

以前、そう言いかけて苦笑いでやめて、しがみついてきた椿は多分、この時間を――幸せに思っていてくれるのだろう。

過ぎた快楽に苦しみ、痛めつけられ、踏みにじられる。今までの、椿にとっての情交とは、抗う術《すべ》のない征服であり、生きるための屈服の手段であった。だから。

「十左…ぁ……!」

愛し合って睦《むつ》み合う。肌で、熱で、繰り返す口づけで。欲してやまない狂おしい想いを熱を重ねて確かめ合う。肌を合わせるとはそういう行為なのだと、哀れなほどに簡単な、何の贅沢《ぜいたく》でもないそれを初めて知る椿は、悲痛なほどに、飢えていて。

無邪気なほどに貪欲《どんよく》に手を伸ばした。全身で摑《つか》んで必死で離すまいとした。

「……」

頬に手を引き寄せて、当てた柔らかい手のひらの中で、十左は首を振った。

いとおしい人を苦しめたくないのだと、そんな行いではないのだと、幾らそう宥《なだ》めても、細い身体に自分の凶暴な肉の槍《やり》を迎え込んで、しがみつくことに懸命だった。貧しくとも飢えを知らない、けれども、本当に激しい飢餓を抱え続けたもののそれだった。

全て失い、山の中で、人としてすら扱われず、ばらまかれる家畜の餌《えさ》を、土ごと貪《むさぼ》り喰った自分でさえ、そんな飢餓は、知らない。椿は、それを訴えることも知らず、静かに激しく飢えていた。

「……」

滑らかな頬を撫でて、どうか、急がないでくれと、猛《たけ》る欲望を、必死で殺して椿を諭《さと》しながら、掻き上げた柔らかい鳶《とび》色の前髪の下の、白い額に、自分の焼けたそれを押し当てて乞うた。

そうされて、椿は、とっくに尖《とが》った自分の肉の芯から蜜を滴らせ、それを自分の下腹に押しつけてきながら、涙ぐんで、ぐずぐずと機嫌が悪そうな様子で髪を振った。

それすら愛らしいのだと、思うのは病《やまい》かどうか。

「…」

急に唇で触れると、時々椿は酷《ひど》く驚いたから、予《あらかじ》め触れると知らせるために、まず、大概指で触れた。

「あ！」

はだけた単衣《ひとえ》の、自分の半分しか厚さがないような、まだ少年じみた椿の胸に紅く尖る、小さな突起を指で潰《つぶ》して、揉《も》んだ。

「……ん……！」

小さな飾り物のような紅色の粒を、指で摘み出し、押し込んで揉み込む。痛みに軽く息を呑《の》むまで、執拗《しつよう》に愛おしさだけで苛《いじ》める。

両のそれを爪でいたぶり、捻《ひね》って摘み上げ、揉み込む動きを繰り返すと、すぐにそれは硬さを持って、本当の紅い、粟粒《あわつぶ》のように硬く尖って、紅く染まるほどに皮が剝《む》けたように敏感に、椿の皮膚を波立たせた。

「や……あ、う……！」

腰を捩《よじ》らせ、悶《もだ》える椿の愛らしい欲望に、見せたら多分、驚いて飛びずさるのだろうと思われる自分の、暴れる灼《や》けた肉を、刀を研ぎ合うように擦りつける。椿の敏感なそれに、自分の凶悪な槍は、その身体の中でこうも残酷に動くのだと、緩《ゆる》く腰を揺すって、その動きを伝えてやると、椿は少し戦《おのの》いたように軽く目を見張って、縋《すが》るように宙に両手を差し出した。

恐ろしいだろうと、問いたい自分に、椿はそれでも、早くと強請《ねだ》った。だから。

椿の瑞々しい肉の芽は、それでも健気なほど熱く張り詰めて、研ぎ合わされる動きに腰を震わせた。

転がり落ちそうに尖った胸の実は、舶来の紅玉《るびい》の粒のようで。その桃色の台座から、転げ落ちないように慌てて、十左は舌を伸ばし、それを吸い立てた。

「ひ……！」

予告はされていても、椿の肌は薄い。

舌先で抉《えぐ》り出す動きでそれを捏《こ》ねると、行儀が悪いと叱《しか》られても仕方がないほどに、自分の下腹に擦りつけてくる尖った実の先端から、透明の液を垂れ零して愛らしい悲鳴を上げた。

「十左……！　いい加減に」

閨《ねや》の叱責《しっせき》は聞かないことにしていた。そもそも、主従であるからには、そして、それ以上に椿を大事に思ったけれど、身分ありきなら、まず、椿の肌には一切触れられないのだ。

その禁はとっくに犯されている。だから。

「うあ！」

前歯に挟んだ、紅玉の粒を噛《か》み割るほどに強く扱《しご》いた。吸い舐め、痛がるまで、きつく啄《ついば》み、飴玉《あめだま》のように優しく舐め溶かす。微かな痛みの快楽を椿は知っていた。そのあとに来る優しい感触が、どれほど自分を蕩かすかをも。

抉り出す動きで捏ね。どちらのもので濡れたのかもう解らない肉槍を粘液の音を立てて擦り合わせ、毎日丁寧に開き解《ほぐ》した小さな椿の甘い器官に乾いた指を押し込んで。

椿の身体は健気だった。蹂躙《じゅうりん》に傷つきながらよく耐えた。

死ぬ気で覚えたのだろう、身体を開く術《すべ》は秀逸で、その小さな口でどうやってと思うほど、必死で与えるものを呑み込もうとした。

節の立った指をそれでも懸命に、うごめいて収めようとした。兄たちには、その柔らかい入り口に爪を立てる癖でもあったのだろう、初めは酷く怯《おび》えたが、自分がそうしないと知ると、ひくつきながらそれでもきつく噤《つぐ》んだ小さな口を精一杯開く動きを見せた。

傷がつかないよう、そこを開いてやること。薄く弱いそれを決して破らないこと。

それは至難ではあったが、皮肉にも彼らの兄が投げ寄越したおかしな薬品の中に、千代が見つけ出した薄荷《はっか》の匂いの塗り薬がそれを助けた。

白い軟膏《なんこう》で、英語の裏書を見れば、傷薬だと言う。

薄荷の成分からか、その感触を風を吹き付けられるようだと、椿は初め嫌がったのだが、念入りにその軟膏を奥まで塗り込めてやると、やがて温かく熱くなり、ふっくらと腫れるまで、柔らかく椿をするのだと知ってからは、それを拒まなくなった。

「十佐がいい……！」

だから、今日も、愛され尽くした身体が熱く蕩けるまで、と、その軟膏を塗り込めてやった。入り口に丁寧に塗り、たっぷりと中に押し込む。

身体に根元まで押し込んだ指が、いやらしい音を立てるまで、柔らかく腫れて、凶暴な槍の、彼の身体を八つ裂きから守れるまで、甘く濡れて解けるまで。

最近、すぐにそうなるようになった椿がいとおしくてたまらなかった。自分を待って、閉じきれずに小さな口を開けたまま、息づくそれが愛らしくて仕方がない。なのに。

「…」

そうなるにはもう少し、と、髭《ひげ》をそり忘れた頰を彼の頰に押し当てた。すると。

「！」

悲鳴を。

上げなかったのが、奇跡だった。

かぷ。と、音がしそうな勢いで。

「！」

椿が右肩に噛み付いたのだ。

「……」

痛みをやり過ごし、綺麗な歯形をくっきりと残したまま茫然《ぼうぜん》とする自分の目の前で、椿は、
酷く腹を立てたように、両肘《りょうひじ》を無防備に開いたまま、

「十佐の馬鹿者ッ！」

まったく呆然とするしかない、けれども、頭を抱えるほど甘い睦言《むつごと》を。

涙目で投げつけたのだった。

「十左…」

膝に手を掛けると、自ら、軽く胸に膝を引き寄せて、椿は軽く縮こまる動きをした。

脚を開くのを、椿は酷く怖がった。

目の見えない椿には当然のことだろう。弱い性器を晒《さら》し、骨で庇《かば》われない内臓の詰まった下腹を晒す。真上から見下ろされる形で、早く鼓動する心の臓の上から見下ろされる。それを強要され、いたぶられてきたのなら尚更だと、思う、けれど。

「……！」

そろそろと開かれる膝。やり場のない指を胸の上で握り合う。見えない目をきつく閉じ、そして。

十左の腰を挟むように伸ばされた膝と、興奮で先端が赤く染まった象牙細工のような柔らかい形の性器。

「……」

ゆっくりと自ら望んで明け渡される身体に。

傷つけたくなくて、尊くて、それでも、吹き飛ばすかに何もかも、灼《や》けた自制の箍《たが》は弾き飛ばされて。

「あ……！」

慎重に乗り込んだはずだった。日ごと愛する椿の小さな口は柔らかく、それでも狭くて。

「……」

たった一日離れただけで、簡単に狭くなる椿の身体が自分を拒んで、慌てて十左は、まだ無理だと、頬に手のひらを引き寄せ、首を振る。痛むかもしれない。傷つくかもしれない。与えたいのは温かさと快楽だけだ。なのに。

「十左……ぁッ……！」

引き破ってでも来いと。

必死で指を開いて伸ばされる細い腕に、十左は目を見張り。

「……！」

そのいとおしい我が儘《わがまま》にはいかにしても逆らえないと、余計猛り切った凶器の上に引き寄せるようにして、その細い身体が軋《きし》むほど強く、椿を抱き締めた。

「は……ぁっ……、ふ……！」

手に負えない、とはこのことだった。

小さい頃から離れに閉じ込められ、自分が知るのは、すでに目が見えない幼少の椿だった。聞けば当時は、初誕生《はつたんじょう》を迎える前に疱瘡《ほうそう》にかかり、それで目を潰したのだと言っていた。ここに来て、明かされた真実はそうではなかったけれど、あの頃は椿も自分も、現実と触れる幼い手の温もりだけが重要で、その経緯《いきさつ》や理由など関係なかったように思う。

椿に自由などなく、本は側仕《そばづか》えや学者が選んだものを読み聞かせられ、そして、この塔に詰め込まれたのは、椿がまだ、十ほどにもなった頃だろうか。

あの千代と共にの生活で、春画《しゅんが》など広げられようはずもなく、声を潜めて語る同じ年頃の友もおらず、色恋《いろこい》などもちろん知らず、――そして、彼にとって交合《こうごう》は屈辱《くつじょく》と恐怖に他ならない責《せ》め苦《く》で。だからこそ、どうにかして、そこから少しでも気を逸《そ》らすため、快楽を拾い上げる術《すべ》に長《た》けたのだろう。

「ン――……」

背中抱きにして、膝裏《ひざうら》を抱え上げる。

濡れそぼった淡い色の茂みも、粘液に光る愛らしい性器も蜜まみれで。

「あ、あ」

それを、自ら指を伸ばして弄る背徳感《はいとくかん》がないのは、それを教える人間がいなかったからだ。

そして、それが椿の命綱で、没頭《ぼっとう》することが、彼の恐怖の逃げ道でもあったからだ。

「十、……左ぁ……」

自らの重みで、腹一杯に男の肉を呑み込み、白く柔らかいばかりの指先で、自らの花の実のような剝《む》き出しの実の先端を弄《いじ》る度に、粘膜が痙攣《けいれん》し、十左を締め付けて、喉まで呻きをこみ上げさせた。

「ふう……ッ……」

時々、小さな生き物のような音を喉奥《のどおく》で立てながら、一心《いっしん》に快楽《かいらく》を追う姿は、浅ましく、けれども余りにも無垢《むく》だ。何にも憚《はばか》られず、熱だけに乱れるその様子は、聖獣《せいじゅう》の食事の有《あり》様《さま》にも似て、侵《おか》しがたい彼の純粋な欲情の姿だった。

いとおしい、と、込み上げる想いは、抱く腕の力に込めるしかなかった。

膝を大きく開かせて、恥ずかしく猛《たけ》った場所を晒《さら》す。より深くなる交合《こうごう》に、嵌《はま》り込む音が白い十左の粘液と共に、あるはずのない隙間から溢《あふ》れ零《こぼ》れた。

「十左……ッ……！」

最早《もはや》熱に浮かれて譫言《うわごと》のように、それでも必死で自分に呼《よ》ばう声に応えるには、相応しいほど猛々《たけだけ》しく堅《かた》く熱《いき》り立ったそれを、根本の茂みを擦《す》りつけるまで深く、押し込んで、揺すって、その想いの強さを伝えるしかなかった。

「十……う……」

唾液が、形のくっきりした唇から、幾筋も糸を引いて滴り、口寂《くちさび》しいと、口づけを強請《ねだ》る。

しかし、十左は。

「ひゃ、あう！」

そのまま前のめりに椿を床に押し込んだ。

いっぱいに頬張ったまま最奥《さいおう》で捏《こ》ねて愉《たの》しんでいた肉槍《にくやり》を一度大きく引抜き、大きく粘膜の合わさる音を響かせながらまた、同じ深さまで押し込んだ。

「やあ、……っ、あ……！」

一度放った白濁《はくだく》が、押し出すように大量に溢れ、軋《きし》んだ響きと共に、吸い付く濡れた音を高く立てる。

二度、三度と繰り返すと、床に額を擦りつけながら、いやいやと、椿は髪を振ったけれども、彼は直後に触れられもしないまま、、その欲望の先端から、だらしなく白い粘液を飛沫《しぶ》かせた。

「あ……嫌、……あ――――！」

押し出されるようなそれは、数度、打ち出しても止まらない。

とろりとした糸を引きながら、滴り落ちるたび、痙攣《けいれん》して十左を締め付ける身体を、中に満ちた粘液が、辛うじてでも十左に無視することを許した。

「嫌、だ、もう……いや…ぁ……！」

細く啼《な》きながら、それでも椿は欲情の蜜を滴《した》らせ続けた。

「……」

赤く腫れ、軽く捲《めく》れた赤い粘膜を指で撫でさすってやると、すすり泣きが漏れ、涙のようにきりのない椿の逐情《ちくじょう》は止まらなかった。

「きゃ……う……ッ……！」

彼が、すでに正気とは思いがたい切羽詰《せっぱつ》まった、甲高い啼《な》き声を喉奥《のどおく》で発し、硝子《ガラス》のような瞳から惜しげもなく涙を振り零《こぼ》して、震える脚で淫《みだ》らにその腰を振り始めたから。

「……っ…！」

極楽《ごくらく》を見たのだろう椿の後を追って、十左はもう一度、中途まで引抜いた荒々しい肉欲《にくよく》を指で確かめ、何度もそれを椿の華奢《きゃしゃ》な腰に打ち入れて、己《おのれ》の想いを放《はな》たんと、椿の細腰《ほそごし》を、身体ごと強く、揺《ゆ》すぶり、絶頂《ぜっちょう》で、果《は》てた。

† † †

——何故、火を焚《た》くと煙が上がるのだろう。

「……」

八つ当たりにも愚痴《ぐち》にもならないことをぼんやりと思いながら、十左は、ようやく去った嵐の灯台のほんの数歩ばかりしかない岩の足場の隅で、火を熾《おこ》した、七輪に毛が生えたような小さな竈《かまど》に、火吹き竹にため息を吹き込んだ。

勢いの良いそれに、乾いた枝の重なる竈は、ごう、と音を上げ、爆《は》ぜながら、嫌みなほどに盛大に狼煙《のろし》のような煙を上げる。

情交後の椿のぐずりようは、並大抵ではなかった。

うるさい触るな放っておけ、側《そば》に居ろ。

放っておくと、椿は逐情の余韻のまま、引きずり込まれるまま必ず眠り込もうとした。失神したときはこれ幸いと、気付けの酒を含ませようものなら、酒を飲むだけ飲んでどうして起こしたと、とんでもなく不機嫌だった。

女のように、それを赤子に変える力がない男の身体だ。

男の精が腹に残ると毒になる。そんな聞きかじりは本当で、癇癪《かんしゃく》寸前に不機嫌な椿の言葉に従い、そっと寝かしつけると、必ず腹痛を起こし、熱を出した。

腹の奥底に、自分の精を吐きつけると、必ず熱いと泣いて苦しがり、銛《もり》で刺された魚のように跳ねて悶えたから、合わせを解いた直後に、指を差し入れ、すぐさまそれを掻き出してやれば、いつもの苦しみを、椿は訴えなかった。

が、掻き出されるのにそれなりの苦痛を伴うらしく、熱く痺れて陶然と椿を愉《たの》しませるらしいその疼きを、僭越《せんえつ》にも指で掻き回し、台無しにしてしまうとは何事だと、涙眼で今更ながらに主人と下男の何たるかを、素肌に、濡れ汚れた薄掛け一枚巻き付けた、精液まみれの身体で叱りつけられれば、うなだれてそれを聞くしかない。

けれども、そうした手入れは絶対に必要で、小さな盥《たらい》に張った湯に、少し血の混じったうす桃色のそれを掻き出し、熱く絞った布で、身体を拭《ふ》き上げてやるのが椿のためには一番良いようだった。

ただ、十左にとってそれは、間中、延々と恨み言を述べられ、不機嫌に涙ぐまれ、口を尖らせていなければ痛烈な嫌みを吐きつけられ、隙あらば眠ろうとする彼を励まし、ぐずるそれを宥めて、行わなければならない苦行中の苦行でありしかも。

離れている、と言うには余りに近い、背後から、視線が背中に刺さるのに、十左は息を詰めるを余儀なくされた。

それは近づくでもなく、話しかけてくるでもなく、戸口の中に入るでもなく、じっと。無言のまま怨嗟《えんさ》怨念《おんねん》を絡みつかせた視線で十左が湯を沸かすのを見ているのであった。

「――――……」

いつ背中から刺されても不思議ではないと思いながら、十左は振り返れない。

千代は、正に黙認、であった。知っていると露見すれば決して許せるはずもないそれを、恨みの想いだけで口を噤んだか、怨念じみた見開いた眼が、罵《ののし》る以上の恨みを語った。恨みというなら当然だ。どんな仕打ちも甘んじなければならない立場に自分はある。けれど。

「……」

視線に力があるというなら、前の煮え湯に頭から突っ込んでしまいそうな千代の視線だった。

犯した罪は身を八つ裂きにしても贖《あがな》うに躊躇《ためら》わぬ覚悟はある十左なのだが。

「……」

どうにもこの一連の苦労が、それに当てはまらぬ気がして、また。

重い視線に肺腑《はいふ》を押さえ込まれるようにして。

竹筒に当てた口から、――陰鬱《いんうつ》なため息をつく。

宥め賺《すか》し、身体を清め終えてから、あの布団の中で眠り込んでしまった椿を、一階下にある椿のベッドに運び降ろした。

大人しく眠っていれば、人形か、或《あ》るいは神が降《お》ろした稚児《ちご》のようにも見える愛らしさだ。

「……」

普段も、悪戯《いたずら》や我《わ》が儘《まま》がなければ、十分愛らしいのに、と、ため息をついて、寝息《ねいき》を立て始めたその髪をそっと撫《な》で、しばらくはこれきりが良い、と、苦笑いでその傍《かたわら》を立つ。

椿の兄たちがまた通い始める前に、自分の形を忘れさせなければならない。そうでなければ、彼らがどんな酷《ひど》いことを椿に行うか。

切なく思う、そのとき。

「……」

白い、指先が、知らぬ間に裾《すそ》を握りしめていて。

掠れた声が。まだ、泣き腫《は》らした跡《あと》が残る、薄く開いた赤い目元が。

「側にいるのが良い……、十左」

譫言《うわごと》のように、そう命じる。

「……」

そのまま、眠りに落ちるそれを、いとおしくいとおしく見つめながら。

あなたが許すなら生涯《しょうがい》、と、噛みしめるように祈る。

どんな罰《ばつ》を受けても良い、彼に両目を差し出しても良かった。ただ、願《ねが》わくば側に。

「…」

深くなって行く寝息を聞きながら、目元《めもと》に乱れ落ちる鳶色《とびいろ》の髪を十左はもう一度撫でた。

ただそれだけを。

――――これほど祈るのに。

彼は海風に吹かれるのが好きだった。

「……」

白湯を持って部屋に上がってみると、いつもよくするように、彼は大きな両開きの西洋扉から、ベランダと呼ばれる半円形の踊り場に、椅子《いす》を出して海を眺めていた。

小花の刺繍《ししゅう》で張られた猫足の椅子は、晴れた日には陽の直接当たらない位置まで出され、椿は気が向けば、手を引かれてそれに座る。

眺めていると言っても見えるはずもなく、潮風に吹かれ、遠く轟《とどろ》く海鳴りを聞く。

波音を、砕ける潮を。遠雷を、遠い雨の匂いを。

この灯台に存在する唯一のものだ。それを楽しみとしているのか、そうするしかないから座っているかは、十左にはまだ、解らない。

「……」

ドアの気配がしても振り向かない椿が潮風に嬲《なぶ》られる様子を、十左はしばらく眺めていたが、人形とすげ替えたかのようにじっとそうして動かなかったから、曲げた指の背で、扉の端を三度叩いた。

「十左か」

振り向きもせず、椿は答えた。

許されて近寄ると、横顔のまま、真っ直ぐ海を眺めていて。

「……」

頬が冷たい、と、手のひらでそれに触れた。

生まれなければ良かったと、一度きり本音を吐いた椿は、悲しいくらい自分をいとわない。

こうして触れて確かめても、このままでは、潮風に削られ、消えてしまうのではないかと思うような儚《はかな》さだ。

「もう……、随分凪《なぎ》が続いた気がするな、十左」

たわいのない、けれど、酷く貴重な平穏が。

忙しさは正月まで続くが、いつ気晴らしに、と、彼らが現れてもおかしくないほどの日は過ぎた。

明日かも知れない。明後日《あさって》の朝なのかも。

「……」

微かに身体を震わせた椿の手を取り、その目の前に跪《ひざまず》いた。

椿が耐えろと言うなら耐えてみせる。けれど、耐えられない日がもしも、来たら。

「慰めて、くれるのか」

苦笑いの声が、椿の倍ほども太い自分の黒髪を緩く摑んだ。

「私は、大丈夫。お前が居てくれるなら」

もう一度、そう、呟《つぶや》くように言って、椿は再び海の果てを見た。

「お前がこの闇を照らしてくれるのが、何よりの励みだ」

空は薄曇りで、波は時折白く立っていたが、海は眩《まぶ》しいほどに明るい。けれど椿の瞳が、そして心が何も明るくは映さないのだというのならば。

弱々しく笑う椿に、灯火《ともしび》だけは決してと、誓いながら、それでも運命に翻弄《ほんろう》される彼が、哀れで、そして、いとおしくてならなかった。

高男《たかお》たちの来訪に備えて、念のため、椿と身体を繋《つな》ぐことは、あれから控えることにした。ただ、痕《あと》を残さず椿を愛することで椿を、柔らかい絶頂で包み眠らせてやる日は毎夜を重ねた。

椿のために、灯台を灯し下男として真面目に働く。

年老いた千代を助け、椿の用を聞いた。けれど。

「……」

灯台部屋には、紺の刺繡張りの脇息《きょうそく》までが持ち込まれていた。

革が一枚足され、敷布団も二枚重ねられていた。

その上に物憂げに椿は寄りかかっていて。

「代々敷島《しきしま》宗家は、将軍家光《いえみつ》公の御代から続く、従四位下侍従までお務め遊ばされた蹴鞠《けまり》の御家。就中《なかんずく》、由緒ある宮内御花役を賜《たまわ》るお家柄で、本来ならば椿さまは……」

その椿を背に。

油の染みた床に、決死とばかりに、齢《よわい》六十を過ぎたというには余りに矍鑠《かくしゃく》とした様子で、激昂《げっこう》を抑えた震える声で自分に向けてとうとうと説くのは。

「……」

うんざりして死にそうな様子で、脇息に寄りかかる、最早聞く気もない椿、そして、一言たりとも口答えの叶わぬ十左。

頭痛でも覚えたように、軽く頭を抱えてため息をつく椿の止め立ては期待できそうにない。

分銅は重く、ぎしぎしと軋むばかりでなかなか巻き上がらず、けれど、黙ってそれを聞きながら、この重労働をこなすしかない。

ついには、千代めの徳が行き届きませんばかりに、先祖代々様御霊様にいかようにお詫《わ》びして然るべきか、皆目見当も付きませぬゆえ、かくなる上は腹を切って、と、悲嘆に暮れた様子で泣き伏すのに。

余りの脱力に手が滑って、分銅が下がる。

助けを求めても無駄だと知りつつ、思わず振り返るそこにはやはり。

「……」

心底退屈そうな様子で、気怠《けだる》くため息などをついて。

ふかふかに敷いた、革と敷き布団の上で、とうとう脇息に縋り付いて、うとうととし始めた——無責任な椿の姿があった。


灯台部屋の壁には外に向かった小さな扉がある。

灯台内部の中央に、井戸のように掘り下げられた、釣瓶《つるべ》のような部分を修理するための穴で、具体的に言えば、分銅が引っかかったり、吊り下げる縄が切れてしまった場合、一旦そこから外へ出て、コの字の形の釘を打ち付けたような小さな梯子《はしご》を上がり降りして、あちこちに開いた同様の横穴から中に入って、不具合部分に手を伸ばすのだ。

「——…」

その、小さな扉から這《は》い出ると、人一人がようやく座れるような突起が空に向かって張り出していた。

それには外に出た瞬間、突風で飛ばされないよう、脇の高さの錆びた鉄の手すりがついている。そこに腰掛け、十左は手すりの間から空に向かって足を投げ出した。

嵐は過ぎたが海はまだ鈍色《にび》に時化《し》け、冬に向けて荒々しくうねる波を白く凶暴に、幾つも剃刀《かみそり》の刃のように立てている。時々掃くように長く走る白い筋は、高波が巻いて暴れている様子に他ならなかった。

高男たちはしばらく来なかった。時化《しけ》がやんでもあれから数日まだ、舟影は見えない。散々に椿を痛めつけたから、気が済んだのか、それとも余程本家が忙しいのか、……飽きたのか。

時化の前までは、高男たちが来ずとも届けられた食料が尽き始めていた。この塔から垂れた釣り糸も、この荒れようでは雑魚《ざこ》の一匹掛からず、出汁《だし》の一つも取れなかった。

千代は相変わらず日頃と変わらぬ《時化の食事》を彩りよく出したが、台所で、隠して漏らされるため息を聞けば、それすら心許《こころもと》なくなってきた様子が窺《うかが》えた。

「……」

それでも幸せだと言えば、詰《なじ》られるだろうかと、十左は鉛色の空に硬く凝《こご》る雲に訊ねる。

椿との穏やかな生活。

食料にこそ逼迫《ひっぱく》しても、同じく斜陽と傾く没落貴族の見苦しさはなく、毅然と誇り高く、何一つ変わりなく穏やかに毎日を過ごす。粗末な食事《しょくじ》を粛々といただく。

椿は静穏で峻厳《しゅんげん》で、誇り高く、そして悪戯《いたずら》好きだった。

千代は物知りで、全てを弁《わきま》え、他人の目がないというのに孫の年頃ですらある椿を決して侮《あなど》ることなく、粗略《そりやく》にすることもなく、この孤島の幽閉の楼閣《ろうかく》の中でさえ、椿を本家主筋の嫡男として精一杯の辺幅《へんぷく》を整え、恭《うやうや》しく扱い、それに仕える侍女として気高く日々を作った。

自分はやはり椿の前では、一言も発しないまま、毎日分銅を巻き上げ、千代に変わって力仕事をし、厳しい千代に叱られながら隅々まで掃除をして、そして。

椿を腕に抱いた。

「……」

十左という、存在しない男。

その上に築かれた、信頼と愛情と――――身を焼くような恋情。

それは幸せで――――涙が滲《にじ》むほど幸せで、手放しがたく、その幸せが大きければ大きいほど、罪悪感は重く、その脆《もろ》い足下の上に積み上がった。

いっそ高男たちが来なければいい、と、願った。

このまま餓死をしても構わない。

椿に真実を知られないまま、椿をこの腕に抱いて静かに幸せに死にたいと。

けれどそれは、決して願ってはならないことだ。

――――終わりはいつか来る。

命にも、物語にも、嵐にも、季節にも、夜にも、この塔の中にある些細《ささい》な幸せにさえ。

十左は、錆びた手すりに手を掛けて、それに重い頭痛の頭を凭《もた》せた。

幸せすぎた。それが何にも勝る罪の苦痛だった。

椿が笑う度、いずれ来るその日の傷は深くなる。椿が幼子のように無防備に温《ぬく》もりを預けてくる。それはその日、椿の心臓に刺さる刃の力にそのまま掛かる重みだった。

背中合わせの苦痛と、それでも手放せない幸せに、息が詰まって、眉を寄せた。叫び出しそうな苦悩と衝動だった。

終わりは来る。いつか、確実に。

嵐が去るように。

「……」

白波を掻き分けて波間に見える、高男たちの乗った船がやってくるように。


目覚めてはいた。

永遠《とこしえ》の眠りに備えよとばかりに歳の重なる眠りは短く、夢など見られる時は過ぎたとそれを見ることも許されず。それでも、この頃とみに、痛む腰と膝を布団の中でさすって、千代は夜明けまでの時間を待った。

どうにか椿を飢えさせずに済んだ。

夜明けが来れば海は凪《な》ぐだろう。そうすれば昼過ぎにはきっと、本家からの船が来る。

高男達を乗せてこなければいいが、と薄い望みを布に包んで胸元に忍ばせた観音像に祈りながら、朝餉《あさげ》のための湯を沸かせるほどに薪《まき》は残っているかと思い巡らせ目を閉じて過ごす。

そのときだ。

栈橋が大きく軋む音がした。何かが激突したかの激しい音だった。老朽した桟橋が流されては船が着けられないと、そんな不安を感じて千代は起きあがった。

激突音は続いていた。

或いは、何か難破船の残骸でも流されたのかと、一人で行ってもどうにもならないと思いながら、古い珊瑚《さんご》の簪《かんざし》で髪を巻き上げ、寝間着を着替える。

そんな時間に。

「迎えはどうしたッ！」

島の端近で喚《わめ》く、高男の声が聞こえた。

一瞬、全く見知らぬものが寄越されたのではと思うかの、荒れた声だった。

先ほどからの激突音は、時化の名残《なごり》が強く、着岸できないほどに強く揺れる船を無理矢理桟橋に着けようとしていた音だろう。

何本もの鉤縄《かぎなわ》を桟橋に投げ、錨鎖《びょうさ》を海に投げ込んでも、この時化具合では、揺れを押えられるはずなどない。船から下りるに下りられないどころか、そのまま居るのも木っ端微塵《こっぱみじん》に弾け飛びそうに揺れ、転覆しないが不思議の激しい波でもあるはずだった。

船酔いでもしたのだろうと、少しほくそ笑んだ。けれど、そう思うにはまだ、東天紅《かけろ》も眠る早朝で。

船ならまだ良いが、酒に酔っているなら面倒だと思いながら、帯を巻き、襟《えり》を確かめて部屋を出る。

船頭を詰る声が、耳障りに高く響く。珍しく癇癪《かんしゃく》を起こしているのは、満流《みつる》ではなく、高男のほうらしい。

「十左」

部屋を出たのと、十左が気配を潜め、階段を降りて来るのは同時だった。椿を守ることに敏感な十左に満足をし、帯留めを締めながら、視線だけで声を発することを禁じた。もう、すぐ扉の向こうに、誰か居るかも知れない。

「お前は椿さまを連れて、灯台部屋へ」

命じると、尋常ではない気配を察している様子の十左は、頷《うなず》いて千代を見た。大丈夫だと、千代は頷き返して、早く、と、視線で十左を促した。

鋭く身を翻す十左を見送り、戸を睨《にら》み付ける。あの様子では、いきなり何をされるかわからない。それくらい、高男の喚き声は尋常さを欠いていた。

大きな音で戸が叩き付けられる。壊れるほどに連続して激しく打ち付けられた。

覚悟をして、たった今起き出したかのように繕《つくろ》いながら鉄の扉の閂《かんぬき》を抜く千代の目に、初めに映ったのは、打ち据えられて青あざだらけの本家の下男だった。息を呑む間もなく。

「ご本家の高男さまがお出ましでございます。椿さまにお目に掛かりた……がッ！」

早口で告げるそれを後ろから蹴倒したのも高男だった。びしょ濡れの高男の後ろには、ところ構わず奇妙な大声と共に、船酔いの胃液を吐き戻している満流《みつる》が見える。

「椿は居るか」

唸《うな》る声で、高男は言った。

「まだ御寝《おすまり》あそばされております」

ぴしゃりと千代は答えた。

非常識な時間に押し込みのように訪れられて、礼を尽くさねばならない謂《いわ》れはない。

「ふん、本家の館の来訪を迎えぬとは、驕《おご》るも並みなものではないな！」

どいつも馬鹿にしおって、と最後は声を裏返らせながら、握った刀の柄で、壁を叩き付ける様も、千代は気丈に瞬《また》き一つせず、それを見た。

椿に落ち度があったか。或いは、椿が彼らの重しになったか。

千代は素早く考えを巡らせたが、否、と唇を強く結んだ。

灯台が灯らぬ日はなく、また本家に影響を及ぼそうにもこの灯台と本家の繋がりを知る人間は少ない。ましてやそこに、本当の嫡男が囚《とら》われていることも、前の主を殺した男が、名を偽って棲みついていることも、高男たちが漏らさぬ限りは、決して誰も知るはずがない。

布を、茶を、と形ばかり勧めながら、彼らを止める手立てを考える。彼らは、特に高男は、椿を打ち据えて殺しそうな勢いだった。

何があったのか、口走る罵声《ばせい》の隙間にそれを摑もうとするが、憑《つ》かれ者の妄言のような喚き声はまともな罵詈雑言《ばりぞうごん》にすらなってはいなかった。

高男は、椿を、と言いかけ、いや、と首を振った。

「…そうだな、千代」

思案げにそう言う高男の目に僅《わず》かながらに、昏《くら》い理性の色が戻るのに、半分ほっと、そして、嫌な予感も同時に過《よぎ》った。

「お前に話すが道理が早い」

こんなことを言い出す高男は往々にして始末の悪い要求を押しつけてきた。それでも。

「……謹んで、千代めが」

千代はほつれた髪が一筋落ちるのを見ながら深々と、頭を下げた。椿に聞かせるには惨《むご》い無体が、直接耳に通るより遥かにましなことだった。

客間、というには粗末で、けれど豪奢《ごうしゃ》な部屋が塔にはあった。塔の中程、椿の居室に続いて大きな部屋だ。

象牙の龍の置物。志那《しな》の織物、白磁の香炉、別珍と象牙の舶載《はくさい》の自鳴琴《オルゴール》。一枚石のテーブルに一間はあろうかという大きな山水楼閣の墨絵。昔はさぞかし立派なものだったのだろう異国の品々は潮水に浸され、岩に叩付《たたきつ》けられ、何もかもが酷く染みが浮き、色褪《いろあ》せていた。

名のある御家を飾っても遜色のない由緒ゆかしい品々だろうと——本来ならばそうなるべき船が沈み、流れ着き、または引き上げられたものばかりで設《しつら》えられた部屋はどこか、幽霊船じみた気味の悪さを発していた。

千代は、二人の目の前に、薄い茶を置いた。千代が海風の浸らぬところに木くずを敷き詰めて作った床に小さく生えた木から取れた僅かで貴重な茶葉だ。

縫い繕われたソファーにぐったりと満流は沈み、高男は目ばかりをぎらぎら漲《みなぎ》らせて、いつ、その腰の刀を抜いてもおかしくはないような、落ち着きのない様子で、座っていた。

千代は、深く頭を下げ、座れ、と雪駄《せった》の足先で指されるままに高男の目の前に腰掛けた。

「椿は花は活けられるか」

高男は何の前置きもなしに、奇妙な質問を始めた。

「御色味をお知らせ申し上げれば、いかようにも」

この塔に来てからというもの、満足に花は活けてはいない。けれど、戯《たわむ》れに投げ寄越される花を活けたがるのは血筋か。

美しく、脆く儚いようでいて、けれど絶妙の均衡と彩りを保った花を、椿は活けた。

香織《かおり》の手ほどきで、嗜《たしな》み程度に千代も花を行ったが、椿のそれは、教える千代が言葉を失うような尋常ならざる美しさを花器に綻ばせた。

「漢詩は諳《そら》んじるか」

「それは良く」

花の稽古《けいこ》以外は放蕩《ほうとう》に明け暮れた高男や満流よりは良く、漢詩も古文も英語までもを椿は理解した。閉じ込められた進まぬ時間を進ませるのに、椿には必要だったから、それらを染み込むように欲しがった。千代も本家にそっと乞うては、可能な限り掻き集め、椿にそれを読み聞かせた。

「端から下男が務まるとは思っておるまい。そもそも……」

といって、考え込む高男に、千代は怪訝《けげん》に眉を寄せた。

椿に本家の下男を命じると言うつもりなのか。

しかし、これほど香織にうり二つの椿だ。本家に戻れば言わずと素性は知れよう。

けれど、もし万が一、下男の身分に落とされようとも、本家に戻れば、決して使用人たちは椿をそう扱えるわけではなく、もしもそうなれば、少なくとも、この二人の隠蔽《いんぺい》された狼藉から椿を守れる。

「七千、いや、八千」

高男はめまぐるしく思案しているようだった。何が七千か、八千か。

円というなら幕僚の給金が八百円にもなるのだと聞いていた。思いつかない数字の単位は。

「ああ、八千であれば事足りよう。梨宮《なしのみや》家にも借りがある」

何を。と、千代は高男の心裡《しんり》に目を凝《こ》らした。

もしもそれが《円》だというなら、この塔にはそのような大金を作れるものなど存在しなかった。塔ごと売り払ったとて、錆びた鋼が幾ばくかの小銭になるだけだ。

高男は思案顔で目を細めた。

「椿を売ろうと思う、千代」

その申し出の意味を理解できずに、数瞬千代は呆然とした。

「とある宮様の伝《つて》で、阿蘭陀《オランダ》人が梅院の庵《いおり》に滞在しているのだ」

高男の言う庵とは、本家の持つ、なだらかだが、木立の深い苔生《こけむ》す山に据えられた、京都、修学院離宮の寿月観《じゅげつかん》下御茶屋を真似た起《むく》り屋根に柿葺《こけらぶき》の品格の高い茶室だ。先代まではここで厳かに、尊い身分の貴賓を招き、茶と共に花を供して、宮家の間では、隠れた趣の場として、競ってその招きを欲しがられたものだった。

それが、――先代亡き後、山賊の隠れ家のように、酔いつぶれた高男たちの宿に使われ、ついには芸者が上がっているとは、千代の耳にも聞き及ぶところでもあった。そこに外国人が訪れていると言う。

その前で、めしいの椿に曲芸のように花を活けよとでも言われるかと、その侮辱に唇を嚙む千代だったが、そんな想像すら生やさしいものだったと、一瞬後に思い知る。

「褥《しとね》の手管《てくだ》は心配ない。己《おれ》が一から仕込んだ身体だ。並大抵の女より悦い」

媚《こ》びた肉がないぶん清潔だと、やはり、上手くは捉えがたい言葉を高男は言った。

「いい話だ。千代。お前もここから出られる」

誘いかけるように高男は笑ってそう言った。

やはり本家に帰れるのかと、混乱した頭は上手く真実を捉えなかった。

「その外海からの客人は、褥の相手を欲しがっていてな」

奥方が居るから、女では拙《まず》いのだそうだよ、と、馬鹿にしたように高男は笑う。他の女と契りを結べば、神罰が下るのだそうだ、とも。

「その者に椿の話をした。弟とは到底言えぬし、ここで野卑な暮らしをしているとも言えないが、お前のお陰だ、千代。連れて帰ってめかし込めば、到底そうとは見えまいよ」

生まれつきある気品と、本家を離れても崩さなかった千代の扱いが、椿を貶《おとし》めなかったと、褒め言葉か馬鹿にしているのか解らぬ口調で高男は言う。

「相手は国賓だ。金ならたんとある。椿を見せれば七千円は惜しむまいよ。いや、壱萬《いちまん》、さらに五千くらいは平気で出す」

「……高男……さま……？」

それでも呑み込めずに、千代は訊ねた。

椿をここから引きずり出して。

その、得体の知れぬ外国人に、閨《ねや》の相手として売りつけると、高男は言うのだ。

「なりません、お戯れにも！」

高男一流の嫌がらせかも知れない。けれど、幾ら戯《ぎ》れ言といっても、言って良いことと悪いことがある。

「お言葉をお慎みください。椿さまは御腹違いといえど、高男さまの御弟君であらせられます。それを」

酷い、と、言葉を詰まらせる千代は、それを堪えて。

「何をお耳になさったか知れませんけれど、たかが八千の端金《はしたがね》。本家様にはいかようにでもあそばされますでしょう」

百人余もの家人と弟子を抱え、尊き身分の子女を預かり、子爵を名乗る家柄にまでなった。敷地は広く、本家に広がる、名園の名を恣《ほしいまま》にする庭には、名うての職人有識人が競って建てた茶室がある。どれ一つ、売り払ってもその値段になるはずだ。何かにかこつけ宴を上げても祝儀はそのくらいの金子にはなる。しかも。

「菊の宴で目が眩みましたか。浅ましゅうございます」

金はなければ欲しいもの、あれば、それを増やそうと執心に尽きると、戒《いまし》められていた。この、金が全くの価値を生まない孤島の灯台で長く暮らした千代には尚更それはつまびらかだった。

どうせ、菊の宴で得た金でさらなる爵位を買い取ろうとでも目論んで居るのか。何不自由ないあの屋敷で、見栄で飾った贅を尽くそうと、微々たる金で椿を見せ物のように売ろうというのか。けれど。

「ないのだよ、千代」

泣き崩れることすら許されないことを、緩く笑って高男は言った。

「金など、もうどこにも」

「……」

信じられない、と、高男を見た。

本家に金子がないわけがない。置物一つ、茶室一つを売り払っても、人が一生暮らして行けるだけの代物ばかりが無造作にある家だった。

甍《いらか》を競う広大な屋敷。山に連なる見果てぬ庭。果てのない白木綿《しらゆう》の上を歩くかに散り敷く桜、錦に勝る鮮やかな紅葉、どれをとっても、没落しようにも、少なくとも高男が生きている間は、決して傾《かし》ぐはずのない財を蓄えているはずだったのに。

「奴らは己の花が気にくわん。いや、己の出自が気にくわんのだ。ことあるごとに妾腹だといいおって、花の何たるかも解らぬくせに」

それは、高男が人の何たるかを知らぬ故だと、出かけた言葉を千代は呑み込んだ。

そうしたのは、彼の母親で、そして、父親だった。そして、――――椿の存在、それ自体だったかもしれない。

高男は苛々《いらいら》と爪を嚙んだ。

「満流にあれほど借《しゃく》があったとは、己も知らなかった。宮家や公卿《くぎょう》から続々と取り立て状が届く。茶室も山も、軸も皆取られて、数日中には屋敷まで押さえられる」

「お屋敷が……！」

どれほど、と、気が遠くなった。千金《せんけ》の財を使い果たして家まで失う借財とは、と。

「奉公人など、一人もおらぬ。菊の宴も開けようはずがない」

菊の宴が開かれているのだと思っていた間。高男たちは返済資金を掻き集めるために奔走したのだと、その疲れ具合に読み取った。そのあと姿を見せなかったのも、方々に借入先を探していたからだ。

「売れる物は全て売った。それでももうあと、七千、足りぬ」

だから椿を。馬の骨のが筋が知れるような毛唐にと。

「なりません、決して！」

本家のためだというのなら。高男たちのためだというのならば。

「椿さまはご本家様に何の恩義もございませせぬ！」

嫡男の主張は退けられ、罪人のように島に流され、飢えを恐れる生活だった。生まれたきり泣くことも許されず、呱々《ここ》と泣く赤子の椿の口元を何度袖で塞《ふさ》いだだろう。外に出ることなく、母を失い、父はそれとは認めてくれず、その父に――――犯され、その父さえ失った。

爪に火を灯すような生活だ。与えられるべき財産は屈辱と引き替えに命乞いの上の、ぎりぎりの食料でごまかされ、間違っても心の底から安堵《あんど》して暮らしたことなど一度たりともない。なのに、一筋たりとも与えられぬその恩を、身を売って返せと、高男は言うのだ。

「お引き取りくださいませ。お考えを改めあそばされて、お出ましなおされまし！」

一気にまくし立てた千代の声は。

「うるさいッ！」

と叫ぶ高男の怒声にテーブルごと覆された。

「本家の危機だ。弟を使って何が悪い！」

話は出来ないとばかりに、高男は激しい物音を立てて卓を立った。

「高男さま！」

「盲《めし》いた腹違いの弟を今まで大事に囲った！　本家の危機に知らぬ存ぜぬとは、畜生にも劣ろうぞ！」

身勝手なことを喚きながら、部屋を出て行く高男に縋ろうとした千代を、満流が引きはがして床に突き転がす。

「なりません、高男さま！」

一切の財産を放棄し、ここに囚われるを最上として何も望まない椿に、これ以上の屈辱は。

「酷うございます……！」

泣き伏す千代の声など、階段を上り始める高男たちの背に届くはずもない。

「……《何の恩義も》、…か」

自嘲で呟きながら高男は階段を上る。

言われてみれば、恩義、はないかも知れない。

自分が来なければ飢え死ぬのだと、布の一枚与えられないのだと、死なない程度に常に欠乏させながら、思い知らせつつ椿をここに押し込め続けた。

色狂いの満流に、椿を犯させ、椿が泣き叫び苦しむ声を自分も同じく興とした。

それを、恩義とせよと言われれば、千代が違うと言い張るのも無理はない。決して楽で安穏な暮らしが訪れぬよう、健康と幸せが訪れぬよう、心を砕いた。母の弔いと、生前に見せられぬ腹いせなのだと精を尽くした。

その名は、恩義ではなく――復讐と、言うのかも知れない。或いは怨嗟《えんさ》と、または執着とも。

小さな頃から嫡男として育った。贅沢の中、誰もが傅《かしず》き粗末にされたことはなかった。けれど、ことあることに妾腹と囁《ささや》かれ、誰もがする小さな失敗の理由にすら、それは取り上げられた。花も然り、だった。

椿の出生は公にならず、自分付きの侍従と一握りの老人たちがそれを知っていた。

香織の懐妊、椿の出生。それを聞いて、今まで自分を持て囃《はや》していた彼らは一斉に椿に傾いたのだ、しかし。

椿の失明を知って、何食わぬ顔で、彼らは自分の元に戻ってきた。あれだけ自分を捨てようと、一時は、本当の嫡男の出生に色めき立ち、我先にと祝賀を述べて香織に、そして椿に取り入ろうとしたくせに、叶わないとなると、何事もなかったかのように自分を再び持て囃したのだった。

しかも、それだけなら許された。

椿のことを知る彼らは、ことあるごとに《本当の御嫡男ならば》と当て擦《こす》るように言った。自分の花の最初の師範であった男も、突出した才覚を見せなかった平凡な自分を、妾腹であるからだとそれを理由にした。言葉にしないまでも、侮りは気で感じるものだ。

自分たちの母が、伯爵《はくしゃく》家から嫁いだ香織より身分が低かったせいかもしれない。香織亡きあと、気を違《たが》え、正妻に成り上がるにも罵《ののし》られるのに、それもできず正気を欠いて、家中を椿を探して奇声を上げながら徘徊《はいかい》していたのだから、仕方がなくもあったのかも知れない。

彼だけは裏切るまいと信じた父も。

彼は香織の死に、静かに狂っていた。

厳粛で豪宕《ごうとう》、かつ華やかで繊細な花を活ける人だった。岩と言えば岩を、羽衣をと言われれば羽衣を。どのような豪放にも繊細にも、匂い立つ雅《みやび》を以《もっ》て活ける人だった。その名に恥じぬ、血という才能が間違いなく流れた人だった。

尊敬をしていた。父と言うだけでなく、その生き方までも。香織以外は娶《めと》らぬと、長く過ごしたそれすらも憧れていた。そして、しぶしぶ迎えたはずの母への想い深い情けも、家を束ねるものとして自分が身につけなければならないものだった。

そんな父は自分を決して裏切らない。花を活けられない椿は決して家は継げず、香織の子であるからには、自分の弟として披露することも出来ない。

そんな椿に負けるわけがない。

そう思っていた矢先、幼い椿の元に父が通っているのを知った。

情故と信じていた尊ぶべき父は、狂っていた。香織という名の亡霊にとり憑《つ》かれていた。とり憑かれた彼が、椿を披露したいと言い出した。家の跡目は自分に継がせても、自分の跡目は椿に継がせたいのだと。

憎らしかった。悲しみすら起らぬほどその裏切りに臓物が煮えくりかえる熱さを味わった。

自分は、母は。結局何だったのか。

妾の侮りも、妾腹の蔑《さげす》みも嘲《あざけ》りも、それは十分覚悟の上だった。

自分は花を活けられる。一番彼に近く、一番彼に沿うて。自分だけが唯一、この家を守り得る者である自負があった。それだけで椿と対等に居られる。そう、思っていたのに。

彼は自分など眼中にないように、椿を愛した。

日ごと、香織に似る椿の元へ通い、あの潔癖な父が血の禁忌を犯してまで、椿を抱いた。

椿の髪を短くさせなかったのも父だ。短く刈り上げて育った自分たちと違って、椿は柔らかい鳶色《とびいろ》の髪を、さらさらと耳元にまでかけて、女の子のように——もっと伸びれば香織のように、伸ばして過ごしていた。

殺意まで抱いた。

今、父親が死ねば、何も揺るがない。もう何一つ失わない。尊敬した父親の面影と共に、何一つ。

夢想はしても、出来るはずもない、そんな高男に悲鳴が届いたのはそれから間もなくの頃だった。

聞いた瞬間、自分の生き魂が知らぬ間に抜け出て、生き霊となってそれを果したのかと、そうまで思った。

奥の下男の少年が、父を斬り殺したと言った。

首が落とされた、という父親が、一太刀《ひとたち》で首をなどと、どんな姿勢をしていたか、そして、何故奥でそんな姿勢を取らざるを得なかったか。すぐに駆けつけてはならないと、自分を止めた老人たちに、全てを知った。首が落とされただけではない。父は。

全裸、或いはそれに近い状態、またはもっと、浅ましい姿のまま、差し出した首を落とされたからに違いなかった。

望みは成った。けれど、血の呪いか、或いは、香織の、または母の呪いなのか。葬儀の混乱の中、奥で、垣間見た頼りなげな幼い姿に。

満流が椿に狂った。

取り返しが付かなくなる前に、椿を灯台に押し込めた。

結果的に自分の願いは全て叶えられた、はずだったが。

天は、自分に才能を与えなかった。もちろん、物心つく前から鋏《はさみ》を持たされ、寝る間を惜しんで重ねてきた修練だ。人並み以上に花は活けた。

けれど、一度たりとも父のようには決して。誰かの心を奪うような花は一度も。

活けられなかった自分に老人達はため息をついた。それに焦って崩れてゆくばかりだった。

自分を囲む、目の肥えた貴人達は口先ばかりで自分を褒めたが、どれほどの心映えで彼らを持てなしても、すぐに足は遠のいた。

美しくはあるが、突出した才能ではない。

誰よりも父の花を見てきた自分には解った。自分のそれには人を惹《ひ》き付ける力がないのだと、自分が一番、解っていた。

荒れた時期もあった。思い直して必死になりもした。幾ら花が上手く行かぬとて、守り行かねばならない家もあった。

断れない夜会は毎夜に及んだ。金を振りまき続けるかのそれに危惧《きぐ》を覚えてはいたが、それをやめるは華族に非《あら》ずだった。その間に満流が博打《ばくち》と女で膨大な借金を作り、懇意にしてきた宮家や公卿が廃《すた》れ、そうなると、彼らは蜘蛛の子を散らすように我先にと、離れてゆく。沈没する船から逃げ出す鼠の話を、高男は思い出した。正にその様相だったからだ。

椿さえ居なければ。

そう思った。ここまで家が傾いでも、満流が尚、椿に執着するのを、心底憎らしく思った。

そして。

彼こそが、自分の不幸の諸悪の根源だったのだと、思い至ったのだ。

母を狂わせたのも、父の愛情も、母の愛情も、愚鈍な満流を庇う苦労も、尊敬した父を失わせたのも、自分に花の才がないことだって、父がわざと、椿のために、花の才を詰めた精を残して香織に注ぎ込んだのではないかと、そう思わずにいられなかった。

塔に閉じ込めたのでは生ぬるかったと、高男は思った。

二度と手の届かぬ場所に、顔の見えぬ場所に、或いは彼こそが、凝り固まった怨念の塊なのだと、もっと早くこの手に掛けてしまえば良かったのだ。

雪駄を鳴らして階段を上がる。小さな踊り場。その目の前の扉を。

「椿!」

叫んで、蹴り開けた。

「……」

明るい部屋は静かで。

――開け放たれたベランダの扉から、落ち着き始めた波音が流れ込んでくるだけだ。

「！」

大股で部屋に押し入り、刀の鞘先《さやさき》で、裂けた繻子《しゅす》の天蓋《てんがい》を荒々しく振り払う。

中には空の褥があるだけだ。椿の姿はない。

「椿！」

逃げられないはずだ、と高男は思った。

高い高い塔。

当時最新の英吉利《イギリス》の技術で建てられたと言われる石と煉瓦《れんが》の灯台だったが、本当に過者《まがもの》の呪いでも掛けられたかのように、現在の最新技術を寄せ集めてもこれほどの高さの塔を、足場の悪いこの孤島に築くのは無理だと聞かされた。如何《いか》にして建てたか、奇跡の塔だと彼らは賞賛し感嘆したが、高男にはあやかしの塔としか思えない。

椿という魔物が棲む、妖魔の塔としか。

部屋の中を見渡した。開け放てるところは、全て開け放った。

本棚、カーテンの陰、小さな浴場、ソファーの下。

魔物の影のようにどこに滑り込んだか、椿の姿は見えなかった。

目が見えない椿がぶつからないよう、最低限の家具しかここには置かれない。隠れる場所などない。念のためと、ベランダから下を覗いてみたが、ぞっとするような、目の眩む高さで差し出されたその下には、死ねとばかりに大きな礎《いしずえ》になる岩に白波が叩き打つばかりだ。

「兄者！」

椿がいない気配を察した満流が、階段を上ってきながら上を指す。逃げ場は上にしかない。満流を追って部屋を出る。そこには、案《あん》の定《じょう》。

「……椿はそこか。十左」

けたたましく笑い声を立てたくなるような運命の顕現《けんげん》と、高男はまた、出遭った。

自分の人生を楽にした男。または狂わせた男。

どちらにしても今は全てが憎むべき存在だった。

覚悟に満ちたその目さえ。

守るものを持つ、その貧しい——けれど、自分が一度たりとも手にしたことのない、豊かささえも。

階下の高男を千代に任せ、足音を殺して、十左は階段を駆け上った。扉を叩かずに押し開ける。

嵐を好む椿は、夜明けに目でも覚めたのか、ベランダに続く窓硝子《ガラス》の幕を閉めないまま、それでもまだベッドの中で丸くなっていた。

「…！」

それを揺すり起こす。椿は深い場所から引きずり上げられたように苦しげなため息を数度繰り返し、

「……十左」

許しもなしに手首を捕まれる狼藉に少し驚いた顔をして。

「どうしたんだ」

下で響く高男の声が聞こえたのか、潜めた声で、椿が訊くのに、摑んだ手を引き寄せ、頰に当てて首を振った。

今はまだ、何も訊くなと言ったつもりだった。

椿もそれを呑み込んだらしく、ベッドを降りようとした。焦って怪我などしないよう、歩き出す寸前で横抱きに攫《さら》い上げた。

椿は、大人しく、抱き上げられるまま、きつく十左の首に腕を回した。

「高男兄さんが、どうかしたのか」

耳元に潜めた問いかけに、わからない、と首を振った。

千代にも椿にも見当の付かない理由に自分が思い当たるはずがない。

そっと扉を押し上げ、椿を滑り込ませる。

入らないのかと、覗き込む様子をする椿の髪をそっと撫でて奥へ押し込み、名前を囁く唇に指を当てて、黙っていろと、その戸を閉めた。そして。

「……」

気配を殺して灯台部屋からの階段を降りるとき、濡れたと喚く高男の声が聞こえた。満流の大声は普段からだ。

気色が悪いことばかりが起こると、高男はさらに怒鳴り散らしていた。船頭《せんどう》と、下男がおろおろと高男を宥め、千代が上へ上げまいと、とにかく休めと、気付けの白湯をと、そんなことをしきりに勧めている。

「……」

階下で激しい物音がした。椿を呼ぶ荒々しい高男の神経質な声が響き、さらにその下では、到底千代のものとは思えない激しい音で、物置から工具部屋までの全ての扉が、開け閉めされる音がした。満流に違いなかった。

十左は息を詰めて下の様子を窺った。

しばらく騒ぎは収まったから、高男の癇癪は収まったのかと思ったが。

千代の声と、喚き声が再び聞こえ始める。千代の説得は成らなかったようだ。

ここに逃げ場はない。自分が食い止めなければ、彼らの手は椿に届く。

椿の部屋は、探す場所など幾らもなかった。案の定すぐに。

「上だ」

と言う満流の野太い声が階下から響いた。高男が椿の部屋から出てきたのとほぼ同時だった。そして。

「……」

短い階段。正面から目が合う。

高男の目はすでに幾分正気を欠いた上擦り方で、血走らせた白目で瞬くこともせず、剝き出した眼《まなこ》で、自分を見ていた。

「……椿はそこか。十左」

確信的に高男は訊いた。すぐにその背に木刀を持った満流が現れた。

「……」

それに答えず、ただ退く意志などないのだと、狭く短い階段のそこに立ち塞がった。

退け、と唸るそれにも答えず、ただ、餌を探す飢えた獣のような彼らを睨む。そのとき。

「高男さま方をお止めなさい、十左！」

「！」

千代の、甲高くひび割れた叫び声が階下から聞こえた。どこかを傷めたのか、すぐには追って上がれないらしい。

「高男さまは椿さまを塔から連れ出して、売られるおつもりです！」

「！」

一人では満足に日常生活すら送れない椿を、売る、というのは、下男や家人ではないのは明らかだった。

「……！」

険しく十左は高男を睨んだ。椿を、見せ物か、或いは淫猥《いんわい》な芸でも仕込むか、または愛人や陰間《かげま》として、金に換えようとしているというのだ。

「十左、か」

高男は笑い。酷く軽やかにせせら笑った。

「まだそんな遊びをしていたのか。貴様たちは」

「！」

思わず息を呑む、そこに。

「！」

高男の陰から急に木刀を翳《かざ》した満流が襲いかかってきて、腕でそれを受け止めた。

「ッ！」

上手く受け流さなければ、骨など砕けていただろう。絡めるようにそれを滑らせたから、骨は折れずに済んだが、それでも全身に響くような重い痛みが十左の腕から迸《ほとばし》った。堪える瞬間。

「！」

二人がかりと揉み合う。十左の力は強かったが、満流は雪駄を履いていれば、三段目《力士》といって遜色のない体つきをしていた。それと揉み合い、木刀を振りかぶられれば。

「！」

「兄者！」

高男を摑んで階段から転げ落ちるのが精一杯で。

「満流！」

「ッ！」

段差の下に転がって呻く高男が鋭く叫ぶ、慌てて頷き、上へと繋がる扉を押し上げる満流を追い、つんのめるように起きあがって、十左は短い階段を駆け上がった。

「椿！」

叫んで転がり込む満流の襟首を摑む。振り払われてよろけたところを高男に帯を摑まれた。

「！」

隠れていてくれればいい。

「！」

自分がせめて、届くまで。そう思いながら高男を振り払い、上へと上がり込む。

そこには。

灯台の蜂蜜色の球体硝子を髪に翳《かざ》す位置で、椿がすんなりした様子で、立っていた。

糸巻きは椿の背後で、微かに軋《きし》んだ音を立てながらゆっくりと巻き落ちている。その前で。

視線さえ寄越さず。少年の名残《なごり》が残る体つきで、白い単衣《ひとえ》姿のまま、ただ、そっと。

「椿……」

満流が嬉しそうに笑う。高男も少しほっとしたような表情を見せた。そして、それを狂気の笑いに変えて。……囁く声を猫なで声に。

「灯台から、出してやろう、椿」

椿が逃げ出さないように、そっと、軽く透き通る睫毛を伏せた単衣姿の椿に、潜めた足音で高男が歩み寄った。

「長い間、不自由をさせた。ここから出して、もっと暖かい場所へ。食べ物も着物も、たんとある」

気味が悪いほどの優しさで、高男は言った。

満流がじりじりと近づく。それでも椿は動かない。

細い背中の向こうで、解け落ち続ける糸巻きが軋む。

「千代も一緒だ。…下男はお前の好きにすればいい」

ちらりと視線を寄越しながら、最後まで毒針を抜かない高男は優しく椿にそう語りかけた。

「随分苦労を掛けた。辛かっただろう」

どの口が、と、信じがたい言葉で誘いかける高男が下からそっと手を伸ばす。それに。

「――――せっかくのお申し出ですが」

夢での声のような。

「私は参りません、高男兄さん」

それでも凜《りん》と、鈴が鳴るような。

「椿…」

「叶うことなら、私のことはもうお捨て置きください」

「いいや。考えろ、椿。いいものが喰える。贅沢もできる。そんな古い単衣ではなく、絹の良い着物ばかりが着られるぞ？」

優しい声に、だんだん焦りと苛立ちが混じる。

飢えさせて、苦しめた。甘い餌にならすぐに飛びつくと信じて疑いもしなかったのだろう。

「欲しくはありません。ただここに、そっと居られれば」

揺らぐ気配もなく、淡々と椿は答えた。

答える声には明らかに焦りが混じった。

「ここに何があるというのだ。光といってもお前には見えぬ、嵐の度に飢え、怯え、着物も満足に手に入らん。薪は湿気て千代も苦労するだろう」

「……」

千代という言葉に、軽く唇を締めた椿に、崩しどころだと、高男が囁いた。

「千代を医師に診《み》せたくはないか。灸《きゅう》を据えてやりたくはないか。貴様のせいだ。貴様は上り降りせぬが、この塔がどれほど高いと思っておる」

椿が千代を、本当の親とも労《いたわ》る様子を十左は知っていた。意識が遠のけばすまないと繰り返す。自分の側に居たばかりに、と、懺悔《ざんげ》の言葉を譫言《うわごと》で繰り返した。しかし。

「千代にも覚悟は出来ております。私の家人、ですから」

共に死ぬと、椿は言った。千代が聞けば泣いて喜んだだろう。それほどの覚悟と絆《きずな》だった。

「……ふん」

高男は手を出しあぐねた様子で、引き攣《つ》った動きで袂《たもと》から煙管《キセル》を取り出しながら、それでも意地で笑って見せた。そして。

「お前がこの塔から、出ないわけを教えてやろうか、椿」

煙管の先に苛々と葉を詰めて、舶来の箱燐寸《マッチ》でそれを炙《あぶ》りながら。

「貴様がこの男と、寝ておるからよ。そうではないのか？　椿」

欲情が迸る満流と違って、高男は必ず椿の身体を見分した。満流の他に手厚く椿を蕩かす存在が居ることくらい、高男が見れば、造作なく知れることだろう。

椿は、卑俗な揶揄《やゆ》など聞こえていないように、動揺もせず、それには答えなかった。

「椿……！」

見苦しいのは、一方的に伴侶《はんりょ》に捨てられた夫のように、狼狽《うろた》える満流ばかりだ。

椿はそっと、頭の横の、波打った球体硝子に手を上げて指を触れた。

「……この灯台の、暖かい光は」

椿にとって温度で伝わる唯一の光は。

「船乗りを助けます。嵐から漁師を救うのです」

高男たちは決して知らないことを――いや、この朝にこそ、初めて思い知っただろう光を、椿はそう高男に語った。

「私はこれを守りたいと思います。誰もが必要としない、この命が、尽きるまで」

それが唯一の光だと、泣いたあの日のように、椿は静かに答えた。高男は笑った。

「さすが、己の弟だ。何と立派な心がけか！」

大仰なほどに褒め称え、けれど。

「解った！　この灯台は残すが良い。下男を置いてゆけ。本家からもう一人下男を寄越す。それで事足りよう」

理由があるなら排除すればいい。そうして指を一本一本、解いてゆくつもりだ。しかし。

「ここが私の光です。ここから出れば、私はあっと言う間に溺《おぼ》れてしまう」

「そんなことはない、椿」

己がいる、という宥め賺《すか》す声を遮って。

「参りません。――決して」

静かだが、微塵たりともゆるがぬ声で、椿は答えた。

「この灯台があるからか」

「そうです」

「下男がおらねば、光を灯せもしない貴様が、守らねばならぬと？」

「そうです」

譲らぬ確かさで、椿が言う。瞬間。

すらりと音を立てて、銀の刃が抜かれた。

「ならば、この灯台がなくならば、貴様はここに居る意味もないのだな⁉」

叫んだ高男が振りかぶったのは、

「！」

反射的に。

収まることを祈りながら堪える自分の撥条《ぜんまい》が弾かれるのを、十左は感じた。

振りかぶる白刃《はくじん》。いっぱいの窓の朝日を浴びて生き物のように光る。

振り下ろされる、分銅を繋ぐ縄と、刀の間に入る。

左肩に落ちてくるだろうそれに、息を止めて覚悟をする。空気を切り裂く一瞬の音。

目を閉じようとするその一瞬に。

「！」

絡まるように肩に掛かる細い指。

――鳶色の羽根が、見えたのは気のせいか。

音は、まるでなかった。振り下ろされる一瞬が、永遠にも思えた。

割り込んだ、鳶色の髪。馴染んだ絹の白。細い項《うなじ》と、華奢《きゃしゃ》な肩と。

それに飛沫《しぶ》く、深紅の、血と。

「……」

「――椿さまッ！」

勢いのまま吹き飛んで、床に倒れるそれに、十左は叫んで駆け寄った。

割り込む椿に、とっさに反応できたのか、逸らした刃は大きく椿の左腕を削《そ》いで、血を流させていた。売り物に傷は付けられない。そんな判断が命の真上に振り下ろされるを逃した。

「椿さま！」

傷と転倒の衝撃で蹲《うずくま》り、朦朧《もうろう》とした椿に叫んで、強く揺すった。

「十……左――…？」

初めて聞く声に。

いや、五年前のあの日以来、忘れようもなかっただろう声に。

椿は狼狽《うろた》えた声で訊ねた。

忘れられない声のはずだ。二度と聞きたくはない、恨みの声であるはずだった。

縋う声もなく、差し出す弁解もなく。絶望に息を呑む瞬間。

「！」

横から、満流が椿を乱暴に引きずり上げた。

「椿さま！」

手を伸ばす目の前に、剣先を斜《はす》に構えた高男が割り入る。

「どの道つまらぬ。なあ、十左？」

面白い見せ物でも見たように、高男は嘲笑って後ろに引き、満流が跳ね開けた扉に片脚を差し入れると、身を翻して、階段を駆け下りた。

「！」

その途中。

「わあ！」

腰紐《こしひも》に、ただ差してあっただけの木刀が滑り落ちて、満流がよろけた。それを見逃さず。

「！」

体当たりするようにして、高男もろとも椿の部屋に押し込む。

吹き飛んだ満流の上に、高男が崩れる。椿は投げ出され、血まみれの腕を押さえて、倒れた床の上で上半身を上げようとしていた。

「おのれ、下男の分際で！」

激昂《げっこう》した高男が、杖のように引いた刀を再び振り上げた。

その様子を。

哀しい目で、十左は見つめた。

高男に、その刀は重すぎる。

まるで、高男にとっての家のような、そんな不釣り合いな重さに見えた。

十で家を失った。お取りつぶしの浪人の四男で、いつか再び主家を再興し、仕官をと、周りに嘲笑われながら剣に打ち込む毎日だった。

維新前に取りつぶされた主家はもちろん華族としての再興も成らず、そこに仕えた家もまた、二度と取り立てられることはなかった。

嫡男である兄が元服しても、先代が病死した家は何の威光も持たず、財産もなく。

御家復興が認められないのは幼心にも解っていた。それでも尚信じて稽古に励んだ。

長兄は東京に仕事を探しに行った。二番目の兄は、西の茶問屋に養子に入った。姉は商家に嫁に行き、誇り高い三男は首を縊《くく》った。

路頭に迷った幼い自分を、椿の父が拾った日から、剣は捨てたつもりだった。

あの日まで。馴染む重さも、あの頃はまだ、長かった切っ先も、鍔《つば》の冷たい心地よさも。

《――椿さまを、御守りします》

あの日の約束が。

「！」

鍛えられた身体は良く動いた。あの頃より長くなった手足も、強くなった肩も、刀など、飾りとしてしか腰に差さない高男の太刀筋《たちすじ》など、はたき落とすのは容易《たやす》かった。

剣先が緞通《だんつう》に刺さり、倒れる前に柄を握りしめる。

先ほど、その白刃に身体を晒したのは。

――逃げたかったのだ。

椿が居なくなるだろうという、逃れ難い現実から。

そして罰が欲しかった。

そうして命を差し出して、万が一にも高男の哀れが乞えるなら、存外の喜びだった。

けれど、もう。

「アアあ――ッ！」

振り上げた切っ先は記憶よりも遙かに軽いものだった。振り下ろすそれは音もなく空を切って軽く、羽根を打ち下ろすかのようだった。

何一つ、忘れていなかった。柄の握り方も、上段の構えも。柄を絞る金襴《きんらん》の、手のひらを刺す微かな痛みも。動きに先んじて野性のままに踏み出す足先も。

小さい頃の。そして、椿の父親を殺したあの日と全く同じ。

――けれど五年という歳月と身を食《は》む後悔が十左に教えたのは、逆刃という握り方で。

「ぐあぁ！」

峰で急所を打ち据えられて、高男も、満流も一撃で床に沈み込んで身動き一つしなかった。

「…………」

重波《しきなみ》の音が充たす。常世《とこよ》の波が打ち返す。

沁《し》みるような重い海鳴りが、開け放った扉から、流れ込んでいた。

明けた空は白んで青く、海は遠く澄み渡り始めている。

時化は去り。凪が来る。この愚かしい喧噪《けんそう》さえ、波音がすぐに洗い去ってゆくのだろう。

「……」

椿は血まみれの腕を摑んだまま、片腕をついて床にへたり込んでいた。

袖が赤く染まっていて、心配ではあったが、ようやく千代が辿《たど》り着く気配に、十左はそれ以上、椿に近寄ることをしなかった。

命に届く気配はなかった。いざとなれば下に本家の下男がいる。だから。

もう、寸分たりとも椿を犯したくはなかった。

苦しませるのも、悲しませるのも、もうこれきりと願った。

「――――……椿さま……」

迷って、その名を呼んだ。

昔、あの苔生した広い広い離れの庭で、障子《しょうじ》越し、何度も彼を呼んだように。

「貴方を謀《たばか》りました。長い間」

接する機会も多くはないだろうと思った。そもそも千代がそれを許すまいとも。

だから頷いた。側に呼ばれるようになったとき、打ち明けられなかったのは、耐える椿の楯になりたかったからだ。そして何より、罪を、罰されるべき自分の浅ましさを抑え込んでも、――――椿の側に、居たかったからだ。

「千代殿の責任ではありません。椿さまを驚かせまいと、お目に掛かることもしばしばにはないであろうと、俺が言い出したことです」

驚いた顔をしたまま、動かない椿を、切ない笑顔で見つめて、ゆっくりと、十左はベランダへ開け放たれた扉へと足を向けた。

本当のことだった。

高男の嫌がらせに負けまいとする千代に、自分は椿を謀る申し出を受け入れた。

てっきり幸せなのだと。

本家で息を潜めながらも、自分が犯した罪の代償に、それでも静かで幸せであろうと思った椿が、こんな辱めと、屈辱に満ちた暮らしを送っていようとは思わなかったから。

その策謀に抗おうとする千代に同意し、偽名を名乗るを受け入れた。

「…貴方を騙《だま》していました。俺は貴方の仇《かたき》で、十左などという名前ではありません」

罪の呵責《かしゃく》に苦しみながら、それでもいとおしくて手放せなかった。

潮風が流れ込む。嵐は去り、銀鼠《ぎんねず》色の雲は朝日に打ち払われる。

明け切った空に見えるのは——海と繋がる、青ばかりだ。

「……」

額の髪が風に優しく掻き上げられるのを感じながら、

「けれど、ずっと。一日も絶えることなく、貴方の幸せを願ってきました」

地獄の中で自分を支えた幼い笑顔が。まだあの場所に存在していると信じて疑わなかった彼の幸せが、こんな場所に、あったから。

「……」

褪せた緋《ひ》の緞通から、素足で踏み出す濡れたタイルは冷たくて、罪人を迎えるには相応《ふさわ》しい冷淡さだった。並べられた、小さな四角い破片はどれもが全て、美しい青い地獄へ向かうようで、心強くさえあった。

扉を出て、ベランダを歩く。手すりの飾りに足を掛け、それを足がかりに、手すりの上に立つ。

視界いっぱいの青。嬲《なぶ》る海風。

雨雲を押しやり、細くたなびく白い雲は、凪ぐ海を約束した。

十左は、一度、今にも泣き出しそうなへたり込んだままの椿を、狭い手すりの上で振り返り。見えないだろう苦笑いを返して。

「…」

広がる青を胸いっぱいに吸い、――――ゆっくりと目を閉じ。瞬間。
愛しくてならない思いを瞼《まぶた》に閉じ込めて。
「――……小さい頃から貴方が、…大好きでした」
そう告白して、海風に背中を預けた。
風は柔らかく。空は高く。――どこまでも丸く。
墜ちる感覚すら、愛しさで満ちるほど、優しく。
そうして死んでゆく幸せを噛みしめる、瞬間。
「!?」
がくん！　と強く手首を捕まれて、十左は閉じた目を見開いた。
真上にある、振り乱された鳶色の髪。同じ色の硝子のような瞳。
開かれた真っ赤な唇。自分の手を、縋るように摑んでいるのは。
――椿だった。
どうして、と。
偶然と言うには余りに確かな、その行動に、見張った目で上を仰ぐ。瞬間。
紅い唇が大きく開く。
空を砕き割るような。
「見えないのは、…――ッ！」

絶叫が、打ち付ける波濤《はとう》に掻き消される。

降り落ちてくる幾つもの雫。握り合う手に伝う深紅の血。

罪をも掻き消すかの波濤の中に。

――――信じがたい告白を、聞く。

けれどもそれ以上に椿は愛しく、苦しいほどいとおしくて。

伝わる血の温もりが、渾身《こんしん》で握りしめる指の細さが。

「椿さま、離してください、俺は…！」

「駄目だ、十左」

血で滑る手を握り止めようと、乗り出す椿の身体がゆっくりと空へと差し出される。

重い十左の体重を、華奢な椿の、傷ついた腕で支えられるはずがない。

「いけません！　貴方が落ちる！」

「嫌だ、誰か…」

天から降る甘露《かんろ》のような雫を浴びながら。椿の血の温もりを腕に巻き付けて。

椿は。

「誰か十左を助けてぇッ――――！」

罪も罰も嘘も、打ち砕くような悲鳴を、空へ放った。

あれから十左は、ようやく辿り着いた千代、異変を聞きつけて駆け上がってきた下男、そして半狂乱の様子で、自分が空へと乗り出そうとしてまで、決して十左の手を離さない椿によって、ベランダの中へと引き戻された。

「椿さま……」

狐に摘まれたとしか、言いようのない心地だった。

声を出してしまった自分。そして。

――――目の見える、椿。

「――――…」

椿自身も呆然と、気が抜けたように座り込んでいて、千代に、きつく包帯を巻き付けられながら、自分を見ていた。

信じがたいことだった。

以前、本当に治らないのかと、問いたい自分の心を椿は察したように、隠すように垂れ落ちた髪を細い指で掻き上げて、その瞳を見せてくれたことがある。

彼の眼は、突き刺した針の場所から、奥をぐしゃぐしゃに掻き回され、平常、黒目を縁取る淡い色の瞳との境が、健康のそれとは違い、放射線状ではなく粉々に乱れて、そして、黒目との境も曖昧《あいまい》に、本当に溶け合った硝子の模様のようだった。微かに濁った瞳は碧がかった鳶色で、焦点はどう覗き込んでも取れなかったというのに。

光も見えない、と、椿は苦く笑った。

「……すまなかった、十左…、私の目は――――…」

沈鬱《ちんうつ》に告白する、椿の台詞《せりふ》を、横から千代が攫《さら》い取った。

「まだ、血が止まりませぬ。千代が申しますゆえ」

椿の横に跪いて、千代は包帯を巻いていた。

椿の傷は深く打ち込まれてはいたが、大きな血管を破らず骨や筋も無事で、傷は残るだろうが後遺症はないだろうと、千代も十左も判断した。

「椿さまの御母君・香織さまが、椿さまの御目にお触りになる際、千代はお側におりませなんだが……」

昔を思い出すような、懐かしい痛みで、千代は語り始めた。

「椿さまの尋常ならざるお声に駆けつけましたる千代は、椿さまの乳母でもございましたから、常に控えにおりました。仰天する千代に、香織さまは仰《おっしゃ》られたのです」

病身の香織の暗い部屋で、細く泣く弱々しい赤子。血まみれの目。その指には針が持たれていれば、何をしたかを一瞬で知るのは容易いことだろう。

そして、さらに千代は、真相を重ねた。

「椿さまの左の御目を、針でお突きあそばされたとの由。また、香織さまは、千代に」

思い出したのか、一度震えて、千代は小さく息を吐いてから。

「左に溢《あふ》れた血を、右目にも塗りつけよと、仰《おお》せられました。醜いものを見る左目を潰したから、右目で美しいものを見ると良い、と」

針を刺したのは左目だけだと。確かにあのとき、両目を確認したわけではなかったが、親に潰された目を両方見聞させろだなどと、下男の自分にどうして言えるだろう。

そうして、けれど、と、椿と千代の一生を変える言葉を香織は申しつけた。

「椿さまの両の御目は、全く見えぬものとして、お育て申し上げよ、と。香織さまの君命である。決して、片目が見えると悟られてはならぬ、と」

それからすぐに香織は亡くなったと、千代は言った。それが遺言であったのだとも。

「旦那様は心から、椿さまを愛しておられましたから、各地から何人もの名医を呼び集め、椿さまをお診せになりました。その度に、私は」

次々と各地から噂《うわさ》を頼りに、京《きょう》や、長崎《ながさき》からまでも医師が呼び集められる頃には、椿の目の傷も随分と癒《い》えていた。真っ赤に腫れ上がっていた白い部分も、血走る程度に落ち着き、右目をそれに合わせて、受診の前に擦って赤くすることなど容易かったと、千代は、独り言のように、呟いた。

「椿さまは、全盲であらせられると診断されました。左目だけを診させ、これ以上は不敬であると、医師を嫌っておむつかりあそばされる椿さまを抱き締めました」

故に。

「御目の不自由な椿さまでは、御家争いなど起こせるはずもありませんでした。けれど、余りに香織さまに似た面立ちは、高男さまの弟君と、表向きに言えるようなものでもありませんでした。香織さまの御遺言と旦那様のご判断で、奥の離れに住まうことになりました。人知れず、目のことを問われたときに、椿さまに、どう対応いたされるべきかを子守歌のように言い聞かせ、お稽古を重ねていただきました」

問われれば、わざわざ左目の前髪を掻き上げ、見るが良い、と差し出す。普通の人間なら、進んで差し出されるそれしか見ない。右も同じだと言えば、道ばたの小僧にするようではない、尊い身分の椿の、しかも現《あらわ》しやかに憚《はばか》る不自由な目であることの告白なのであるのだから、誰も右目も見せろとまで言うまい、と言うのが千代の策略だった。事実、一度も見せろと言われたことはない、と、千代は確かめるように椿に言い、椿はそれに頷いた。

それに続いたのは椿で。

「……見えない振りは簡単だった。右目だけでものを見るのは酷く疲れた。皆は私を盲目として扱った。右目は必要なかった。だから、左目に焦点を合わせたんだ」

見えない左に合わせて、右の焦点を手放す。盲目と刷り込まれて、椿に会う。見せろと迫っても、左目を見せられて周りは気の毒に目を伏せるしかなかった。そして、見えない目に合わせられ、本当に焦点などないように遠く放たれる視線。

騙されないものは居なかった。

「欺《あざむ》こうとしたわけではありませんでした。ただ」

と言って、千代は言葉を詰まらせ、そして。

「香織さまの御遺言でありました。そして、椿さまを御守りするためにはこうするしかなかったのです」

母親のいない椿。片目の見えない椿。

高男はすでに元服間近で、世間の誰もが高男が家を継ぐと信じて疑わなかった。家のものも皆、そうなるものと長い時間をかけて高男が上手く家を引き継げるようにと、動いてきた。そこに、椿が割り込めば、どれほどの争乱が待っていただろう。その歯車の一つに組み込まれた十左にも重々理解できた。

小さな椿、忌《い》み事のように誰も口にしない奥の暮らし、そこにある穏やかな、けれどどこかもの悲しい生活、差し出される小さな手。無垢《むく》な笑顔。

幸せだった。幸せだったのだ。あの日まで。そして。

「お前がこの塔に来たとき」

椿は罵られるを覚悟したようにきつく眉根を寄せて、呟いた。

「一目でお前だとわかった」

真実を、椿は晒した。

「会う前に千代に知らされてもいた。《どうするか》と、問われた」

父が仇である男が下男として寄越されたことを、千代は椿に告げて判断を仰いだという。どうせ会えばわかるのだ。けれど、高男との兼ね合いもある、と。

椿は、睫毛を伏せて千代への答えを繰り返した。

「通せと言った。何を見てももう、取り返しは付かない、と。堪えると言った私に千代は、随分と賢い判断をした」

十左を見知らぬ人間として振る舞えと。そうすれば、椿はそれを糾弾せずに済み、憎しみ合わねば道理が立たないはずのそれと、長く暮らせと言う、高男の無体にも苦しまなくとも済む、と。

「けれど、十左」

涙に歪《ゆが》んだ、片方だけの瞳が自分を視る。

「……憎しみより、悲しさより、ただ」

それは確かに、見える者の視線で。

「お前が――……懐かしかった」

そう言って、椿はその右目から、一筋涙を伝わせ。

「……ゆるせ、十左」

片方だけの、けれど真っ直ぐな視線で。

断罪を乞う椿に。

「……！」

――もう一度、こんな幸せが巡ってこようとは。

堪えきれない涙が溢れる。ゆっくりと自分の中で何もかもがほぐれてゆくのがわかる。罪も後ろ暗さも、罪悪感も。そして許されないと思っていた椿への想いも。

「初めから、何もかも」

全ての罪を、幸せと引き替えて。

椿の側で、生きてゆこう。それこそが全ての償いなのだと思うから。

「……凪ぐよ。十左」

鯵刺《あじさし》が一羽、青い空を切り取るように鋭く舞う。

見上げる椿の視線を追って、十左はそれを見上げた。

高い高い塔のベランダ。

長く暗い苦しみが明けるに、これ以上相応しい場所はない。


高男たちは、あれからすぐに彼の下男が船で本家に連れ戻した。失神したままの大きな満流を、ようやく気が付いた高男と二人で必死で支え、逃げ帰るように帰って行った。

そして、入れ違いのように、一人の老人がやってきたのだ。

老人は、千代と旧知のようだった。白髪の立派な老人で、恭《うやうや》しくそれを千代は迎え、老人は、ソファーに腰掛けた椿の前に、膝を落とし、慇懃《いんぎん》に深々と、頭を下げた。

「お久しゅうございます、椿さま」

椿はその男を知らないようだった。十左には、見覚えがあるような気がしたから、多分本家の誰かなのだろうと思ったのだが、本家の奥に出入りしたことなどほとんどない十左にも、それが誰だか解らなかった。

男は勧められた椅子を、使い方が解らないように横に退け、絨毯《じゅうたん》の上に居住まいを正した。

「……火急の由にて、ご無礼承知の上、お伺いを省きます」

そう言って老人は胸元から、厚く折られた和紙を取りだし、恭しく外紙を開いて、折りたたまれた中紙を巻き解き、目の前に掲げた。

「堂上
敷島《しきしま》子爵家ニ於カバ其之《その》財功績不審又目ニ憚《はばか》ル忌忌《ゆゆ》シキ振舞ヒガ数々厳ニ目溢シ成ラヌ事此所《ここ》ニ極リ。又御家事忽諸也《ごとこっしょなり》ト候《そうら》ヘバ最早悉《ことごと》ク御家存続相罷《あひ》リ通ラヌ由尊シ上ゲ候《そうろう》。

懸ル儀敷島家当主高男殿ニ於ヒテハ来《きた》ル十一月十二日酉《とり》ノ刻参内シ此《これ》申開ヲ致レタクガ由申シ付候。又此ノ刻以《もっ》テ厳命蟄居《ちっきょ》申シ付候。

追テ御沙汰下ラバ、即日倣《なら》フ事、厳重申達シ候」

滔々《とうとう》と、読み上げるそれは。

「本家が……！」

椿も千代も息を呑んだ。

子爵を賜《たまわ》り、華道で栄華を極めた敷島家への、宮内殿上の申しつけだ。

叙爵《じょしゃく》を拝し、天皇の藩屏《はんぺい》たるべき家柄にあるにかかわらず、莫大な金祿公債《きんろくこうさい》を浪費したに止まらず甚大な借を嵩《かさ》ませ、家業も成らず、放蕩《ほうとう》を極める満流の振る舞いの風評は最早、御所の御上の天幕にまで届き、即刻謹慎、参内して申し開きをせよとの沙汰だが、事実、これは、身代限り――華族として最早存続を許されぬと言う廃爵《はいしゃく》の申し渡しだ。

それに逆らう清白な事実もなければ、高男にはそれと引き替えにするだけの花を活ける器量も、ましてや椿の身を売ってでも糊口《ここう》を凌《しの》ごうとした彼らだ。それを補って口を封じるほどの金も伝も、今の敷島家にはないのだと千代に言われなくとも、明らかなことだった。

「最早、御家御破産、爵位返上免れませぬ。我ら、誓って椿さまのお名前は出しませぬが、これ以降」

そこまで言われて、思い出した。随分老け込んだが、この男は、――先代の右腕として、老人たちを束ねていた諸大夫重鎮《じゅうちん》ではなかったか。

「船もなくば、我々すら扶持《ふち》を欠く有様」

「……もう、ここには船は来ないと言うことだね？」

言いにくそうな彼の言葉を、椿は静かに掬《すく》い取った。

男は御意《ぎょい》、と、沈鬱に答え、誠に申し訳ございませぬ、と、緞通に額を擦りつけた。

怒濤《どとう》のような一生だっただろうと、多分、聞きかじる年齢より遥かに老けた彼を見ながら、十左は思った。敷島家の栄華を見、子爵の名乗りを許された日も男は先代の側にいただろう。栄華を極めたかの婚儀にも、息詰まる静穏の内の御家の波風も、あの事件の日も、死別にも、その後、放蕩な高男たちの世話や金子集めに奔走し、最後まで敷島家を守ろうとしてきたのはこの男なのかもしれなかった。

「椿さまをここからお連れ出ししましょうにも、戻る屋敷ももうございませぬ」

高男の許しを得られなかった彼がここに来たと言うことは、高男はもう、家人を引き留める手段すら持たないと言うことだ。そして、敷島家も。

取りつぶしの苦しみと、屋敷を失う惨めさは、幼心とはいえ、誰よりも十左の胸に刻み込まれていた。

男は、連れ出すことならできると、この船も借り物で、もう二度とここへ来ることも出来ないだろうと、そう誘いかけたが。

椿は静かに首を振った。千代も側に佇《たたず》むばかりだった。

行く宛もないものを、どうせ飢えるなら、雨露を凌《しの》げるこの塔のほうが何倍もましだった。

老人を見送り、十左は余りにめまぐるしく動く高波のような一日に、背中で吐息をついた。

気が付いたときには午《ひる》を大きく回っていて、夕餉の用意をし、椿の支度をさせると、すぐに陽は落ちて、十左は慌てて錘《おもり》を巻き上げた。

改めて罪を問うた。どんな罰が与えられようと、昔の名でどう罵られようと構わないと。無惨な方法で命を奪い取られても当然なのだ、と。けれど。

十左という名が呼び慣れた、と椿は一言だけ言い、罪を被った昔の名は捨てたほうがよいのではないかと千代も言った。

父がくれた名。そして、今は亡き潰れた家の名。

確かに大切な名ではあったが、先代を斬り殺した日に、望んで血に塗れたそれは自ら進んで穢《けが》したも同然で、十左もそれに異を唱えなかった。

敷島の家を失った椿はもう、敷島の名に縛られることもなく、自分もただの十左になる。

椿は、高男の身を一度だけ案じる言葉を発したが、椿にはどうにもならないことだった。たったひととき一萬程度の金を握らせたとて、焼け石に水だろう。華族の破産とはそう言うものだ。ましてや金碌公債を打ち切られた、副業を持たない華族は如何にしても生活など出来はしない。蹴鞠も歌も金を生まない。

家格と外聞を重んずるあまり、家業の他に携わるを卑《いや》しいと蔑み、贅を尽くすに溺れた彼らだ。自分たちの知らぬ間に、旧家はそうして二極化しているのだと、老いた年寄りは、敷島の目の前にはいずれにせよ凋落《ちょうらく》の道しか開かれていなかったことを告げて去った。

傷から熱を発した椿を休ませ、一人灯台部屋で縄を巻き上げた。

椿が身を挺《てい》して守った縄。或いはそれは――。

「……」

考えて、僭越だろうと、思い直して取っ手を回す手に力を込めた。

そして、いつもどおりに朝が来て、朝餉の準備をした。千代は相変わらず細々と、野菜を乾燥させ、或いは糠《ぬか》や酒糟《さけかす》に漬けて賢くそれを保存していて、最近十左が石を括《くく》った縄で絡め落とした鴎《かもめ》や渡り鳥を細く裂いて海風に晒しては、乾燥したそれを炙って食べた。

熱のある日の椿の朝食は、ベッドの中でと決めている。やはり椿は食が進まず、白い顔をして、ふらふらと褥の中に起きあがるのが精一杯だった。

疼きや腫れは幾分治まったようだが、すぐに落ち着く傷ではない。

その椿の朝餉を見届け、膳を下げ、自分の朝餉を取ろうとしたとき。

「千代殿……？」

いつも忙しく、汁を温めなおし、急いで残り物の食餌を終わらせて、掃除に取りかかろうとする千代の姿が見あたらなかった。

憚りかと、待ってもみたが千代は来なかった。

「千代殿」

外は雨ではなかったが、また時化始めていて、波は高く、外に出られるような様子ではなかった。

用具入れ、桐の箪笥《たんす》が並んだ部屋。どこかで倒れているのではないかと、果ては灯台部屋まで見回ったが、千代の姿はどこにもなかった。

「千代殿？」

初めに叩いた千代の私室の扉をもう一度叩いた。返事がなかったから、いないものだと思ったのだが、他に居る場所など、どうにも考えられない。

十左はもう一度声を掛け、扉を開けた。鍵は掛かっていなかった。

千代の部屋は慎ましく白檀《びゃくだん》が焚きしめられた清楚で小さな部屋で、洋風の家具や調度が酷く几帳面に整頓されていた。壁一面の本棚の中には医学書が多く、背表紙の擦れたそれが、いかに千代が椿を守ろうとしたか、そして博学かを示していた。

「……」

けれど、そこにも、千代の姿はなく。ただ。

丸テーブルの上の白い手紙に十左は目を留めた。

一通は椿宛、もう一通は十左宛、だった。

「！」

まさか、と、自分に宛てられたそれを十左は手荒く開いた。

中には、償いがたい殺生《せっしょう》を犯した罪を、これから先、椿に尽くすことで、贖《あがな》うようにと、また、決して生きることを諦《あきら》めてはならないとの旨《むね》記されていた。

「…」

もう一通を椿に届けるかどうか。迷って、十左は、

「！」

部屋を飛び出した。

飛び降りるには、ベランダの部屋には椿がいる。灯台小屋も外への鍵は自分が持っていた。だとしたら。

「っ！」

灯台の一番下の木戸の鍵が開いていた。打ち付ける波音の調子を聞きながら、引いた隙を窺ってそれを押し開けると、滝が落ちてくるような波飛沫が頭から襲って来、それが海に引き戻される勢いに攫われそうになるのに、十左は慌てて、木戸の閂《かんぬき》にしがみついた。

まさか、と思った。けれど、もう、疑いようもなかった。

《椿様を、お頼み申し上げ候》

手紙の最後はそんな一文で締めくくられていたからだ。

「千代殿！」

声を限りに叫んだ。けれど、この怒濤《どとう》に跳ね返されて、己の声すら聞こえない。

一面に叩付ける白。泡を含んだ波の牙。引きずり込もうと性懲《しょうこ》りもなく、岩に研《と》がれた

指を伸ばす鋭い波濤の爪。

「！」

これでは自分までもが波に呑まれる。

そう判断した十左が一旦塔に戻ろうと、渾身の力で戸を引き開ける、そのときだ。

「！」

塔の根元に挟み込むように転がったものを摑んで、十左は扉の内側に転がり込んだ。

勢いよく閂を突き通し、肩で息をして、扉に背中から崩れるように凭《もた》れる。

海水が筋を引いて流れるほどにびしょ濡れだ。ずるずると、背中で扉を押さえるようにして床に座り込んだ、その手の中には。

小さな観音像があった。いつも千代が薄い白布に包み胸元に忍ばせてあった、それだった。

「千代殿……！」

それを握りしめて、十左は歯がみをした。

長い苦難。ようやく訪れた平穏を、千代は捨てたのだ。

「何故……！」

千代なしで、いかにして椿を守れと、千代は言うつもりなのか。

椿の呆然の様子は、余りに痛ましいものだった。

何故、と問うたきり、黙り込んだ。

状況を話すと、椿も疑う余地はないと悟ったのだろう。遺《のこ》された観音像を握りしめ、声も上げられず、ただ、震えて涙をいつまでも零した。

椿への手紙は短く、世話になったこと、何事をも恨むな、と言うこと、十左の誠実を信じよと言うこと、本家はなくなったが誇り高く生きて欲しいと言うこと、身体をいとえと、物を喰えと、最後は母親の小言のようなことが書き連ねられて、最後に、香織の元へ行くとそう記されていた。

「千代は私のものではない。母上のものだったんだ」

千代が主と決めたのは、自分でもなく、ましてや父親でもなく、香織ただ一人なのだと椿は言った。小さい頃から共に育ち、女学校へ行く頃には側仕えとして香織の実家に上がり、婚礼にまで付いて、香織の懐妊に合わせ、自らも外婿《そとむこ》を迎えて妊娠して椿の乳母となり、その子どもは大きな莫大小《メリヤス》問屋の父親の元に引き取られ、未だ生きて、何度か手紙が寄越されたことがあるらしいと言うことだった。

華やかな本家暮らしを捨て、香織や椿と共に奥の離れに入り、尼寺のような暮らしに甘んじた。香織亡きあとも、香織の願いを違えず椿に尽くし、こんな塔まで付いてきて、けれどそれは、椿に捧げられたものではなく、全ては香織に捧げられたものであったのだ。

「千代は、母上との約束を果たした。家も潰れた。だからといって……」

そう言ってまた、涙を浮かべる椿に、そうではないと、十左は首を振った。

「これを」

十左が差し出したそれは、椿の何十倍の量の手紙が書き付けられていた、自分宛のものだった。あのときは、とっさに、帯を解くがごときそれの頭としっぽだけを読んだが、それには夥《おびただ》しい量の、保存食の作り方、物の切りつめ方が記されていた。

一晩で書き上げたのだろうそれは随分文字が乱れていたが、渡されるあんな僅かな食料で、一日たりとも食を欠かしたことのない自分たちの秘密がそこには書かれていた。

十左にこれを行えと、手紙は言っていた。諦めるなと。

「千代殿は、ご自分の扶持《ふち》を我らに残すために……」

もう船は来ない。

あとは塔に残された食料のみで生き存《なが》らえねばならない。いずれ尽きるだろうそれを一日でも長く自分たちに与えるために、千代は一人分の食い扶持を、自分たちに全て寄越したのだ。

「馬鹿者だ……！　いずれ尽きるのに」

椿の罵倒は尤もだった。三人分が二人分になったとて、増えないそれはほんの僅かな時間を稼ぐばかりで、何の希望にもならない。

ならば、いっそ三人で、食料が尽きるまでここで、清廉に粛々《しゅくしゅく》と生き、静かに息絶えようと、昨夜十左に誓わせたばかりだというのに。

「弔《とむら》うことも出来ぬと言うのか……！」

海の藻屑《もくず》と消えた千代は、貴重な薪でその身を煙にして天に還《かえ》すことすら許さなかった。

傷のある腕で顔を覆って泣く椿を宥めることも出来ず、ただ、眠るまで側に居て、それから、また、夜半になって、危うく下まで届きそうになっていた錘を巻き上げた。

「……御見事です、千代殿」

十左は暗い海を見ながら唸った。

巻き上げた灯りがせめて、千代を天に導けばいい。浄土は西にあるという。この闇にも迷わずに、せめて。

諦めまいと誓った。

自分こそがそうすべきであったはずの行いを、千代が肩代わりをしたというのならば。

千代の遺志を引き継ぐことが、千代への償いであり恩返しであり、椿のために成るならば。

「果てるまで、決して」

諦めるな。と、そう記された墨の記憶を脳裏に深々と鮮やかに刻んで。

闇に吸い込まれる細く長い、道のような光を、夜明けまで十左は見ていた。

「あ――――あ……！　んう……」

光る絶頂の切っ先で、ふんだんな雫を放っても、まだ出るはずだと、身体の中の十左の凶器は、抉る動きで、自分の中のそれが溜まっているのだろう、熱い実を捏《こ》ねた。

搾《しぼ》り取られるそれが腹に飛沫き、薄い脇腹を伝うのを十左は惜しんで、ゆっくり流れるそれを指で掬《すく》って、胸の飾りに塗り込める。

「…ッ！」

喉から動物のような声が漏れた。糸を引くそれに捏ね付けられ、ぬるぬると摘み上げられて、その度に喘いで十左をひくついて締め付ける身体に。

「椿さま……」

熱い唇が被せられて、涙ばかりが零れた。

労るように唇が吸われる。耳の後ろや首筋、鎖骨を優しく何度も吸われるのは、十左が極めるときの癖のようなものだった。

「椿さま……？」

問いかけるように呼ばれる。押し上げられた絶頂から、粘膜を捏ねる音を淫《みだ》らに立てながらゆっくり降りてくる自分が、絞り尽くされたのを見届けてから。

「う、あアッ！」

十左の大きな荒れた手で、腰を摑まれ、尻の肉を片手で広げられて、一番奥まで乗り込まれた。余りの深さに悲鳴を上げても尚硬さを増す十左は突き込む動きを止めない。

凶暴な獣の動きだった。自分を満足させるために堪えたそれが堰《せき》を切ったかのような最後を十左はいつも迎えた。

「ひ！　……っィ…っ、あ！」

悲鳴の間に、喉が縊《くび》られるかの音を立てる。少女じみたそれに十左は尚興奮したかに、恐《おそ》れを感じるほどの長さいっぱいの肉槍で、自分の身体を突き破るかに荒々しく出入りした。

十左の前髪や顎で結んだ雫が野蛮に自分の胸に落ちて、駆け上がる快感に、苦しげに目を細める十左の獣の表情を、揺すぶられる視界に見る。そして。

「……」

額を合わせてくるのも、十左の癖で。目が見えないときから、それは厳粛な問いかけで。

「中…に…、十左ぁ…ッ…！」

腕を、開いた指をいっぱいに伸ばして、はしたなくそう乞うた。

十左の迸《ほとばし》りは毒のように熱く沁みて、自分を苦しませたけれど、もう、長くは共に居られないだろう十左を、身体の中に少しでも取り込めるのなら、それが女のように、浅ましくはしたなく欲しかった。

「っ…！」

十左はそれをいつも一瞬躊躇《ためら》ったけれど。

嵐のように乱暴に掻き抱かれる。深い鞭《むち》の傷跡だらけの厚い背中に自らしがみついて、苦しみが放たれる一瞬を待った。

「う、アあっ――――!」

すでに身体の中には、二度の十左の精を受けていた。それをさらに熱の棒で捏ね上げられてそこに放たれる新しい十左の精は、溶けた鉄でも吹き付けられるかに熱く、苦しくて。

「ひ、…う、あ!」

余りの苦しさにのたうった。十左が鼓動の動きで吐き出すたびに、魚のように痙攣《けいれん》した。

「十左ぁ……ッ!」

最後の断末魔に、深い息を吐きながら突き込む動きを止めない十左が自分を深く抱き込んでくる。

苦しげな荒い息は酷く熱くて、最後の息を欲しがって舌を差し出し、それを強請《ねだ》った。

存分にそれは叶えられた。

「う……ふ……」

とっくに溢れたそれが、尾骨から粘ついた糸を引いてとっくに濡れた褥に滴る。甘い毒を吐いても大きな十左は酷く苦しかったが、その甘い苦しさがいとおしくてたまらなかった。

「すみません……、椿さま」

謝るのも彼の癖で。

「痛みませんか」

そう言って、すぐに自分から出て行きたがるのも、彼の癖で。

「まだ、…もう少しいろ……」

うんざりするくらい緩やかに、けれど自分を満足させるほど少しずつしか硬さを失わない十左を楽しみながら、滴る十左の毒に喘ぎ、十左の腕の中で、ゆっくりとのたうってみる。

良く陽に焼けた十左の皮膚に、光る鞭傷は白く光って、螺鈿《らでん》の飾りのようだった。重く締まった身体。張った強い皮膚、逞しく厚い胸。陽の匂いがするかのそれは、全てはあの罪人の山で培われたものなのだと、十左はそれを汚らしく言うけれど、自分にはないそれが酷くいとおしく、安心を誘い出し、いとも容易く自分の中に激しい嵐を掻き起こす十左の身体の全てが好きだった。

十左は必ずそれを眼を細めてからしばらく眺め、甘えるように唇を吸ってくるのも彼の癖だった。

「……椿さま」

肩裏の傷に触れると、十左はいつも困った顔をした。四角に横線が三本入った敷島の罪人の焼き印だ。灰墨ごと針で埋め込まれるそれは、爛《ただ》れて刺青《いれずみ》より尚黒く深く、溝になるほど焼き付く傷痕だった。

構うな、と言って、それに触れた。自分の運命を変えた印でも、それすらいとおしかった。

そうして。

片目に映る、回転して八方に照射される、柔らかく真っ直ぐな光を布団の中から見る。

それが最近の椿の楽しみの一つだ。

背中が痛むだろうと、十左は情を重ねるのに、自分の部屋を希望した。柔らかい布団があり、汚れるのが嫌だというなら、十左でさえゆっくりと横になれるソファーがある。

それに首を振ったのは自分だ。灯台部屋が良い、と言ったのも。

灯台部屋に染みた油の匂い。鉄の匂い。

柔らかい燃料が燃える優しい炎の匂いは酷く自分を安らがせた。そして、

「十左の匂いがする」

ここはすでに十左の匂いに満ちて、それが嬉しくもあった。

十左の薄い布団に包まっていると、十左に抱かれているようで、寒さなら十左の肌が、暖めてくれたから。

「塩で洗いましたよ。椿さまがいつもそう仰るから」

臭いと、言われたと勘違いして不服そうに眉根を寄せる十左は、ここのところ役者並みにもまめに身体を洗っているらしい。そう言う意味ではないと打ち明けるのは――最後まで、秘密だ。

十左は丁寧に身体を拭いてくれ、身体の中までも自分が放った白いとろみを掻き出して清めてくれた。

そのまま抱いていたいのだと、初めは抗った。けれど、十左のそれはやはり身体に毒のようで、必ず熱を出したから、最近は渋々それを許している。

孕《はら》んだら大事にすると叫んだ日、十左は階段から転げ落ちた。

「……」

身体を清め終えた十左が、自分の視線を遮らないように、背中からそっと抱いてくる。

満足そうな、うっとりしたような、苦しいほどに熱を湛《たた》えたため息が、耳元に触れた。

背中に合わせられた十左の胸にはまだ狂おしく打つ鼓動があって、もうじきこれが絶えるのは、今更ながらに惜しいような切なさを、椿は感じた。

「お気に召しますか、椿さま」

自分の目が、海を照らす光を眺めているのを知った十左が、静かに聞いてくる。

ああ、と答えて、十左の体の熱さに少し酔った。

数日前のことだ。

十左が折り入って、と、わざわざ席を求めに来た。

その表情から、良いこととは思えなかったし、内容にもおよその見当は付いていた。

見当どおりのことを、その席で、十左は言った。

——もう、食料が、ありません。

ここ数日、十左が何も食べていないことは知っていた。問えば食べているのだと答えるが、肌を重ねれば嫌でもわかる。十左の腹は凹《へこ》むばかりだった。

自分にも節制をお許しくださいと、数日前から言われていて、粗末な食事が、さらに僅かに粗末になった。そんな十左がそう言ってきたのだから。

もう、本当に、ないのだと、問い返すまでもなく、納得した。

千代は保存食を良く溜めていたと言った。けれど、千代が海に身を投げてから、すでに腕の傷が桃色に治癒するほどの時間が経っていた。

米にして半斗《はんと》、乾燥した野菜は小振りの味噌樽《みそだる》に二樽。間に気まぐれに小さな魚が釣れ、海草が流れ着いても、それにしても良く保ったものだと思えば、千代が書き残したのが優れていたのか或いは、十左が自分を謀り、食べる振りをして限界まで消費を押さえていたのか。

多分両方だったのだろうに違いなかった。十左は随分痩せたようにも思えた。

「私を遺すなよ…？」

遠く照らす細い光を見ながら、椿は言った。

「私には、分銅など巻き上げられない」

そう付け足すと、そうですね、と言って、十左も少し笑って大事そうにまた、熱い吐息を襟足に埋めてきた。

「……」

このまま、死ねたらいい。

十左に抱かれ、闇夜を掻き分ける光を見ながら。

そうして死ねたら。

今までの一生に起こった不幸など、全て忘れて浄土に行けるのだろうに。

† † †

着物を改め、室内を整える。

ともすれば、永遠に誰も手も触れないかもしれない遺書を、認《したた》める。

椿は名を伏せて、高男宛に書くことを自分に命じた。屋敷を召し上げられるだろう高男の行き先など知らない。ましてやここから書簡を発することなど出来ない。

それには他人行儀な礼と、自愛の願いが書き付けられていた。名を記さず高男との関わりも記さないそれは、いつか、高男が、自分たちの脱出を恐れて、この海を執念で泳ぎ切ってでも渡ってきたとき、朽ちた死体が自分たちであることを、知らせて安堵させるためのものであった。

自分は、ここの灯台守であるのだと、記した。本家破産により、燃料が切れ、食料も尽き、水を蒸留する薪にも事欠き、最早生き存えること叶わずと。

できるだけ穏便な死体を見せたくもあったが、今日の昼になって、さすがに階段を上る最中、急な息切れと目眩《めまい》に襲われ、階段を落ちそうになったから、海賊に襲われ死んだのだと妙な見聞をされないようにと、半分意地になって、ここでの生活が静粛であったことを知らしめるために書いたものだった。

ここが、元敷島家所有の灯台であること。上の遺体は本家縁《ゆかり》とだけ、書き記すに止まった。自分はそれに仕える下男であり、灯台守であったのだが、本家に殉《じゅん》じ、餓死するのだと書いた。

願わくば本家縁の遺体だけでも手厚く供養し、叶うなら、自分たちが最後まで守ったこの灯台に再び灯りを灯してくれるよう、書き記した。

食料が尽き、水も、蒸留するための薪が手に入らなくなってから、雨水も唇を潤すほどにしか手に入らなくなり、そして、それを口づけで分け合ってももう、最後になった。

体力のない椿の衰弱は激しく、過去に重ねた薬の副作用が弱った身体を苦しめた。

灯台部屋で死にたいと言った椿に首を振り、ベッドに抱いて降りた。

痩せた身体に染み込む冷たい床と硬い板ではなく。

柔らかく暖かい褥で。ずっと手を握って側にいて。寂しい椿が寂しくないように。

すぐそこに来る足音を、不思議なほど穏やかに聞いている。

先に逝くだろう、椿を看取ってから自分もと。

「……」

外の盥《たらい》に僅かな水が溜まっていた。

傾ければ掬えるほどで、これくらいあれば、椿に水を飲ませ、余れば身体を拭いてやれるかも知れない。そう思いながら、短い引き潮の合間に、狭い岩場をふらふらと、短い雨に溜まった雨水を集めて回る。

波が荒れれば潮水が入って駄目になるから、雨水はとても貴重だった。雨は大概時化と共にやってくる。波を避ければ、雨が降り込まない。潮が入れば役に立たない。

どうにか上手く置いた手桶に僅かな雨が溜まっているのを椀に注ぐ。絹で濾《こ》してやりたいが、それに吸われる一滴が惜しかった。

潮に洗われた流木が、白骨のように折り重なっていた。拾ったそれを乾かして、使う時間は多分もう残されてはいない。

「…」

十左は軽く息を吐いて、海鳴りが轟く、塔と海との境を眺めた。

海を切り分けるように、冴え冴えと白い塔は高く、見上げれば天にも届きそうだ。

昨夜は西北西の風が吹いた。北側は多分波を浴びて、飲み水になるような雨は掬えないだろう。

――末期《まつご》の水にしても余りに粗末な。

やるせなく思いながら、それでも椿に水を与えられると、落ちくぼんだ目を細めて、顔を上げる。そこに。

「……」

数瞬、幻かと、ぼんやり眺めた。

嵐の過ぎた灯台など誰も見向きはしない。嵐の日にはこの岩礁《がんしょう》には近づけない。そこに。

真《ま》っ直《す》ぐに近づいてくる船がある。

「……」

敷島のものとは違っていた。新しい白木の船で、この時化の波をものともせず、切り裂くように舳《へさき》で白波を鋭利に掻き分け、揺らぎもせずに進んでくる。

「…」

敷島にはもう船はない。それは遊覧船や奉納船のような立派さだった。

灯台に寄越されるものにしては余りに上等すぎる。浄土からの船としか、思えないほど心当たりがないそれは、やはりそうとしか思えないほど真っ直ぐこちらに近寄ってきた。

「……」

手際よく、下男の姿をしたものが四人下りてくる。支えられながら、身なりの良い、一人の老人と、余りに不似合いな、その奥向きと見受けられる上品な老婆が。

老人はともかく、外出慣れないほど身分の高そうな老婆は、よりにもよって放り出されたこの危険な足下の悪い孤島に怯えながら、老人や侍女に縋り付くようにして岸から離れた。

「……」

ほとんど地面などないこの島と呼ぶにも貧相な岩盤では老人と十左の距離はないに等しく。

老人の、加齢で少し濁った色の、けれど鷹《たか》のような厳しい目が、じっと自分を捉えるのを、十左は呆然と見つめ返した。

「敷島椿は、ここにおるのか」

「……」

急な問いかけに是《ぜ》とも否とも答えられず。

「敷島椿は、どこじゃ」

「！」

とっさに敵だと判断した。椿を連れに。椿を買いに。

だが。

「孫は、どこにおると聞いておる！」

一喝されて。

「……」

乾ききった脳で、その言葉を反芻《はんすう》した。

椿の祖父。本家敷島の先々代は亡くなって久しい。と言うことは。

「綾倉《あやくら》……家の……」

「――綾倉香織の父じゃ！」

怒ったような声で、老人は言った。

泣きながらようやく二人の侍女に支えられるようにしてよろめきながら歩いてくるのは、だとしたら。

「綾倉伯爵夫人……」

伯爵夫人は遠くから。

香織は、と訊ねる。椿は、と震える声で。

今になってどうして、と、やはり半分涅槃《ねはん》に居るような心地で、十左は朦朧《もうろう》と考えた。けれど。

「――ようこそお越しくださいました……！」

これで、椿は助かるのだと、崩れるまま、地面に低く十左は額を押しつけていた。


十左の案内で塔に入った綾倉伯爵夫妻は、その貧しさ気味の悪さに愕然とした様子だった。海に浸る壁には短い海藻が生い茂り、富士壺が茸《くさびら》の模様のようにこびり付く。陽に照らされたきつい潮の匂い。潮に浸った木の匂い。

潮止めの戸口を潜り抜ければ、徐々に潮の気配は、波音さえ柔らかく遮って遠のいてゆく。石の階段に足を差し入れた直後から、十左のあとに付いてペラペラと早口で喋《しゃべ》る痩せた執事は、綾倉家は、没落が続く公家華族の中にありながら、日の出の勢いを誇る貿易で成功した屈指の名家であり、来春には特別の計らいによって侯爵《こうしゃく》家へ格上げになるのだと言っていた。

香織の兄たちという、綾倉家嫡男は英吉利に海外商船建造と欧州様式の文化を学びに行き、今は次男が近海で貿易業を行っているとも言っていた。

伯爵夫人は、侍女たちに励まされ、時折気付けの丹薬を口にしながら、この気味が悪い建物を上るのも嫌だが取り残されるのはもっとおぞましいとばかりに、抱えられるようにして、すすり泣きながら階段を上がった。

彼らに合わせゆっくりと階段を上がりながら、今までの経緯、食料も水も尽き、もう数日中にはこの世に居なかっただろうことを打ち明けた。

彼らは椿に面会を求めた。もちろん断る由はなかったが、この状況ゆえ、もう椿は動けない状態にあるのだと、礼節を以て迎えるべき彼らに対し、起きあがれないかも知れない非礼を予め詫びた。

それを聞いた伯爵夫人はまたさざ波のような泣き声を立てて、顔を覆い、しきりに侍女に背を撫でさすられていた。

階段は長く続き、十左は部屋の前で、扉を叩いた。

いいよ。と、微かな、けれど必死な声が響く。

自分が下に降りている間が不安だったのだろう。そんな声で。それほど命はすでに儚く細っている。

十左は伯爵たちに会釈《えしゃく》をし、ベッドの中の椿に駆け寄った。反らした細い喉に負担が行かないよう、骨の浮いた肩から掬うようにゆっくり抱き上げる。その温かさにほっとしながら。

「……椿さま」

軽くなった椿は、少し笑って、良かった、と、そう呟いた。呼んでも十左が来なかったから、と、このところ冗談のように交わされる、どちらが先に死ぬか、と言う遊びの続きのような声で、そう囁いた。それに。

「……御祖父様がお見えです」

そう囁いても、案の定、椿は意味がわからないと言った顔をした。けれど。

「失礼する」

そう言った見知らぬ声に、椿の視線が送られる。

真っ直ぐ近づく威風堂々の老人。転がるように手を伸ばそうとし、侍女に支えられる華奢な老夫人。

「これが」

問いかけに、はい、と十左は頷いた。身分を証《あか》すものはない。けれど。

「────…間違いありません。…あなた」

泣き崩れる伯爵夫人に老人が頷く。

「……」

混乱して、彼らを見比べる椿はまだ、何が起こっているか、解らない様子で。けれど。

「これほど香織にそっくりなのですもの」

と、抱き起こされたその柔らかい髪を、夫人の胸に抱き寄せられて、ようやく何かを悟りかけたらしい。

「敷島椿か」

老人に問われて、椿は、今はそう名乗って良いものかどうか、解りませんが、と答えた。

「綾倉香織が息子か」

そう問われれば、

「母の旧姓はそのように聞いております」

と、答える。

その間にも、部屋の入り口に樽の水が運ばれ、酒と重箱が幾つも持ち込まれた。贅沢な押し紋様の砂糖菓子が続き、山と積まれた反物が持ち込まれる。

夫人は椿を抱き締めたまま、一際甲高い泣き声を上げ、やはり侍女に、御鎮まりいただかっしゃれ、と、囁かれながら背中を撫でられている。

「有難う、千代……！」

震える手が椿の頭の後ろで合わせられるのに、何が起こったのかを、朧気《おぼろげ》に十左は知った。

高男たちがここへ来た日、千代は高男たちを乗せて船を出そうとする下男に何かを渡していた。

白い包みと多分、分厚い金の包みと。金はここではただの紙くずだ。多分ここに来るとき渡されたものをそっくりそのまま渡したに違いない。

「……千代から手紙が来た」

そう言って、伯爵は厚い布地の胸元から白い封筒を取りだした。達筆な宛名は、自分宛の遺書と同じ筆跡だった。

「我らは、今の今まで、香織が子を生《な》したなどと全く知らされておらなんだ」

十左に、詳しく釈明をせよと、老人は、彼が座れば折れそうな細い造りの椅子に座れと命じた。

「そなたは下男に違いないの？　詳しく申せ」

厳しく正す言葉に頷き、ならば、と、伯爵をソファーに案内し、十左はその目の前の床に、膝を折った。

高男とは格の違う、深い威厳の前に声が震えた。どこか先代と似ているような柔らかい物腰に峻厳《しゅんげん》さを備えた、老いて尚凜冽《りんれつ》の滲み出る力だった。

十左は思い切ったように息を吐き。そして。

「…椿さまの、これまでのお住まいぶりについて、申し上げます」

深く頭を下げる十左を尻目に、伯爵夫人は白粉《おしろい》の良い匂いを燻《くゆ》らせ、黒々と艶《つや》やかに染めて結った丸髷《まるまげ》の簪《かんざし》を乱したまま、忙《せわ》しく椿の手を握り、頬を手のひらで包み、ただ、泣くばかりだ。

香織に長年子が出来なかったのが本当であること、妊娠したのが高男の相続披露の前年であったこと。それでも、長い時間を掛けて整えたこと全てを覆すようにして、椿を嫡男に据えようと先代が望んだこと。椿の左目が見えないのは生まれてすぐに患った病のせいだと嘘をついた。確かに丁度その頃、疱瘡《ほうそう》が流行《はや》り、目を潰す子どもが多かったことが彼らを深く納得させ、左目が見えない事実にまた伯爵夫人は泣いた。

他ならぬ華道家だ。片目では嫡男に収まるのが難しかったこと、高男がすでに跡目として成熟していたこと、仮病を理由に軍役に着かない満流が居たこと。故に香織の望みで、奥の離れで、匿《かくま》うように椿を静養させ、千代がずっと養育していたこと。自分は、高男が気まぐれに拾ってきた、下男崩れだとだけ言った。自分が語ることは、二度とここから生きて出ることはないだろう自分に、千代が己に独り語りするかのように言い残したことの一部始終なのだとも。

斬り殺されるのは構わなかったが、事実を全て伝えたあとでも遅くはなかった。

家を継げず、けれど正当な嫡男である椿を、披露する機会を失ったまま香織が儚くなったこと。混乱のまま、椿がどこに据えられるかが決まるまで、外へ椿の存在を漏らすことは許されなかったことを告げた。

老人は、

「千代の手紙にもそう書いておった。難しい立場であったのだろう」

あの聡《さと》い千代にして、どうにか彼らの元へ逃げ帰ろうとして叶わなかったことを、察しているように眉を寄せて、無言で続きを促した。

結局、高男が嫡男に据えられ、いよいよ椿の存在が難しくもなり、また、一度逸した機会は余計逃れるを困難にしたのだと、十左は話した。そして。

事故であったと、世間には伝えられていると、千代に聞いていた。

所有の刀を倉で見聞中、雪崩《なだ》れ落ちてきたそれの一本が首に刺さって先代は死んだとしたのだと。

その通りに説明した。千代の手紙が恐ろしくもあったが、伯爵は何も正さずそれを聞いた。

それから、御家争いを恐れた高男が、椿を千代と共にこの灯台へ送ったこと。数名の下男が送られたが今や誰もが去ったこと。自分がここに送られたこと。千代は間に何度も書簡を送ろうとしたのだが、全て本家で握りつぶされていたのだろうこと。

そうしているうちに敷島家が身代限りで破産、没落したこと。

船は通わず食料に飢え、それを少しでも長らえさせるために千代は自らの命を絶ったこと。

その、最後にこの塔を離れた船に、千代はその手紙を託したのであろうこと。

伯爵は、千代の名を感慨深げに呟いた。

千代が言うには、小さな頃から香織の側近くに仕えたのだという。香織の面影の側には多分、千代の姿がいつもあったのだろう。最後は身を拋《なげう》って、香織の真実と、椿の存在を知らせたのだから、彼らにとって千代は宝の在処を示す大切な地図のようなものに違いなかった。

伯爵は最後までそれを聞き、しばらく黙り込んだ。

そして。ソファーから立ち上がると、幼い香織にするように、銀の匙《さじ》で椿に水を飲ませる夫人の横に立ち。

「苦労を掛けた。椿」

探し出せなかった自分の落ち度を老人は詫びた。愛娘を失った悲しみに、胸がいっぱいだったろう彼らに、それは落ち度という名では迫れなかった。

「東に離れが空いておる。人の気配が煩《わずら》わしくば、しばらく邸内の庵に結んでも良い。周りのことは気にするな。じじが良いように致す」

多分、歳の離れた一番下の孫に当たるのだろう。

末娘の香織の、さらに間を置いた子だ。幼子に諭すように老人はそう言った。

亡き末姫の忘れ形見だ。実家に取り戻したそれが混乱を招くとは思えず、すでに一線を退き、息子たちが立派に家督を継いでいるというのだから、今更そこに椿が訪れても、何一つ揺るぐことなく、ましてや伯父たちは、哀れな妹の子を大切にするだろう。

「本当に、良く、香織に似て……」

髪から頬を、いとおしく撫でる夫人に、伯爵が頷く。そして。

「飯沢《いいざわ》」

側にいた痩せた執事を彼は呼んだ。そつない仕草でかしこまる執事に、視線をくれもせず、老人は命じた。

「今すぐ御匙《おさじ》を呼び寄せよ。すぐに連れて行こうと思ったがこれではままなるまい。我々の起居の用意も致せ」

椿の身体が移動に耐えるまで、彼らはここに居るのだという。それに、私《わたくし》も、と、すぐさま夫人が飛びついた。

すぐに侍女たちが相談を始める。夫人が暮らすための、最低最少の膨大なお道具をいかに運ぶか収めるかを算段している様子だった。

「……」

老人は、大きな、指の太い手を椿の髪に伸ばし。

「安心するがいい。二度と粗末な真似も不自由もお前にさせぬ」

まるで香織への懺悔《ざんげ》のように彼は、静かに椿に言った。鳶色の瞳は伯爵に、そしてたおやかな横顔は夫人に似てもいた。

――椿は、綾倉の家に、引き取られるのだ。

それが望むべくもない最良の道で、そして、椿のためであることは解っている。けれど。

「……」

執事が出て行く。今こそ自分の出番なのだと、その手際の良さを見せつけようと、頬を上気させ、きびきびとした動きで、部屋を飛び出した。

侍女たちは、相変わらず御手水《ちょうず》が、御鏡が、御褥が、御膳がと、この狭い塔にどれほどのものを持ち込むつもりか、本当に困った様子で、身を伸ばしたり屈めたり、あちこちと見回しながら囁き合っている。

「……」

急に賑《にぎ》やかなそれを、他人事のように十左は遠く眺めた。

椿が綾倉家へ行けば、自分とはもう、多分二度と逢えない。

綾倉の家には罪人の自分などではなく、厳しい仕来りで躾《しつ》けられた立派な家人が大勢いるに違いない。必要ないにもかかわらず、彼らの温情で、下男として招き入れられるかも知れない。けれど、それに頷けない理由がある。

先代殺しの罪。消えない肩裏の焼き印。

黙っていても、椿の側に居れば、いつかつまびらかになるだろう。

――いつか罪は贖わねばなりません。

千代の遺言が、胸に染みた。

殺されることより、あの山に再び戻されることより、拷問を受けることより。

こうして椿から引き離されることこそ、何にも勝る過酷な罰だ。

夫人は、椿の手を両手で握って離そうとしなかった。

お屋敷に戻ったら少し御髪《おぐし》を切りましょう。仕立屋を呼びましょう。ベッドがお好きなの？　お屋敷には舶来の良い品ばかりがあるのですよ、と、止め処《ど》なく、夫人は椿のこれからの生活を夢に描いているようだった。

侍女は相変わらず困り、椿の階下に夫人たちを置くわけには行かない、本棚を退けるか、壁を破るかと、無茶な相談ばかりを困惑した様子で続けている。

それを横に置いたまま。

「……お祖父様」

少し躊躇って、椿は呼びかけた。

彼らは酷く嬉しそうな顔をした。それに椿は。

「御願いがございます」

椿の要望に、彼らは屋敷ごと差し出すような様子で、顔を輝かせた。何なりと申せ、申してみよ、と、老人はそれを急かした。それに。

「ご温情に縋り、厚かましくお願い申し上げます。私たちに、幾ばくかの水と、食料、灯台の燃料、仕立てた衣服。古着でも構いません。新しい縄、硝子を拭く古布を届けてくださりませ」

椿はそう彼の望みの品を並べ立てた。

いにしえの月の姫が求婚の条件と並べたような、奇妙な宝物にも似て聞こえるそれらに、彼らは戸惑った顔をした。

「私と下男に、この灯台を再び灯す用意を」

行かないと、椿は言うのだ。

「何を仰るの。一刻も早くここを出ましょう。こんな気味の悪いところにいてはなりません。不安に思うかも知れませんけれど、私《わたくし》がおります。御前もあなたの御味方です」

屋敷に行くのを不安がっているのだと思ったらしい夫人は慌ててそれを非難し、励ました。

「何も心配することはない。香織の代わりと大切にする」

けれど。

「……参りません。申し訳ありません」

頑なに椿は首を振った。

「私はこの灯台から決して離れません」

「……気が触れておるのか」

酷く心配そうに老人は十左を振り返った。

十左は頷くことも、首を振ることも出来ず。

「……」

申し訳ございません、とただ、頭を下げた。

ぎし。と、取っ手を巻き上げると縄が軋む。

船に差す油はさすがに上物で、たった一滴落としただけで、十左の苦労を何割も楽にした。

そして鋼の織り込まれた縄も、どんな重みにも決して切れず、毛羽立ちもせず、嚙み込んで絡まることもなく、新しい糸巻きに左右に美しい縦縞《たてじま》を描いてするすると積み重ねられてゆく様子に、十左も見惚《みほ》れそうになった。

それらも異国の技術を取り入れた船ならではの、新しいものだった。

もともと船には、自らの命綱となるべき灯台を篤く守れと言う習わしがある。寄れば食べ物を置き、出かけた先の品々を与えて、船を守れと彼らに願う。

それが、世界最新の英吉利までをも行き来する大商船のものであるならば、尚更その尊さを知るというものだ。

「……随分遠くまで届くな、十左」

新しい燃料は純度が高く明るかった。蜂蜜色の硝子の底に、外国人の職人が訪れ、銀を張った。明るさは元の倍ほどにも感じられるようになった。

「そうですね」

苦笑いで、縄を巻き上げながら十左は答える。

あれから、彼らはこの塔に何十人もの下男下女を連れ、移ってきた。椿の部屋に夫妻の全ての身の回りを、生き埋めになりそうな勢いで押し込み、その下にひしめくような下働きのものたちが文句を言いながらも詰め込まれた。

朝から塔の周りは焚き物に追われる奉公人で溢れ、砂山に立てた飴の棒に集《たか》る蟻《あり》のごとき様相だった。しかも、時化のときは最悪だった。

荒磯に砕ける石振《なみしぶき》が打ち付ける外へなど出られないのだ。

二人入っても手狭な台所で、六十名にも及ぶ食事を賄《まかな》うことは明らかに不可能だった。小さな手水は芝居小屋のごとき長蛇だった。

十日間、彼らの意地の張り合いは続いたが、折れたのは伯爵たちだった。

椿が、灯台部屋で、実際の灯台の仕事を見せたのに、いたく感じ入ったせいであるのかもしれない。

二人で随分と長く、灯台部屋に籠もって話していたようだった。

船に命運を賭ける家でもあった。また多くの家人の命を船に乗せる責任もあった。

遠く闇を分け射す光。それがどれほど嵐の船を救うだろう。

いつもは遠く、嵐の船から、縋るように見る光。

それがこのようにして放たれているのだと、その寡黙な努力と力強い光を見て、船団の主であるが故に、誰よりもこの光の尊さを理解したのかもしれなかった。

最後は、翁が折れ、《香織にそっくりじゃ》と、頭を抱え、それでも切ない諦めの笑顔を遺して、中型船二隻《せき》分もの人と物を乗せて帰って行った。

そしてそれ以来。

定期的に椿の望んだ品々が、望んだ以上の品質と量をもって届けられるようになった。

灯台に必要な最新の手入れの用具や部品、ときには異国の技術者が灯台を訪れ、十左に、より効率の良い分銅の配分、中を磨く油や、煤《すす》の除き方、螺子《ねじ》の取り替えを教え、もともと学問が嫌いではなかった十左をすぐに一人前の灯台守に仕立て上げた。その熱心さと優秀さを技術者が報告したのだろう、伯爵家から酒の褒美が贈られた。

そのほかにも伯父たちから、珍しい菓子や衣服が届けられ、祖母からは手作りの餅や寿司が届けられた。異国帰りの変わり者の長男が訪れたときは、夫妻が訪れたときと違う意味合いの、混乱を極めたのだった。

時折伯爵が、ここをお忍びで訪れ、羽根を伸ばしてゆくのは内密にせよと、そんなことも言いつけられていた。また、芝居を観《み》に行くと言ってきました、と言って、夫人までもが椿に会いに来るのには、さすがの椿も苦笑いを浮かべた。

「…」

緩やかな軋みの音を響かせ、分銅の鉄尻が見える。

ひとつ、大きな息を吐く自分に、柔らかく怜悧《れいり》な笑みが向けられ。

「…ご苦労」

褥の中から、差し伸べられる白い手に、十左は、はい、と、答えて近寄り、その目の前に膝をついた。

起こせ、と、縋り付く腕の我が儘を許し、青い匂いが籠もった布団から、白魚のような身体を優しく引きずり出し、遠慮なく凭れてくる細い背を胸で受け止めると、酷く幼げな深いため息が満足そうに漏らされるのがいとおしかった。

その、鳶色の髪に、透ける貝殻のような耳に。

性懲りもなく湧《わ》き上がる恋情を抑えきれず、そっと頬を擦りつける。すると。

「卑怯だと……、一度でも思ったか」

痛みを含んだ、自嘲が滲んだ声が、訊ねた。

「……何が、ですか」

今更、と、困った笑いで十左はそれを受け止めた。椿が卑怯なのはしょっちゅうだ。

自分が使用人であるのを良いことに、或いは惚れた弱みに付け込んで、思うまま、ぐずり、ふてくされ、涙ぐんで布団に潜り込み、千代直伝の機転の利く鋭い嫌みを投げ付け、あるいは、どうしようもなく抗いがたいいとおしい我が儘と苦情をその、花弁のような唇で喚いて、

難なく自分を跪かせる。

自分がどれだけ椿に傾いているか、必死であるかなど、まるでお構いなしなのだから、これ以上の卑怯があるだろうかと、言うとまた、椿は機嫌を損ねるだろう。しかし。

肩越しに垣間見える椿は、蒼く透ける瞼を伏せて。

「……ずっと…、お前を騙していたことだ」

目が見えないと。この塔に来てから、いや、もっと昔から、幼い頃から。そして。

その白魚の、滑らかな肌を掻き抱くほど近づいてからも、決して打ち明けなかった秘密を。

あの事件がなければ、多分、今も、明かされるはずがなかった事実を。

「それは、俺も同罪ですから」

微かに震え始めた身体を、背中から胸に深く抱き締め、十左は苦笑いで囁いた。

千代の提案とはいえ、自分はそれを呑み、実行した。椿には椿の理由があったのだ。高男たちから彼らの生活を、そして、自分の命を守るためだったのだから、自分の傲慢だけで、口を噤んだ自分のほうが余程卑怯だ。なのに。

「……お前の真心が信ずるに足ると解ってから、千代は、私に言ったことがある」

「椿さま……？」

初めて聞く事実だ。そして、一生刃物のように自分を恨み、視線はこの身を爛《ただ》れさせるだろうとまで激しく憎んでいただろう千代が、自分の懺悔《ざんげ》と後悔を僅かにでも受け入れてくれているとは、微塵も思わぬことだった。

「お前は賢い。打ち明けて、お前が兄さんたちに口を噤めば、もっと穏やかに過ごせるのではないかと」

確かに、知っていれば、もっと上手く立ち回っただろう。今少し助けになれたかもしれないし、盲目に気を大きく割かれない分、もっと他のことに気を配ってやれたかも知れない。

「私は、言わない、と答えた。言いたくなかった」

「俺も同じです」

懺悔を許さなかったのは千代だ。それこそが贖罪《しょくざい》なのだと、告白を許さなかったのは千代だが、本当に自分がその気なら打ち明けられた。椿から離れられるなら、罪を叫んで海に飛び込めば良かったのだ。

「私は、お前が嘘をついていることも知っていた」

ならば尚更、露見しているというのに醜く嘘をつき通そうとした自分のほうが卑怯で滑稽《こっけい》だったのだと、そう言う自分の腕に。

そっと、貝殻のような爪が刺さって、甘い痛みを与える。

「お前がいなくなるのが、……嫌だった」

そう言って、椿は苦しそうにまた頭を振って、目元を隠すかに髪を緩く乱した。

「違う――お前に、嫌われるのが、……怖かった」

自分の傷を暴いてみせるような椿が、切なくて。

「……」

胸に、静かに抱き締めて、その耳元で。

もういいです、と、答えた。

俺を側に置いてくれるなら、何も、と繰り返した。自分の犯した過ちの前には椿の罪など、愛らしいばかりで、憐れなばかりで、どうしてそれを責められるだろうか。

「けれど、十左」

「それでは、今度、椿さまが」

責めない自分を椿が咎《とが》めるのを、十左は止めた。

「椿さまの目に見えるものを、教えてください」

孤独の海でなく、暴力の闇でなく、絶望の沼でなく。

叶うなら、穏やかで広い海が良い。温かいベッドの夜でも良い。明日を視る目に映る幸せでも。或いはもしも――自分の名なら。

自分を視る、熱を帯びた視線の先にある心なら。

片方の碧がかった明るい色の瞳を、薄い硝子の張り詰めさせて自分を視る、椿が切ないほどにいじらしくて。耳元に、唇が触れる位置で。波音に消されそうに小さな笑い声で囁いた。

「褥の中で見えるものでもいいです」

見えないと、そんな理由で甘やかしてきた。

もっとこの人の熱が欲しくても、見えない、と、刃物のようなそれに、拒むことを許した。見えるならもっと、この人を甘く、熱く蕩かす術も知っていたのに。

「あのときも、見えてましたね？　椿さま」

ベッドに燭台《しょくだい》を持ち込んで、灯りはないと嘘をついた日。視えない椿が、散々悦《よ》がって、啼《な》いた夜だ。

「……」

問いかけると。

「十左の……」

馬鹿者！　という叫びと共に、振りかぶられる枕に笑って腕を上げる。その、隙間をするりと、腕が、すり抜けて。

「！」

不意に、口づけが。言われるとおり、馬鹿者が如く半開きにした唇に、きつく重ねられて。

「……馬鹿者にはお仕置きだ」

睨《ね》め上げる片方の、熱に潤んだ視線が甘く自分を叱る。けれど、それは、すぐに満足したかに、我が儘な笑顔にすり替わり。

「……」

背を預けられて、今度は自分が息を吐いた。胸に深く抱き締めた。そして。

「ずっと、私を想っていたと、十左は言ったな」

相違ないか。と、背中を預けたまま問い質《ただ》すように椿は言った。

「間違いなく」

迷うことなく十左は答えた。

あの雨の庭に見交わした日からずっと。一日も絶えることなくこの人を想っていた。遍《あまね》く全て。どの一瞬にも、祈るように想い続けた。

「ずっと私の側に居ると誓うか」

「あなたが俺を呼ぶなら」

側に居ることを許すなら、と。愛おしく深く、深く、薄い胸の前で交差させた腕で、守り包むように抱き締めて、その耳元で答える目の前に。

「ずっと、側に居て」

差し出される白い手に握られた。

「——これ、は……！」

「……いつかお前が来ると、信じていた」

少しだけ苦く、切なげに、そして自慢げに、そっと開く手のひらに光るのは。

——碧い、小さな石で。

ゆっくりと息を止める十左に、取れ、と、椿は言った。

「はい」

時間を握りしめるように感慨深く、十左はそれを受け取った。

それを確かめ椿は笑って。

「今夜は、寝ずの番を」

甘くそう命じる。

「……はい」

「明日も、明後日も、私の側に」

「――はい」

「永遠に」

「はい」

「この光が続く限り」

強請《ねだ》る椿が命じるままに。

「はい……！」

小さなその石を握りしめて、十左は嚙みしめるような返事を椿に返した。

「ずっと、あなたのお側に」

あの日の続きを。この人の側で。

椿と同じ視線で視る、夜の海に何度も矢のような光が繰り返し射すのを視ている。

黒く光る海。

邪気を払うように海面を滑るそれに、遠く舟影が映って白く光る様はまるで不知火《しらぬい》のようだ。

椿は、それをしばらくじっと眺めてから。

大きく嵌められた硝子から放たれる光から、ようやく視線を外し。

「……明日は凪ぐよ」

幸せそうにそう囁いて、細い身体を緩く捻って、抱き寄せる十左の耳元に囁いた。

翡翠の庭

不思議にも、何も思わなかった。

片目だけの世界。

それは自分に何の悲嘆も与えず、苦しみも与えなかった。

むしろ、自分を不自由にしたのは周りの者で。

椿《つばき》さまは御目がご不自由でございます。さあ、お足元にお気をつけていただかっしゃれ、さあ、お口をばお開けくださりませ、海老《えび》の真薯《しんじょ》をお運び申し上げますれば。と、その扱いこそが不自由だった。

自分は他の者のように、部屋から出ることは出来なかった。必ず側《そば》に千代《ちよ》という乳母がいて、外に出たがる幼い自分を抱き上げて引き留める。あの蛙《かえる》をもっと側で見たいのだと言えば、袖《そで》で口を塞《ふさ》がれ、月を指させば手を握り込まれる。そんな記憶が物心の一番底にあった。

自分は片目が見えないのだと、教えられた。

にわかには得心せざるものの、開いたまま片目ずつを手のひらで塞《ふさ》げば、左を塞いでも何も変わらなかったが、右目を塞げば闇が訪れた。そこで初めて、周りの者が可哀相だと言う理由を、迷惑に思いながら知った。片目が見えないのが不自由なのだと知らなければ、両目の見える良さを知らない自分は一生、不自由だと思うことはなかっただろう。

致命的に残酷な、余計な世話だと彼らを恨んだ。幼心に鬱《ふさ》ぎ込んだ。

そして、彼らが与えた苦しみはそれに止まらなかった。

乳母である千代が、見える右目を折りたたんだ絹で塞いだのだ。

何事をと、転んでしまうと訴える自分に、千代は、お許しくださりませと、もう頷《うなず》くしかないほどの回数、そう繰り返して、決してそれを剝《は》ぎ取ることを許さなかった。そして。

これから椿さまには、御目が見えない様子のお稽古《けいこ》をしていただきます。千代は自分にそう言って、本当に目が見えない様子がどのようなものかを自分に教えたのだった。

暗く、当然何も見えない。足下がどうなっているか解らず、ふわふわと頼りないばかりで、自然、宛もなく、前に手を差し伸べた。

千代は、それを取り、自分をそっと歩かせた。まず部屋の中央に立たせ、床の間を背にした座布団に座り、倒れないように、脇息《きょうそく》に寄りかかる。

そこからまた、手を取られ、座布団を踏まないように導かれて座を外し、縁側に近い座椅《ざい》子《す》に手を引かれながら近寄り、身体の向きを変えさせられて、片手を捧げ持たれたまま腰の辺りに手を添えられ、さあ、お掛けあそばされませ、と、声を掛けられて椅子に座る。また立つときは同じように手を取られ、お足下、動かされませぬよう、お気をつけあそばされませ、と言い置かれてそろそろと立ち上がり、手を引かれて室《しつ》に入り、また脇息まで手を引かれる。

不思議ではあったが、面白《おもしろ》い遊びだった。

部屋には幾人もの使用人が訪れたが、千代は、《椿さまはまだご幼少の御身なれど、お館様のご正室・香織《かおり》さまがご嫡男様でございますれば、下々のものにお声をお聞かせあそばすのは勿体なく、少々で宜しゅうございます。用向きは、全て千代が承り、返答をいたしますゆえ、椿さまは千代が全て話し終えましてから、ご苦労、と、一言、お声をお発しあそばされますれば宜しいように存じます》と言って、目の具合はどうか、或いは、節目節目に挨拶《あいさつ》に来る、父親付の老人や、高男《たかお》が住む本家の母屋から差し向けられる折々の挨拶を届ける者に、直接会うことはほとんどなかった。

本来ならば、幼き身とは言え男子なのだから、然るべき筋から挨拶を、と言われれば、身を整えて、家の名に恥じないよう、堂々と礼節を以《もっ》てそれを受けるべきであったのだろう。

けれど、あとで聞く話によれば――――千代がそう言ったわけでもなく、千代こそ決してそう思ってはいないはずであったが――――自分が生まれたことは、敷島《しきしま》家にとって、厄災であったのだと、誹《そし》りではなく、耳に入る出来事が何故《なぜ》に起こるのか、それを考えられる年齢になって、そう悟った。

自分が腹に入った年は、側室腹である高男の跡目はすでに固まっており、けれども披露をしていない以上、自分の誕生により、それは覆《くつがえ》る恐れがあった。

けれど、生まれてすぐに自分は目を病《や》み、いかに、と色めき立つ間に自分の出生披露の機会を逸してしまったと聞いた。また、襲名直後のことだ。正室の嫡子が男子だったとそんなことが公になれば、争いは免れなかっただろう。

すでに跡目は高男と披露され、祝いの宴《うたげ》も済み、祝いの品を持ち寄る貴族の遣いの列は、山際まで続いたと、かしましい女中の興奮した誇らしい声に聞き及ぶこととなった。

それでも、家の老人たちは、正室の腹に入ったややが男子なれば、と、高男の芳《かんば》しくなかったらしい花の才を陰に貶《おと》し、また、男爵《だんしゃく》家から嫁いだ、その頃すでに気を病んでいた側室の子よりは、この広い屋敷の奥にまで鳴り響く、今をときめく綾倉伯爵《あやくらはくしゃく》家が息女、正妻の香織の長男である自分を嫡子に立て、一層の家の隆盛を望む声は当然のように大きかった。

けれど、男子が生まれはしたものの、全盲だと――本当は、片目が見えていたにもかかわらず、千代がそう言うのを不思議に思いもしたが、やはりあとでこれも、下手に片目だけでも見えると言い張って跡目争いに立てばどれだけの嵐が起こったかを思えば、その賢明さを恩に着るしかなかった。

故に、全盲の振りの稽古をし、誰が見てもそう見えるようになるまで、千代が草紙に語る、往《いにしえ》の姫君のように、奥の離れに几帳を立てて過ごし、決して、香織とうり二つと言われる顔を見せず、受け答えは全て几帳の前で千代が行い、言葉が途切れると、ご苦労、と一言だけ言って、下がらせる。そうして自分は過ごした。

結局、自分の出生は公にはされず、千代と、数名の使用人と共に、奥の離れに切り離され、それでも、静かな暮らしを営んだ。

敷島家は有数の、皇族の子女の御滞在、御育成先でもあったから、やんごとなき御方の子息のご静養として、内々に過ごさせることも検討されたが、誰の目から見ても香織に似た容貌と独特の髪や肌の色がその手段さえ諦《あきら》めさせた。

十になる頃には、病と聞かされていた自分の左目の失明は、生まれてすぐに、生母である香織が針で突いたのだと口さがない年老いた女中の言葉に知ったのだが、その頃はすでに自分の置かれた立場も弁《わきま》えていて、千代に問い質《ただ》せば千代は、千代は有りの儘《まま》事実を告げ、申し訳ございませぬ、と、泣きながら平伏したものだから、恨みに思うことなく、ましてや良くそう判断してくれたと、礼を言うに到った。

両の目が健やかで、跡目争いに巻き込まれ、母を失えば多分、祖父に当たる綾倉伯爵家が後ろ盾に立っての争いともなれば、家は二つに割れての悲惨な争いになっただろう。片目を残し全盲と知らせた判断にも、栄華と引き替えに静かな暮らしを自分に与えた母にも、千代にも、物事がすでに何一つ覆らなくなった頃にあっては、その判断を何にも増して、有り難く椿は受け入れた。

千代は物知りで、本を山積みに調達してみせた。千代は昼も夜もなく、声が嗄《か》れるまで本を読み聞かせ、人目のないところでは、自分に文字を教えた。

聞けば、千代の父は文学者であり、蘭学者でもあって、若い頃は教壇にも立っており、最近は東京に開かれた英語学校の教鞭《きょうべん》を再び執っているようだとも言っていた。千代自身、倉で本に埋《う》もれて育ったのだと、言っていた。さすがにそんな千代の選んだ物語はどれも面白く、難しい漢詩さえ、千代の言い下しに掛かれば、趣深く柔らかいものであるように思え、形ばかりの教育に陰ながら寄越された学者に、加減が解らず孟子《もうし》を諳《そら》んじて見せると、彼は感嘆を上げ《まるでお目が不自由な方とは思えませせなんだ》と褒められたときには、千代も、自分も息を詰める背中に冷や汗が流れる心地だった。

離れには、千代と、もう一人千代の手伝いをするしまと呼ばれる、自分より少し年嵩《としかさ》らしい少女がいた。しまは寡黙で賢く、ほとんど几帳越しにしか、言葉を交わすことはなかったが、千代に褒めさせるほどで、いずれ千代が年老いたら、しまに自分の世話を、と、言っていたくらいだから、余程、良い女中であったのだろうと、椿は思っている。あとは、父の遺いで時折、諸大夫という御維新以前の言葉で言うなら家老の男が訪れた。他には下男が数人いるのだと言っていた。そんなある日。

「本日より、子どもが一人、参っております。庭の番をいたしますが、庭師の子などではございませんから、到らぬことはお許しください」

曲がった腰に手ぬぐいを下げた庭番頭の男に連れられて、突然小さな子どもがやってきた。

大概奥向きに寄越されるものは、重ねて何度もの打診があって、窺《うかが》い窺いしつこいほどに念を押されてようやくやってくるのに、その子どもは本当に突然だった。

「ようこそおいでなされました。私が奥向き女中頭の千代でございます。お話は旦那様からよく伺っておりますゆえ、これよりあとは、この庭の主、椿さまの御為に、心を尽くしてお仕えなさりませ」

いつものとおり、几帳の向こうで千代が口上を述べると、幼く沈んだ声が、はい、と、それでもしっかりと応えた。たった一声だったが、庭師や下男のどこか腑《ふ》抜けたそれではなく、大概、《へえ、ではなくて、これからははいとお返事なさいまし》という、千代の注意を久しぶりに聞かずに済んだ。だから。

誰もが沈黙した。しばらくの気まずいそれに、何事だろう、と椿は思い。

ご苦労、と、言い忘れていたせいで、誰も動くことが出来なかったのだと思い至った。


あの子どもの名前は何というのか。

千代にそう訊ねたけれど、逆に、下々の名前をお知りになってどうなさろうというのです。と、千代に問い返されて、椿は黙り込んでしまった。

奉公人の名前は家長以外、知る必要がない。それがこの屋敷での作法の一つでもあった。女なら嫁ぐこともあり、男なら些細《ささい》な不祥事で、屋敷を追われることもある。

主や諸大夫は知らぬ存ぜぬではすまないが、女子どもは、身の回りのごくごく身近な、それこそ手を触れる人間のことしか知らないし、知らないほうが良い。

千代は、直接接することがあったから、もちろん知っているのだろうが、こうして訊かなければ、椿には知らされることもない。そしてそれも退けられてしまった。

高男たちは、ほとんどこの離れに現れることはなく、けれど、お渡りと称して屋敷の視察に来る行事のときに垣間見た、彼らの髪は短く刈り上げられていた。

自分の髪は、目元を隠し、襟に掛かるほどに長い。何やら父の言いつけだと言うことらしいが、それが余計に、自分が要らないもののように感じられて仕方がなかった。

子どもは、もともと奉公人の家の者ではないと聞いていた。ここで奉公の稽古をしてから、本家の奉公人として上がるかもしれないから、名を教えて貰《もら》えないのかも知れない。

閉じこもりきりの生活で、人ともほとんど会わず、ましてや子どもなど滅多に見かけない。本家に行けば、お次や下男の子どもが大勢いるというのに、秘密を漏らせぬこの奥向きでは、それも叶わぬことだから、あの子どもの姿は退屈な椿の心を占めてやまない出来事だったのに。

俯《うつむ》いて、前髪に目元を隠し、目の前に跪《ひざまず》く千代に帯を締められながら。

「あの子どもは、御武家様の子であったそうですが、御改新の以前に、主家お取りつぶし、浪人となりながら再興に尽くしたらしいのですが、とうとうそれも成らず、主家は断絶のまま、華籍も与えられることもなく、士族名乗りも出来ず、平民に下るも潔しとせず……」

と言って、千代は困ったようなため息をついた。

本家にやれば、平民にも馴染まぬ落ちぶれ浪人の子として嘲笑《ちょうしょう》に晒《さら》されるのを慮《おもんぱか》って、奥向きにやられたのだろう子どもの境遇を語った。

江戸の御代が終り、大名は領地を返還して、明治の御代が訪れた。平常、大名ならば華族の中でも大名華族と言われ、石高に応じて爵位を賜《たまわ》り、相応の処遇を受けることが出来たのだが、石高が少ない小大名や分家格、城のない譜代大名の中には、華族の籍が与えられず、平民に下ったものもある。その中で、すでに御家お取りつぶし、再興を待つ浪人の身で、彼らの主が再び特権階級に取り上げられるはずもない。けれど、維新が成ってすでにしばらく、今となっても、御家の復興を信じ、刀を捨てない浪人もいるという。

「とうとう、あの子どもだけが残ったそうです。問われて告げたい名かどうか」

痛ましげに、千代は続けた。在りし日の名を告げても、落ちぶれた名を告げても、どちらにしても痛ましいことだ。

「そう…」

子どもはいつも、庭を掃いていた。俯いて、まだ、来た頃は頑《かたく》なに髷《まげ》を結っていたと言う髪を切り落とされ、この屋敷の使用人がするような短い短髪に生えそろいつつあった。

「私と同じだね」

寄る母を亡くし、家をなくし、一人になった。

周りの言うことに逆らえず、髪さえ自由にならず。

今日も、この霧雨の中、子どもは黙々と、庭を掃いている。苔《こけ》の見事な庭で、茶家と言っても遜色のない見事な庭だ。

「椿さまには、千代がおりまする」

いざとなったら、針子だけでもお口にものを入れて見せまする、と、それにすら事欠いてやせ細った彼と比べることを憤慨する千代に、そうだね、と言って、椿は笑った。


今にして思えば、ものだけは溢《あふ》れていたように思う。

母を失って不憫《ふびん》だと、父が、珍しいものを次々と届けてくれて、飽く暇もなかった。

何故か父は、女子に与えるようなものばかりを買い与え、聞きかじるところによれば、兄たちには弓や飾り刀が贈られているというのに、自分には、ビードロや手鞠《てまり》、果ては市松《いちまつ》までもが届けられる始末だった。

けれどこれは、兄たちがすでに青年であったことや、自分に用のないもの、そして、誤って怪我をしないようにとの配慮であるのだろうと思っていた。また、三人目は女子が欲しかったのだと、老人が零《こぼ》していたのも聞いていたから、不平に思うこともなかった。

美しい絹糸の巻かれた鞠《まり》。中に鈴を入れ、房の着いたそれは青い畳に転がすと、ころころと音を立て、様々に模様を変えて見せて面白かった。

大きな物音を立ててはならないのだと、聞かされていた。自分の出生は周りに知らされておらず、見つかれば、兄たちや父の立場が悪くなるのだと聞かされていて、聞き分けた。

何故、知られてはならないのか、と、思ったことはなかった。父や兄たちを尊敬こそすれ、自分にそれができるとも、いずれそうなりたいとも思わなかったからだ。

外はまだ、繻子《しゅす》で覆ったような煙る霧雨だった。

深い緑の苔の庭。箒《ほうき》の目の入った白砂利。ふとそれに見とれるとき。

膝から、鞠が転げ落ちた。

慌てて追ったが、それはころころと丸い音を立てて畳を転がり、縁の縁でさらに勢いを得たように転がって、下に転がり落ちて。――――雨の庭に、転がってしまった。

仕方なく、千代を呼んだ。すぐそこに見えるものだ。縁から足を降ろせばすぐに届く。けれど、部屋から一人で出ることは禁じられていて、千代を呼ぶしかなかった。しかし。もう一度、呼んだが千代は現れず、かといって、これ以上大きな声を出すわけにもいかない。

「しま」

千代が居ないときは必ず居るはずのしまも、側には気配がなかった。

霧雨の音がする。

張り詰めて巻かれた絹の糸は雨を弾き、宝石のようにして鞠の上から雫《しずく》を滑り零していた。

父がくれた鞠だ。大切なものだ。困惑の気持ちでしばらくそれを眺めて、そっと裸足《はだし》で縁を降りて、それを摑《つか》んだらすぐに戻ろうと決心したときだった。

気配が余りに雨に似ていたから。

「！」

彼が随分こちらに近づいてくるまで、全くそれに気が付かなかった。

彼は、玉砂利と芝の間をゆっくり歩いて横切り、こちらに向けて一礼をしてから、またゆっくりと、こちらに歩いてきた。何も言わず。やはり少し俯いたまま。

彼は玉砂利の上で止まった鞠を腰を折って拾い上げ、袂《たもと》で大切そうに拭《ぬぐ》った。そして。

「椿さま」

声を掛けられたのは、初めてだった。

慌てて目を逸《そ》らした。片目が見えると、悟られてはならなかった。

「鞠が零れております。お届けしても宜しいでしょうか」

千代とは違う、他の使用人とも。はっきりとした、清々しく凛々《りり》しい口調だった。

千代曰《いわ》く、武家の口の利き方なのだと言っていた子どもは、雨の中、鞠を手にしたまま、遠慮がちに話しかけてきた。

几帳に隠れたものか、手を差し出すか、迷う自分に。

失礼つかまつります。と、子どもは言って、軽く目を伏せ縁に近寄ってきた。

「濡《ぬ》れております。お渡ししても宜しいですか」

縁の端まで出た自分の目の前で、子どもは少し俯くようにして自分を見下ろし、静かにそう言った。

使用人とは話すなと、言われていた。どうしたものかと、俯くとき。

「！」

そっと手を取られて、顔を上げた。

彼の手は濡れて、冷たかった。彼は袂から、折った半分の手ぬぐいを取りだし、上向かせた自分の手にそれを乗せ、その上に。

「零れましてございます。椿さまのものでしょう」

そっと鞠を乗せた。

もうこうなってしまったものは仕方がなかった。確かめるように見下ろす視線と決して目を交わさず、千代に稽古させられたとおり、両手で触って、形を確かめる振りをした。

凛《りん》とした、涼しい声だった。

こんな声は聞いたことがないから、もっと喋《しゃべ》ってみて欲しかった。

けれど、返事を待つ彼が持つのは、さやかな霧雨の音ばかりで。

声を待てば、彼は黙って濡れてしまうばかりで。

「……ご苦労……」

鞠を抱き締め、そう呟《つぶや》くしかなかった。彼は一歩足を引き、黙って頭を深く垂れた。

彼はまた、玉砂利を踏みしめる音を残して、静かに去っていった。

何と言えば、もっと彼は喋ってくれたのか。

鞠を抱き締めたまま。――――幾ら考えても自分には解らなかった。

「申し訳ございませぬ……！」

部屋に戻ってきた千代に、鞠が濡れてしまったのだと差し出すと、千代は、自分の不始末を、油で撫で付けた潔い襟足を晒し、畳に白粉《おしろい》が付くような勢いで伏して詫《わ》びた。

「私から、きつく言いつけておきますゆえ」

庭番は、庭の掃除が仕事だ。白砂利の手入れや刈り込みは庭師が行い、庭番には、呼ばれてもいないのに、芝を越えて白砂利に、縁に近づく許しはなかった。

それに慌てて首を振った。目のことは知られていないと訴えた。

優しかったのだと話した。手が濡れないように、手ぬぐいを置いてくれたと。

あまり自分が必死で訴えるものだから。

洗い直された手ぬぐいに包まれて、砂糖菓子と金平糖《コンペイトー》があの子どもに届けられたと知ったのは、少しばかりあとになってのことだった。

それから、その庭番を見るのが日課になった。

控えめな庭番は、自分が縁に出ていると傍に近寄ってこない。見えないと思っているのだろうに、庭の景観を損ねないよう、庭の奥まった場所から仕事を始めた。

木の根に溜まった木の葉を掃き、風で飛んだ小枝を拾う。雑草の芽をまめに摘み、自分が襖《ふすま》の奥に隠れると、そろそろと出てきて、部屋の前の手入れを始める。

初めはそれを陰から眺めた。次は、中に入った振りをして、また外に出てみた。すると、すぐに彼はまた庭の端に行ってしまうので、今度は小さな犬の張り子を落としてみた。

子どもは散々迷って、また同じようにして、今度は土で汚れないよう、袖から出した手ぬぐいをこの手に乗せて、張り子を拾って戻してくれた。

また、千代は奥向きの菓子を少しだけ、その手ぬぐいに包んで彼に返してくれた。

今度は、使ったこともない、お手玉を持ち出して落としてみた。やはり、彼は酷《ひど》く困りながら近寄ってきて、それを拾って、手ぬぐいと共に、手に返してくれた。千代はため息一つで何も言わなかったが、夕刻にはどうやら新しい手ぬぐいと、菓子が届けられたらしかった。

今度は碁石《ごいし》をばらまいてみた。彼は拾ったものを自分に戻すとすぐに居なくなってしまうので、眺める時間を稼ごうと思ったのだった。

すぐに拾いに来るだろうと思った彼は、呆然《ぼうぜん》と立ちつくした。手から箒《ほうき》が離れて、音もなく柔らかい苔の上にぱたりと倒れた。さすがに気の毒すぎたかと思った。

彼は遠くで、頭を軽く抱え、また困った様子で、近寄ってきた。

わざと、白い碁笥《ごけ》を倒した。白砂利と混じって探しにくいと思ったからだ。

彼は、自分の目の前にしゃがみ込んで、数を数えながら、根気よく碁石を集めた。そして全て拾い終わってから。

取り出される手ぬぐいをわくわくと待って、手を取られるのを心待ちにした。なのに。

彼は取りだした手ぬぐいを自分の横の縁に置き、その上に碁笥を乗せた。

「俺がお気に召しませんか」

少しふてくされたような、静かな問いだった。

「俺は庭仕事が上手くありません。俺の仕事がお気に召さないのでしたら、裏庭の誰かと代わって貰います」

裏庭というのは、使用人たちが暮らす棟の庭のことだ。さすがに他家の庭よりは数倍立派で意趣もあるが、雑然とした、年端のいかぬ小僧が端で用を足すような粗雑な庭らしく、それだけでも改めさせなければと、千代の不服の一つとなっている。

池には鮒《ふな》が泳ぎ、掃除も大事なのだと聞いていた。新入りの子どもが、そこではなく、離れの庭に遣られたのは余程見込まれたのだろうと千代は言っていた。ただそのせいで、いかにして主に取り入ったのかと、あらぬ噂や悪口で、陰に嫌がらせを受けてもいるだろうとも。

そう言って、彼は黙った。自分も黙った。そのとき。

「まあ、椿さま」

悲壮な音の千代の声がした。目の前の子どもは唇を結び、何かを覚悟したようだった。

千代は自分の無事を確かめ、そして、彼に向き直ってから。眉をしかめ、咎《とが》める動きで口を開いた。だから。

「近寄ってこないのが悪い」

どうしていいか解らなくなって、拾ったばかりの碁笥をもう一度庭に振り払って、わああと泣いた。もうどう繕《つくろ》っていいかも解らず、ただ泣き続けた。

千代はそれを宥《なだ》めるのに必死で、子どものことを咎める暇もなかった。攫《さら》われるように部屋に入れられ、今度は布団の中で、泣き続けた。

もう来ないかも知れない。ここで言う、もう来ない、と言うことは、もう一生会えないことだと、知っていた。一度来なくなったものはもう誰も決して現れることはなかった。

きっとあの子どもも、二度と庭に現れることはないのだろうと思った。酷く悲しかった。

布団の中で、何日泣いたかわからない。他にすることがなかったから、悲しさに任せてそうすることは苦痛でもなんでもなかった。けれど。

そうしていても、彼がもう来ないことに変わりはない。

時は音もなくただ、流れるばかりで、何一つ自分に与えようとしなかった。

起きあがって薬湯を飲んだ。三日ほども労《いたわ》られて過ごし、四日目に、襖を開けた。そこに。

彼の姿を見かけた。

彼は、縁に出た自分を見つけると、しばらく迷って、近づいてきた。

失礼いたします。と声を掛け、白砂利を恭《うやうや》しく踏んで、縁の前まで。

彼は、目の前に立ち、静かに片膝《かたひざ》を折った。

椿さま、と彼は呼んだ。

何も落とすものを用意していなかった自分に、彼は今度は懐から、手ぬぐいを取りだした。

「山で拾って参りました。楊枝《ようじ》を刺すと独楽《こま》になります。けれど喰えば腹を下しますゆえ」

そう言って差し出されたのは。

「団栗《どんぐり》と申します。椎《しい》とは異なれば」

裏山には、華の彩りや、庭への植樹のために珍しい木が多く植わっていると聞いた。中には西洋からもたらされたものもあると聞いていた。両手に掬《すく》うほどあった。彼の胸に温められて、艶《つや》やかに弾けそうな実はおいしそうにも思えた。

「山女《あけび》の蔓《つる》も見つけました」

「アケビ……？」

知らない名を問い返すと、今度お持ちします、と苦笑いで子どもは言った。そして、仕事があります、と言って、また控えめに縁を離れ、礼をして去っていった。

千代はそれを大層懐かしがって。

子どもの元には、今夜も菓子がひと包み、届けられたに違いなかった。

彼は大層賢くて、全てに控えめだった。

彼は、縁側に出ていない日は、部屋の柱を、小さな音で二度叩いて、細く開けた襖の隙間に手ぬぐいを押し込んでいった。

それには、すべすべした石や、真っ赤に熟《う》れた胡頽子《ぐみ》、栗や紅葉の葉が包まれていた。

そうして何度も、小さな紙切れが入っていて、それは内密を乞う、千代宛の手紙で。

《飯は足りております故、御志し、無用にて候》

褒美を乞うて居るわけではないと、彼が真《ま》っ直《す》ぐな少年らしい字で書いてくるのに、千代と笑った。千代は一言、なよやかに洗練された文字で、有難し、と書き付けて、また菓子と、小さな墨を届けた。そしてまた返されてきた礼の文は、実直で拙《つたな》いながら、その勤勉で控えめな人柄が滲《にじ》み出ていて、それがどうやら千代の、教えたがりの魂に火を付けたらしかった。

暇を見ては縁に呼び寄せて、字を書かせ、書を読ませていたようだった。

襖越しに聞く、たどたどしいそれや、手加減を忘れて厳しく言い遣る千代がおかしくて、声を殺して笑った。自分がこのような境遇でなければ、千代にあれほどまでに厳しく鍛えられていたかと思うと、肝の冷える思いだった。

彼はそれにも良く耐え、家があれば、塾にも通え、いずれは諸大夫も望めた家柄でもあったろうにと、その実直さ、勤勉さを千代に惜しませるほどだった。

彼の欲のないのと、誠実は相変わらずで、三日と置かず、襖に手ぬぐいは差し入れられた。

青から赤までの徐々に色が違う紅葉が、色づく順番に十二枚。重ねて届けられた日は、随分上達した文字で、目の見えない自分のために、説明書きが事細かく付けられていた。

山に住まうかのように、色づく様子が順番に記されていた。

彼の長い説明書きは、やはり細やかで実直で、けれど、華美や風流なところは欠片《かけら》もなかった。ただ、あるがままを懇切丁寧に書き記してあった。

学者に向くと、千代は苦笑いで言った。それほど感想のない、ただ、綿密に様子を述べただけの事実以外の何物でもない、説明書きだった。

けれど、並べてみれば錦のようで、その目だけは、辛うじて風流そうである、と、千代を残念がらせなかった。瑞々《みずみず》しい緑色から、黄色く透きとおり、葉脈から血が通うかのごとくなよやかに、深紅に染まるまでの十二枚。

父が見ても褒めるだろう、と千代が言うのが、誇らしかった。まるで自分が褒められたような気持ちがした。

暗記するほど千代に彼の手紙を読ませた。

とうとう、千代は暗記してしまった。


こんこん。と、廊下で音がするのが、女中ではなく、彼の印だった。

几帳を立てて庭を開け放てば、几帳の向こうから、襖を立てれば、廊下で。

拳に握った指の先で、控えめに廊下や柱を叩いて彼は自分の来訪を告げに来た。几帳のある日は急いでその端を持ち上げた。襖がある日は慌てて細く、それを開いて手を差し出した。

彼は植物の名前を覚えるために、日々庭師に連れられて、山と言っても過言ではない、本家の裏庭に連れて行かれていると言っていた。自分に届けられる様々な珍しいものも、そこで集めてきたものだと。

栗、山女、蜜柑《みかん》、胡頽子、柿、烏瓜《からすうり》。枇杷《びわ》が差し入れられたときは、大きな手触りの良い葉が添えられていて、目の見えない自分にも楽しめるよう気配りがされていた。おかしな形の枝、様々な手触りの石、蟋蟀《はたおり》が茅《かや》で編んだ籠に入れられて届けられたときは、珍しく一日中眺めていた。昼間鳴かないのを面白くなく、籠を揺すって千代に叱《しか》られたこともある。

初物の蕨《わらび》をこの家で誰より早く、父親すら差し置いて食べたのは自分だ。

蓋《ふた》ものに模されたそれを、膳に並べてやってきた千代が、これが本当の初物だと、苦笑いでやってきたのを問い質《ただ》せば、彼が山の奥まで分け入って、一握りしかつみ取ることが出来なかったから、どうか自分に内密に捧げてくれないかと、台所番に夜中に乞いに来たのだと、台所番の苦笑いまでをも、千代は受け取ってきたのだ。

彼のくれる物は、大概興味深く有り難いものだったが、一度だけ、たいへんなことになったことがあった。

彼が、麻布袋にいっぱいの飛蝗《バッタ》を持ち込んだのだ。

食べられると聞きつけて、集めたらしい。滋養とおねしょに良いのだとも。

月鈴子《すずむし》を喜んだから、きっと飛蝗も喜ぶだろうと、台所に持ち込む前に見せに来たのだと、多分、覗《のぞ》く程度に見せるつもりだったのだろう。けれど、ほんの僅《わず》かに開いた口から、灯りを目指して破裂するように飛蝗が部屋に飛び出したのだった。

悲鳴を上げた。逃げ場がなかった。千代までが取り乱し、駆けつけたしままでが混乱に陥った。さらに女中やお次までが駆けつけては取り乱し、奥付のものが総出となって部屋から飛蝗を追い出したのだ。

その騒ぎたるや壮絶で、討ち入りのような声や悲鳴を上げての大騒ぎに、本家から何事かと、槍を持った男衆《おとこし》たちが駆けつけるほどの騒ぎになった。

それが収まって。

自分は余りの恐怖に倒れた。

飛蝗が嫌いだったらしい千代は、あの気丈さをもってしても人事不省《じんじふせい》に陥ったらしい。お次の何人かが倒れ、意外にも一人平気だったらしいしまは、他の人間の看病にてんてこ舞いで、騒ぎが収まる頃には、狂女のように髪を振り乱し、倒れたほうがましであったのではないかと、気の毒そうに陰で囁《ささや》かれていたようだった。

そして、その騒ぎの元となった彼は。まず、食べられるのは飛蝗ではなく蝗《いなご》なのだと怒られたそうだ。彼のことを知っているしまが、通りすがりに彼が見慣れぬ大きな袋を持っていたので、明るいところで見せるようにと問い質したのだと言い繕ってくれたお陰で、いつもこの部屋に近づいていることはばれずに済んだ。

散々に台所番の老人に叱られ、女中に囲まれて金切り声の非難を浴び、目覚めた千代に火のように怒られ、怒濤《どとう》の混乱に踏みつぶされたそれらの掃除は全部、彼の仕事になった。もちろん、庭中に放たれた飛蝗を捕まえて回るのも彼の役目となった。

さすがに彼は十日ほども、部屋を訪れることはなかった。

半月ぶりにそっと差し入れられた、千代と自分への謝罪の文には。

珍しい天然の石の文鎮が二つ、添えられていた。

夜更けのことだった。

彼は、時折真夜中に忍んでくることがあった。覚えが芳しいせいで、すでに山での葛《くず》取りを任され、編み方を習ったり、活けやすいように塵《ちり》や枯れ葉を綺麗に取り除いて主に差し出さなければならない、その作業に日中を費やし、夕方慌てて、庭の手入れにやってきて、台所に叱られないよう使用人の食事の刻に間に合うよう帰って行く。

千代は、次の間で眠っている。

本来ならば、主の部屋はその奥にあって、次の間を通らなければ通えない造りが多いのだが、離れは庭が広すぎるゆえ不用心で済む、横並びの部屋になっていた。

隠れ場所なく庭は広く、奥は倉に囲まれている。その周りは、空しか見えない高い高い白塀で、門にはそれぞれ番がいた。

門の中は安全で自由だったが、外から越えるとなると至難である堂々とした屋敷だった。

小さな音で、襖の前の廊下が鳴った。こんこん。と、二度。

昼に一度休むから上手く眠れない自分の耳にそれは良く響いたから。

そっと布団を這《は》い出して、音を立てないように襖を開けた。

「俺です」

解っているのに、彼は言った。

今日は何かと、訊ねると、彼は、手ぬぐいの中から、白くて丸いものを取りだした。

それは、夜目にも白く輝き、傾ける度、七色の光りを、金色《こんじき》の酒でも湛《たた》えたかのようにその中に揺らめかせて見せた。余りの美しさにとっさに上げそうな声を呑み込む。

「鮑《あわび》の殻にございます」

手ぬぐいの上には二つ、小振りなまんじゅうの程度のそれが乗せられていて、片方は岩のように伏せられ、片方は杯《さかずき》のように上向かされて、きらきらと光っていた。

「今日の夕餉《ゆうげ》のあとから、余りに美しいので拾ってきました。光って、とても綺麗です」

彼は、千代のように、物語のようには語らない。

けれど、本当は目は、見えるのだ。その美しさは、彼以上の言葉を以っては表せなかった。

「大振りのものはこの内側が」

と彼は、艶やかな内側を掬うように撫でる自分の指に遠慮がちに指を重ね。

「螺鈿《らでん》の材料になるそうです。けれど食するには、大きくなると堅くもなると、台所が申しておりました」

綺麗に身を削《そ》ぎ取られ、洗われたそれは、上等の魚《うお》の脂《あぶら》のように七色に照り、傾けると月の雫を湛えたようにきらきらと音もなく光りを波打たせた。

「お目に掛けられないのが、残念です」

けれど、とても気持ちが良いでしょう、と、撫で続ける指に、少し微笑《ほほえ》んで彼は囁いた。

それに、首を振った。気に入ったと答えた。

差し出されたそれは、彼の気持ちのように美しかった。

「何か、思いつくものがあったら、言ってください」

彼は、改まって、そう言った。

「山にでも、川にでも取りに行きます。もし、椿さまが」

そう、言いかけて、彼は口を噤《つぐ》んだ。噤んだまま、何も言わなかった。

もしかして、と、心の奥底で苦く、笑った。

自分が本家からどういう目で見られているのか、聞いてしまったのかも知れないと思った。

自分が何者であるか、本当は自分も知らない。けれど、兄たちのように、大切に祭り上げられ、尊ばれて生きられるわけではないのは解っていた。

幼少だからではない。音を潜め、この部屋に奥まって、一生盲《めし》いたふりをしながら息を殺

して住まわなければならない。腫れ物のように扱われ、兄たちから迷惑に思われていること
も知っていた。それを口さがなく噂する囁きも。

目の見えない、立派なこの家の隠しておかねばならない子ども。……多分、それが自分だ。

「旦那様のご信頼が、いただけそうです」

まだ少しですが、と、はにかみながら彼は言った。

「俺が選んだ蔓や枝を気に入ってくださって」

それは千代にも聞いていた。庭師が教えることを一度で覚える。身が軽く、視力も良く、
どんな高い木にもするすると登って、一番良い枝を軽々と鉈《なた》で叩き落とすと。

「剣を、一度は捨てた身ですが」

彼が病没した哀れと評判な、取りつぶし大名の浪人の子だという噂は、最近聞いた。

「旦那様のお許しが出れば、佩刀《はいとう》のご許可をいただいて」

華族の屋敷の中は多くのことが見逃される。

禁止となった佩刀も、門の内側ならば、暴漢の輩《やから》から守るために黙認されるが通常だ。

それには、信頼のおける、身体の強い若者が選ばれた。大概が下級大名家上がりの子息で、
幾つもの後ろ盾があり、やがてこの家の諸大夫と迎え入れられる若者ばかりであったが。

「椿さまを、御守りします」

そっと彼が囁くのを、少し驚いて聞いて、……嬉しく頷いた。

そんな風に穏やかに、誓われるのは初めてだったからだ。

千代のそれは、悲壮なばかりで、もちろん信頼はしていたが、余り大柄ではなく気丈さでのみ、脇目もふらずにただ必死で支えようとしたから、労しく申し訳ないばかりで、年が嵩むほどにその頼りないながらの命がけの健気を不安にも、哀れにも思っていた。

こんなに静かに、こんなに平然と。穏やかに深く、誓われたことはなかった。

「刀が使えるの？」

訊ねると、昔は武士でしたと、自分と幾つも歳は変わらないのに、酷く長く生きたようにそう言って笑った。

「一生、身を尽くして、御守りします」

重ねて問われる、優しい誓いに。思わず手から零れ落ちそうになった鮑の殻を握りしめるのと、彼の手がそれを拾おうとするのが重なって、子どものように手を握り合う形になって、俯き合うその額《ひたい》同士がそっと合わさった。

慌てて彼は身を引こうとしたが、やめた、ようで。

間近に彼の視線を感じながら、教えられたとおり目を伏せ、それでも嬉しさが止まらなくて、彼とそっと額を合わせたまま。

「名前を教えてくれたら、許しても良い」

一生側にいるのなら。

名前くらい知らねば困る。と、そう言えば、千代もきっと反対はしないだろう。

彼は、そうしたまま少し困ったように笑ってから。

「潰れた家です」

そう前置きをして。手の中で、鮑が擦《こす》れ合う乾いた音と、同じくらいの小さな音で、彼の本当の名前を呟いて、また、涼しげな、目尻の長い目を細めて、そっと微笑んだのだった。


父親と会うのは、度々ではなかった。館でもある父は、幾つもの宮家の御花役であったし、重要な日には、もう一つ、御花役の家と交代で、宮内の御花役を務めることもあった。

この屋敷にして、特別な人で、跡目を継ぐ兄たちですら度々は会えないのだと聞いていた。

家族にとっても、正月や特別な祝い事でもない限り会えない、特別な人だった。

そんな彼が、例の飛蝗騒動を聞きつけて、自分に会いたいと言い出したのだと奥に伝わってきたのは、鮑の殻が、合わさらないのだと千代に言い募った日のことだった。

千代たちの慌てぶりたるや、尋常ではなかった。漏れ聞くところによると、奥向きの生活は、決して本家を上回ることのないよう、簡浄《かんじょう》、倹約を心がけ、目が不自由な自分のために、不要な装飾品は避け、公家型の華やかな内装ではなく、襖の柄も、布団の柄も、床に飾られた二幅の対の軸も、武家風に見えるほど墨を重んじた、重厚なものであった。

これらは、その前に活けられる花の彩りを殺さぬようにと、亡き母、香織が好んで命じたのだという。

千代は、母亡き後も忠実にそれを重んじ、この家に無数に出入りする門弟が活けた花が絶えずその前に置かれていて、色のないその床の間は、拙い花を実力以上に美しく見せていた。

仮にもこの屋敷の主の来訪だ。床の間を、山水ではなく艶《あで》やかな色の付いた吉祥に変えなければならなかった。畳を替え、御棚を出す。茶と菓子は、台所が本家に普段のお召しを乞うようだった。障子を張り替え、六曲一双《ろっきょくいっそう》の金砂子《きんすなご》の屏風《びょうぶ》を出す。

正月に勝る慌ただしさだ。香も普段のそれではならないと、慌てて本家に遣いを出した。

その慌てぶりを呆然と見つめる自分を。

ずっとここに、大人しく動かずいるものを、急に思い出したかのような顔で千代は鋭く振り返った。

「……!」

お召し替えを、と、叫ばれて、いつもの肌触りの良い柔らかい着物ではなく、ごわごわとした、重たい絹の錦糸の織り込まれたちくちくとする着物に、紺の、板のように堅い袴《はかま》を穿《は》かされた。庭も大騒動だ。

普段、奥の庭は、本家の手入れの合間合間に、見苦しくない程度に、少しずつ体裁良く整えられているのだが、主が眺めるというのなら、他ではない、華の家なのだ。見苦しい枝、一挿しなりともあってはならないと、庭師は叫び、遠目に見る彼も、さすがにこちらを顧みる間もなく、常に飛脚のような勢いで箕笊《しょうけ》や高箒《たかぼうき》を手に、裾をはだけて走ってばかりいた。

「父上……？」

嵐の備えより大仰なその騒動に、堪らず千代の袖を摑み止めると、幾筋も髪を乱して、奔走していた千代は、顔を上気させ息を上げて、さようでございますよ、と、笑ったのか、引き攣《つ》ったのか解らない表情で答えた。

「ありがたいことでございます」

言うとおり、父の意向次第で、自分の待遇の全てが決まるのだ。救いの神になるかも知れず、けれど機嫌を損ねれば、奥まるを理由に、すぐさま河原で口を塞がれ殺されるかもしれない。自分にとって、正に運命を握る人物だった。

騒動の果て、千代の思いは叶い、抜かりなく面談の用意は済んだ。先触れが訪れ、諸大夫が訪れる。昔で言う小姓が洋装に刀を差して先に訪れ、くつろいだ和服の、父が訪れた。

父に上座を空け、千代に背中を撫でられて平伏した。

長々しい、千代の慶びの口上は続き、その間、手の甲に額を乗せて伏しているものだから、思わずうとうととしかかってしまった。名を呼ばれて、お久しゅうございます、父上様、と、練習させられてた短い口上を述べると、顔を上げなさい、と言われた。

千代にはやはり、決して父親とは目を合わせず、父の両肩の、どちらかの畳をご覧あそばされませ、と言われていた。理由は解らないがここまでして敬う父をまでも欺《あざむ》いているのだ。

子ども心に、嘘がばれれば、どれほど恐ろしいことになるか、解っていたから、普段より念を入れて、視線を決して合わせなかった。

椿か、と彼は二度聞いた。はい、と、二度答えた。大きくなったなと彼は頷き、自分以上に遠くを見るように、細めた目をして自分を眺め、香織に似ておるな、と感慨深げに言った。

それからは、不足はないか、医者は要らぬか、女中は足りるか、屋敷は狭くないか、と、丁寧に改められ、千代は恐れ多ございます、畏れ入ります、勿体のうございますと、それを繰り返して、ひれ伏すばかりだった。

それが一通り終ると、自分の普段の暮らしぶり、食が細いこと、生まれつき肌が弱く日光が苦手なようであること、見えない代わりに漢詩は良く諳んじること、穏やかで鷹揚《おうよう》な、香織に似た温厚な性格であることが千代によって語られるのを、彼は一々頷きながら聞いていた。好き嫌いの多さは母親譲りであろうと千代が言ったときには、笑い声が漏れる程だった。

菓子が出され、自分にも出されたが、手を付けてはならないと教えられていた。けれど、父は食べなさい、と、他人ではないのだと言いたげに、親しげに自分に言い、父に捧げた菓子の、家紋の入った塗りの高坏《たかつき》も自分に差し遣るようにと、小姓に言いつけた。千代は、始終誇らしく、嬉しそうだった。こんなにほっとした顔を、初めて見るような気がした。

自分には父親を見た記憶はなかった。もっと小さな頃に一度やはりこのようにして訪れ、髪を余り短くしないようにと、人に比べて色の薄い自分の髪を心配したのか、そのように申しつけたのだというのは、未《いま》だに千代に語られることだった。あれから、ずっと千代は一人で自分を守ってきたのだ。後ろ盾も、この重大な秘密を漏らす相手もおらず、ただ、自分を袖で押し包《くる》むようにして、必死に守ろうとした。だから、父の好意的な扱いが、千代をほっとさせたのだろう。時折、袖の端で、そっと涙を拭《ぬぐ》っていた。

しばらくそうして話したあと、人払いを、と、父が言った。

千代は不安そうな顔をして、粗相《そそう》があってはなりませぬと、恐れ入りながら上申したが、子どもに粗相をするなと言うのが無理だ。粗相なら、高男で慣れておる、と、癇癪《かんしゃく》で、女中に悪戯《いたずら》をして泣かせただの、喧嘩《けんか》だの、無理難題ばかり言って下男を困らせてばかりいると言う本家の、椿より十五年嵩の、高男という長男のことを、苦笑いで指した。高男の我《わ》が儘《まま》と癇癪は有名で、さらに弟の満流《みつる》の放蕩《ほうとう》は、指を指されるほどのものらしかった。高男はまだ家の者さえ我慢すればどうにか我慢のなるものだったが、満流の女遊びと、喧嘩と博打《ばくち》は、最早どうにもならないと、憚《はばか》ることなくため息をつかれる有様だった。次男以下は軍役に服するが決まりの華族に於いて、慢性気管支カタルと謀《たばか》り、軍属していなかったのだから、尚更きまりが悪かった。千代は、噂を半分に差し引いても自分に勝るだろうそれに不安は覚えなかっただろうが、自分の目を気がかりにしたのだ。

御目がご不自由にて、千代がおりませなんだら椀の上げ下げすらもままなりませぬと懇願したが、自分が居るのだから良いのだと、千代の申し出を遠ざけた。

他の者になら、どれほどの詭弁《きべん》を使っても自分の同席を譲らないだろう千代だが、相手はこの屋敷の命そのものである、父だった。千代も、小姓たちも従わざるを得なかった。ただ、お側役の諸大夫だけが一人、襖の向こうに残り、あとは離れから出るようにと、申しつけられたらしかった。

沈黙が苦しかった。父親が優しい、懐かしむような目で、自分を見ているから、気恥ずかしさもあった。千代がいない不安もあった。

「来てみなさい、椿」

父はそう言って、自分に手を伸べた。

けれど、それに対する対応は十分仕込まれていて、自分は少し視線を彷徨《さまよ》わせて、俯いた。

父親は、納得したように一つ頷いて、片膝を立て、身体を伸ばして、手を差し伸べた。

「父の側に」

そう言って、手を引かれれば逆らうわけにはいかなかった。

引き寄せられて、目の前に立たされた。

確かめるように手を握られ、顔を覗かれ、髪を撫でられた。

そこでもやはり、不自由はないか、自分を悩ませるようなことを言う不届きはおらぬか、菓子は足りるか、退屈はせぬかと、労りの言葉ばかりが差し出された。

それに一々頷いた。初めは胸が酷く打って不安だったが、優しい言葉に徐々に今度は身体の力が抜けるような安堵《あんど》が温かく身体に満ちた。

皆に敬われ、高く置かれて、会うこともままならないひと。現人神《あらひとがみ》の元へ参じ、その目に掛かる花を活ける人。その父がこうして自分の菓子の懸念をしてくれる。

「不足はありません。十分です」

普段からの千代の口癖を伝えた。千代は食事の度に、不足のない品をこんなにも十分にと、有り難がった。

「椿は賢いの。香織に似て、物も欲しがらん」

あれも、何も欲しがらず、笑ってばかりの女だったと、懐かしそうに言った。どれほど呉服屋を集めて反物を広げても、すでに奥に気に入りがあると、首を振るような女だったと、独り言のように言った。

この髪も、と言って、父親は自分の髪を撫でた。膝に座るよう命じられて恐る恐る従った。

父の膝は広く、包む腕は大きかった。

髪を撫でられて、少しうっとりとした。誰とも違う大きな庇護のように感じた。

「本当に、……香織に似て」

そう、何度も繰り返した。母が大切に思われていたと知る嬉しさと、覚えていない母を亡くした寂しさと、初めて感じる父親の温かさに切なく身を縮めた。だから。

少し苦しく抱き締められることも、髪に鼻先が埋められることも、不思議に思わなかった。

畳に人形を置くように、背中から優しく倒されても、不思議に思うばかりで訝《いぶか》しく思うことすらなかった。畳の上で、髪を優しく撫で続けられる心地よさに目を閉じた。袴の紐《ひも》を解かれても、多くある本家の決まり事か何かと、されるがままにいた。

袴が解かれ胸の合わせが開かれる。身体が健康かどうか、見られているのだと思っていた。胸の小さな色づきを弄《いじ》られたときも、幼子のようにくすぐったがって笑い転げるを期待されてかと思って、少し戸惑った。くすぐったくはあったが、健康の見立てであるなら、それを堪《こら》えてじっとしているべきで、けれど、笑わすべくくすぐられているのなら、笑わなければならないと悩みもした。

骨が浮いていると、千代に嘆かれる薄い胸を大きな手で何度も撫でさすられた。袴の乱れた膝を立てさせられ、内腿を大切そうに撫でられた。その奥にまで手が差し入れられるのには、さすがに戸惑ったが、それでも、嫌がってはならないのだと、我慢をした。けれど。憚る場所に、指が差し入れられ、さすがにそれには、眉根がよって、怯《おび》えた表情をしてしまった。

重苦しい痛みが走った。息を浅くして耐えた。

何を確かめているのだろう。戸惑いながらそればかりを考えていた。

唇を噛んで、強く目を閉じ、徐々に奥に押し込まれる指の圧迫に耐えた。

耐える息はとっくに浅くなり、不安と痛みに香を焚《た》きしめた絹の着物に冷や汗が滲んだ。

「父上……？」

不安に耐えかねて思わず問いかけた。苦しかったがまだ、見えない振りをする余裕だけはあった。返事はなく、髪を撫でられて、母の名を呼ばれただけだった。

余計混乱した。母のために耐えなければならないのかとも考えた。少なくとも父がこうするからには、声を殺して耐えなければならないと思っていた。

「父上……！」

不安に、それでも呼ぶ声を抑えた。宥める手が髪を撫でて、やはり母の名を聞いた。とうとう指を根元まで咥《くわ》え込んだ身体は熱くて、腰から下が壊れそうだった。それでも耐えた。耐えなければならないと思っていた。髪を撫でられ頬《ほお》ずりされて、宥められるのに縋《すが》りたくさえあった。実際我慢できたのはそれが自分の信頼を握っていたからに違いなかった。だから。袴を抜かれた白い脚が、おもちゃのように細く、空に持ち上げられるのを、潤んだ視界でぼんやりと見た。

直後に身を裂いた、激烈な痛みさえ、椿は声を上げてはいけないと、必死で唇を噛みしめ、我慢した。

気が付いたのは、褥《しとね》の中だった。

目の前に居たのは、父でも千代でもなく、父に付いてきた、痩せた諸大夫の男だった。

彼は、引き裂かれた身体の芯に、軟膏を塗り込め、粉薬を自分に飲ませた。寝かされたまま、元の通り胸を合わせられ、袴を整えられる。

あれは何なのか、父は何故あんなことをしたのか、あれにどんな意味があるのか、あんな目に遭った自分はどう変わるのか。

まだ朦朧《もうろう》としたまま、切れ切れにそんなことを訊ねた。あのまま殺されても不思議ではないような身体の痛みだった。脚を開かれ、そのまま二つに裂かれるのかと思った。けれど、そう言うには、父は優しくて、始終、耐えた。堪えきれなくなってすすり泣くと、抱き締められ、身体を残酷に割られたまま膝の上であやすように揺らされた。

しかし、まだ老人にはほど遠い諸大夫は、何人にも漏らしてはなりません。千代殿にも、決して。と、言ったきりだった。旦那様は椿さまをそれは大切に思《おぼ》し召しておいでです。と特別な大事な出来事であるかのように匂わせた。幸せなことでございます。とも、続けた。

あの苦痛が、特別なことで、幸せなこと。

この家の子どもはあれを耐えねばならないのかと訊ねると、椿さまは賢うございます。とそれが秘伝であるかのように重々しく言った。

辛く思いながら、布団の中で頷いた。それならば、自分もそれを耐えなければならず、取り乱して見苦しい真似も出来ないと思った。それでも憂鬱《ゆううつ》でたまらなかった。

お辛いでしょうが、すぐに慣れまする、と、彼が言ったからには、また同じようなことが起こるのだと思ったからだ。千代殿には、緊張の余り、お倒れになりましたと、告げておきますゆえ、くれぐれもご自愛を、と、慇懃《いんぎん》に、潜めた声で言い残し、深々と、畳に頭を下げて、彼は襖の向こうに去っていった。

千代が転がるようにして到着する頃には、すでに眠っていて、半日以上も揺すっても叩いても目覚めなかったのだと、翌朝、目を覚ました自分に、千代は泣きながら告げた。

身体の不調を、千代は不審がった。あれから二度、やはり諸大夫だけを連れて離れを訪れ、また人払いをして、初めてのときと同じことをしていった。ただ、泣くばかりで耐えた。千代にも秘密なのだと言われていたから、大声を上げるわけにはいかなかった。

けれど、襖一枚向こうには、諸大夫がじっと座っていて、みっともない自分のすすり泣きも噛みきれない声も、全て聞かれているのだろうと思うと、酷く恥ずかしく思った。父が去ったあと、彼の手で、身体を清められ、散々にこじ開けられた場所を手当てされると、酷く悲しい気持ちになったが、それでも我慢するしかないことは解っていた。何のためなのかは、まだ解らなかった。だから。

廊下で小さな音がするのに、横たわっていた布団の中から、軋《きし》んで痛む身体で、ようやく這《は》い出た。もう、四度も、彼の呼ぶのを聞こえない振りをした。

「……お加減が」

と、細く開けた襖の隙間から、彼が訊ねた。血の気の引いた顔をしているだろう。泣き腫らした目は開かず、食べては吐く肌は、白い粉を吹くほどに、かさかさと乾燥していた。

「また、改めます」

彼がそう宥めるように微笑んで、襖を閉ざそうとするのに、慌てて、襖にしがみついた。

「椿さま…？」

怪訝《けげん》に問われる。しかし、千代にすら打ち明けられないことを、彼に言えるはずもなく、ただ、黙って頷いた。涙が零れそうだった。

「お辛いことがありましたか？」

彼は、父の来訪を知っている。こうして、夜にしか来られなくなったのも、度々のお渡りで、木の葉一枚たりとも庭を汚すことが出来ず、空が白む前から、庭を駆け回り、這いずり回って撫で回す勢いで庭の手入れをしているからだ。

昼食のあとに昏倒すると、彼は笑っていた。当然の忙しさだった。

「千代殿に、叱られましたか？」

彼の想像が及ぶのは、多分その程度だ。家の仕来りだと、秘密めいて人払いが行われ、何が目的か、何が起こっているのかも、まだ上手く解らない。

ただ、熱くて、苦しくて、痛くて、体中がバラバラになりそうで、今もまだ、膝行《いざ》る足腰が疼《うず》いて仕方がない。襖に掛けた萎《な》えた手が、小刻みに震えた。

「今日は、京から庭師の方が下って参られました」

この庭は、京都の宮家や、有名な庭園を手掛けた庭師に造られたという。普段の手入れは屋敷で行うが、時折そうして、庭の様子を見に、また、流行があればそのように庭の一部の趣を入れ替えにやってくるのだ。

彼は懐からまた、手ぬぐいを出して。

数珠を握るような音を立てるそれを、目の前でそっと開いた。そして、子どもの目にも痩せてしまった小さな手を、少し眺めて、そっとその上に引き寄せ。

「手紙を付ける暇がありませんでした。庭師が、孟宗《もうそう》の庭の遣り水の下に敷く石の見本を持ってきました。赤、青、白、緑、美しゅうございます。小さなつくばいに入れ、水を混ぜて掻き回すと、気持ちが良かったです」

彼は昼間、濡れたときの光り具合を見るためにそんな作業をしたのだろう。乾いても艶めくそれが、水を弾けばどれほど美しいだろうかと、思ったけれども、以前のように、それが心に染み入ることはなかった。

辛うじて、何も受け付けないことで、自分の皮が保たれているような気がしていた。針の穴でも空けば、そこから全て溶け流れてしまうような恐ろしい錯覚も。

気持ちが乾いて、瑞々しくそれを受け止めない。瘡蓋《かさぶた》のように黒く堅く縮こまってゆくだけで、何事も朦朧と、上滑りしてゆくだけで。

「……」

彼の差し出すものを、嬉しいと感じられない。美しいものを、分け合えない。

それが酷く悲しくて、涙だけが次々に零れた。

「椿さま……」

当然のように、心配そうに自分を見た彼は、眉根を寄せて。そして。

控えめに、決して傷には触れないように。

「聞かせて楽になることがあれば、伺います。俺は口が堅いです。お身体がお辛いようでしたら、しばらくおみやは、千代殿にお渡しします」

彼は、自分がどうすれば楽になるかを熱心に訊いた。

そうではないと、首を振った。目が見えない以上に本当の闇に閉じ込められてしまったようで、彼に酷く逢いたかったのだけれど、もう、この襖を開ける力すらなかっただけだ。

訊かないほうが良いかと、彼は問うた。それに自分は頷いた。

話しても解って貰えないかも知れない。そもそもどう話していいかもわからない。

千代はとっくに気が付いているはずなのに、涙ぐんで自分の世話をするばかりで、それが何なのか、千代ですら教えてくれない。誇らしいことなのか、恥ずかしいことなのか、喜べばいいのか、悲しめばいいのか。彼に知らせることが、彼にとんでもない厄災を運びはしないか、或いは、密《ひそ》やかに喜んでくれるのか、彼に訊けば何か教えてくれるのか。

それすら解らなくて、ただ、いたずらに力なくなって行く、疼く身体を持て余すばかりで、本当の盲しい以上に、一歩も足を踏み出せなかった。

知らず、頬を隠すように触れていた手をそっと取られて、目を伏せた。

あれ以降、以前に増して、自分が見えていることを他人に知られるのが恐ろしかった。思えば千代は、一度きりだと思った父の来訪が、度重なり、その度欺くその罪が恐ろしかったのではないかと思っていた。

それでは、と彼は心配そうな、けれど、励ますような微笑みで自分を見た。

これを、と、手ぬぐいの石を、両手で、自分に包ませた。

「…ご気分がよろしければ、この石を」

彼の胸の温もりが移ったこの石を。

「一つ、廊下にお出しください。すぐに駆けつけます」

そんな優しい声を聞いて、ますます涙は止まらなくなった。

「なるべく急いで参りますが。忙しいときはご容赦ください。けれど、走って来ますから」

彼らしい誠実が安堵を誘って、いよいよ堪えきれずにしゃくりが上がり始める。

彼はそれを、心配そうに眺めてから、指で涙を拭ってくれた。彼の手ぬぐいは自分の手のひらに大切そうに石を包んでいた。

細く開けた襖から、夜空に散らばる星と、覗く下弦《かげん》の月の端が見える。

自分が泣きやむのを急かしもせずに、じっと待つ。

そんな彼に。手ぬぐいの中から、碧色の石を一つ、握って差し出した。

「……約束」

しゃくりの下で、ようやく震える声で出る小さな声で一言呟くと、彼は、それを受け取り。

それでは、寝ずの番を致しましょう。そういって、優しく優しく笑うのだった。


父の来訪は続き、けれど、初めの仰々しさはなく、事前に一人遣いがやってきて、人払いを申しつけ、例の供をたった一人だけ連れてきた。初めのうちはそれでもまだ、自分と話し、自分のことを思いやり、自分の成長と健康を気に掛けてくれていた。けれど。

父の目はもう、自分を見ないことを知ってしまった。何故そうなったかは解らない。未だ、どうして、この行為が何を意味するかも知らなかった。

慌てて着付けられた袴を引き解かれ、単衣《ひとえ》にされた。

母の名を狂ったように呼ばれ、父と呼べば唇を息も出来ないほどに、怒気を持って塞がれ、ときにははたかれもした。対面した日の優しい父からは信じがたいことだった。疼いて血を流す下の小さな口に大きな肉を突き込まれ、悲鳴を上げそうに熱い何かを注ぎ込まれて気を失った。悲鳴は常に噛み殺した、つもりだった。余りの痛みに唇が解れば布を押し込まれた。

手当をされ、布団に入れられ、そして、宴のような食事が届いた。

千代も、男も、何も言わない。千代は泣くばかりで、何も言わない。

千代は。

「しっかり……して……。千代……」

朝と言わず、昼と言わず、千代は狂ったように手紙を書いていた。

髪は乱れ落ち、目は虚《うつ》ろで、手紙を書いては、足袋《たび》も穿かずに庭に駆け出し、また戻ってきては、食事もせずに手紙を書いていた。

視線は急《せわ》しく定まらず、化粧もせず、口も利かず、自分の世話だけは、ふらふらとしながらでも、何一つ怠ることはなかったが、袴の上から帯を締めたり、重ねを間違えたり、上の空、と言うよりすでに、狂っているような、茫然《ぼうぜん》自失に似た状態でもあった。

今日も、布団の中から、泣きながら額の濡れた布を取り替える千代が、布を絞った動きで手を止めて、幾つも盥《たらい》に涙を零し続けるのに、自分がそう囁きかけると、申し訳ございません、と繰り返して、幾つもまた、涙を零した。

あされてから、常に腹が痛く、吐き気がして熱が出た。男が言ったとおり、痛くないように身体を捻《ひね》ることを覚え、身体も慣れて、初めの日に比べれば、幾分楽に思えるようになったが、それに合わせて、身体の奥深くまで、父は入ってくるようになった。揺すり方も乱暴になり、初めは外に出していた熱い迸《ほとばし》りも、平気で中に出してゆくようになった。散らばった桜紙は、べっとりの血と粘つきで染まり、毟《むし》った花を取り散らかしたようになった。

千代だけが頼りだったのに、この様子ではままならない。急に白髪が増えた。今にも簪《かんざし》が落ちそうな、乱れた背中が部屋中に巻物をぶちまけて、手紙を書く様子は、鬼女がごとき様子だった。だから。

夕方、廊下に石を転がしておくと、闇が落ちるのを待つようにして、彼が訊ねてきた。大概は、身体が動くようになる、父が訪れた翌日で、その頃になると、辛うじて声が出るようにもなっていた。

彼はその日傷だらけだった。腕まで白布で吊《つ》っていた。折ったのかと聞くと、彼は手ぬぐいに包んだ帷子《かたびら》を見せた。歪《いびつ》な染みの円が重なった吉岡《よしおか》染のような、平たく硬い手のひらほどの塊だった。

これを取っていて、山のくぼみに転落したのだと言った。運良く骨に異常はなく、ただ、外れた手首の関節が腫れてしまったので、たまたま訪れていた按摩師《あんまし》に脱臼《だっきゅう》した骨を戻して貰い、あとは冷やして吊っておけと言われたからそうしているまでだと、照れくさそうに言った。腫れが引くなら明後日にもはずしていいと言われているが、利き手ではないから、不自由はしていないとも言った。

「うちに出入りする薬屋にこっそり訊ねましたところ、これは、千代殿の言う万年茸《まんねんだけ》に相違ないと、申しました」

ほっとしたように、彼は言った。

「乾かして、粉にして、煎《せん》じれば、万病に効くそうです」

長引く病状を心配してくれたのだろう。風邪でなく、風疹《ふうしん》や痲疹《はしか》のようでもなく、けれど病んでいるのは明らかで、摘まれた花のように枯れ、乾いて、衰弱してゆくばかりで。

だから、漢方を手繰《たぐ》る家でもあったという千代がいつか言っていた、万病に効く万年茸を彼は、彼の知らない山の奥まで探しに行ったのだろう。――――自分のために。

「薬屋に、鑑定料として半分取られました。しかし、ある場所を見つけましたゆえ」

薬屋には、これが最後と、嘘をつきましたと、彼は少しいたずらっぽく笑って、それを差し出した。

「また、いつでも取りに参ります。薬屋は、これだけあれば、十分足りると申しましたが」

そんな彼に、病ではないと、告げたかった。

いや、もうこれはすでに病なのかも知れなかった。

不治かどうかすら、誰も知らない、病なのかも知れなかった。

頷いて、それを受け取った。

「あまり無理をしないで……」

そしてそう強請《ねだ》った。

彼が居なくなってしまったら、自分はどうやって平静を保てばいいのか、わからない。

彼は、はい、と頷いた。お呼び出しあらば、急いで駆けつけて椿さまを守ります。と。

石はまだ、足りますか、と囁く彼に、弱々しく、それでも久しぶりに笑った。石はもう、随分減っていた。彼は笑って、今までに受け取った石を、また呼び出してくれとばかりに懐から取りだして、余りの石に注ぎ足した。その重みは、安堵そのものだった。

そして、それを手放す日も、――すぐ目の前に、迫っていた。

滲むばかりの畳の目が、涙が雫を結んで零れれば、急にはっきり、まだ青々しいそれを整然と見せた。

閉じきられた部屋に、きつすぎる香とこのとき独特の獣臭い臭いが立ち込めて目眩《めまい》がした。畳についた膝は焦がしたようにひりひりと痛く、けれどもその両膝から上へ、合わさる場所に突き込まれ続ける灼熱の痛みと、ようやく塞がったばかりの傷から溢《あふ》れて内腿を伝い畳を汚す、いかにも気味の悪い滑《ぬめ》った感触に比べれば、他人事のような些細な痛みだった。

上手く飲み込めなかったのか、乗り込む動きが激しすぎたのか、その日は身体を酷く裂いて、頭の芯が真っ赤に染まるような痛みに翻弄《ほんろう》されていた。

堪えていた悲鳴が上がり、それすら焼け付いて、獣の仔のような甲高く弱々しい響きの音で、ただ漏らされるまま散らばるばかりで、何の意味もなかった。袴はとうになく、畳に尻を上げて這った膝ががくがくと揺れて、終わりの時が近いことを自分に知らせていた。短い単衣の裾の角が、畳に溜まった鮮血を吸い上げて、まるで絞りの模様のようでもあった。

助けを呼んでも聞き届けられないことも、もう解っていた。それでも、呼ばずにいられなかった。正気の器《うつわ》に、いっぱいに溜まった水が溢れる瞬間をただ待つしかなかった。いっそ零れてしまえば楽になるのかも知れないと、溺《おぼ》れるように畳の上で藻掻《もが》く身体を押さえ込まれながら思った。

汗で滑った手が大きな手の枷《かせ》からするりと抜けて、思わず襖の黒い縁にしがみついた。溺れるようにそれに両手で縋った拍子に、手を差し込むほどの僅かな隙間、庭の光が漏れ込んだ。

最後に彼に、逢いたかったと思うのは、どこか、死を予感してのことであったのかも知れない。すでにそれすら諦めの中にあって、溺死するそれに何もかもよく似ていた。

「！」

ようやく摑んだ襖の縁すら、腰を摑まれ、引きずり戻されて、頼りない指は簡単にそれから手を滑らせて、部屋の闇へと引きずり込まれた。無理矢理の動きに、緩んだ単衣の胸元から、手ぬぐいの包みが落ちて、畳に散らばった。

畳に。襖の足下に。廊下に。

――碧い、石が、ひとつ。

あとのことはもう、なにも、と言っていいほど覚えていなかった。

激しい足音を、たった一つ聞いた気がした。

襖が開け放たれる激しい音と――自分を呼ぶ、声と。

暖かかった気もした。冷たかった気も。

叫び声は次第に渦のように大きくなり、自分は何本もの手で腋《わき》を抱えられ、引きずられた。

本当の盲目だった。本当の聾唖《ろうあ》者のようだった。

身の回りに怒濤のように音はあるのに、それを何一つ聞き分けず、右目すら突かれたかのように、光りさえ、映さなかった。

ただ、脳裏には、差し込む光に散らばった、色とりどりの石の記憶が、細切れに重なってちらつくばかりで。自分の身に何が起こったのか、まるで解らないまま――闇に落ちた。


どれだけの時間が経ったか解らなかった。

ふと、庭の色が変わっているのに、床の中から気が付いた。

あの葉は赤かったか。あの枝は、あれほど枝垂れていただろうか。

確か、あの辺りに低いこんもりと丸く苅られた鞠のような低木があったような気がする。

枯山水《かれさんすい》の流れも、石の配置も違っているような気がする。

「几帳を……退けて。千代」

部屋の入り口には、冬山を描き付けた繻子の几帳が立てられていたが、その几帳にも見覚えがなかった。千代は何故か、自分を見て泣いた。眠った間に急に歳を取ったようだった。

見回せば、部屋の様子も変わっていた。

身体はどこも疼かなかったが、冬の明け方に外で眠っていたかのように、体中が強《こわ》ばって、急には動けないような不自由さと鈍い痛みを放っていた。

小さな一間が二つ続いていた部屋の襖は開け放たれその間もやはり几帳で仕切られていて、向こうには、家紋の入った塗りの葛籠《つづら》が幾つも積み上げられていた。

石を知らないかと、千代に尋ねた。自分が大事にしていた、色とりどりの小さな石の包みだ。千代にもそれを見せて、美しいと言っていたから、千代が知らないはずがない。見つかったら、廊下に一つ、ころがして、と、まだ夢の中のようなぼんやりとした気持ちで呟いた。

彼はどうしているだろうと思った。

寝付いている間、きっと心配しているだろうと思った。庭の枝があれほど赤いのだ。

山の物を所望すれば、きっと、綺麗なものを、彼は持ち帰ってくれるだろう。あの涼やかな声で、自分の手に、粗末で、温かい大切な何かを、優しく乗せてくれるだろう。けれど。

頷かない千代は。

自分が二月ばかりも正気を失っていたこと。父が殺されたこと。

父を殺したのは、あの、庭番の少年であったこと。

庭番の少年はその場ですぐに斬《き》り殺されたこと。

高男が本家跡目を継いだこと。そして。

いよいよ誰の目に触れるに憚るようになってしまった自分が。

敷島家の持ち物であると聞いていた、陸から離れ、荒海を船で何里と漕ぎ出した陸も見えぬ孤島に立つ、小さな灯台に送られることを、呆然とすることすら出来ない自分に、嗚咽《おえつ》に身体を激しく揺らしながら告げた。

† † †

「椿さま」

背中から呼ばれて、何だ、と、ベランダに出した椅子の背越しに答えた。

焼けた夕日が落ちる熱さに苦しむように、海鳴りは少しずつ激しさを増す。必死で冷やそうと、海風ばかりが、その上を冷たく吹き渡らせる。

一日が死ぬ時間だ。そして、密やかな蜜が満ち始める時間でもある。

「そろそろ陽が落ちます。身体が冷えます。中に入りましょう」

そう言って、そっと肩から毛のもののショールを掛けながら。

綾倉の大奥様から、あつものにと、湯葉《ゆば》と柚子《ゆず》が届いております。お好きでしょう。

と、囁きかける声に。

「何がおかしいんですか」

目が見えると知っていても差し出される手に、小さく笑う。彼のこんなところが好きだ。

「昔のことを、思い出していた」

椿は正直に告げた。

目が見えても、見えなくても。本家に居ても、灯台に居ても、変わらず差し出される誠実。汚れても、追いつめられても。共に死を覚悟した瞬間まで、笑い合えるような信頼と。

この塔に送られて、その不気味さに怖くて何日も泣き暮らした。共に着いてきてくれれば心強いはずの彼は斬り殺されて、人を殺《あや》めた罪で地獄に堕ちたのだと聞いた。

その絶望がどれほど深かったか、彼は知るだろうか。

嵐が来るたび、海は吠え、波の牙は繰り返し叩付《たたきつ》けられ今にも崩れそうにこの灯台を揺らした。食べものは乏《とぼ》しく、風は鳴り、地響《じひびき》の音で塔を震わせる。

彼が来たと、泣きながら千代が告げに来たのは、もう随分昔のことのような気がする。

千代は、そのときになって、初めて、彼が生きていたのだと告白した。

彼は、本当はあの事件の直後、すぐに取り押さえられ、首を刎《は》ねられない代わりに縛り上げられ、罪人が過酷な労働に従事する、山小屋に送られたのだと千代は言った。

それを自分に告げなかったのは、生きていると言えば、自分が彼の命を乞うだろうと判断したからだと言った。もう捨てるものも、縋るものも失ったあとだった。我を忘れて、彼のあとを追って山に入るのではないかと、心配でたまらなかったと言った。

そんな彼を、高男がこの灯台に下男として寄越したのだ。父の仇《かたき》を前に自分や千代が取り乱すのを楽しもうとの魂胆だった。

処遇を迷った千代は、伺いを立てに来た。

幾ら懐かしくとも、想い出が優しくとも。

父の仇だ。自分をここに追いやったものだ。けれど、もう。

誰を、何を、憎んでも仕方がないと、思った。彼を斬り殺しても父は戻らず、家に帰れるはずもない。追い払えば、彼は海に身を投げるしかなく、取り乱して差し返しを乞えば、高男たちは尚難癖を付け、腹を抱えて笑うに違いなかった。

通せ、と答えた。何も恨んではいない、と。

千代は賢く、彼に十左《じゅうざ》という新しい名前を与えた。

見えない《振り》は未だ健在だった。

十左が来てからも、語るに余る出来事が多くあり、流れるそれすら抱いて引き留めたいほどいとおしいばかりで、今のこの幸せは最早、奇跡のようだと、椿は思う。

ただ、願わくば、最後まで、自分の出生を綾倉の家に伝えられない後悔を胸に抱いて、自分たちを生かすために海にその身を投げた千代に、この穏やかな毎日を見せたくもあった。

今思えば、千代はあのとき、綾倉の家に宛てた手紙を書き綴《つづ》っていたのではないかと思う。

母が儚《はかな》くなり、自分の中に母の面影を見つけて狂った父。鳥籠《とりかご》のような塀の隙間から、どうにかして自分を逃そうと、半狂乱になってまで、助けを乞う手紙を書いては――門を出るまでに握りつぶされていたのではないかと。

十左は、そう言うと、少し辛い顔をして、申し訳ありません、と、呟いた。

昔犯した罪。自分の苦しみ。そして、自分を謀《たばか》った罪。

昔、と名がつけば、決して良い思い出ではあり得ないからだ。

「お身体が、冷えます。椿さま」

彼は罵《ののし》りを覚悟したような、静かな声で、振り払われるかも知れない手を、もう一度差し出した。

誠実で、可哀相なくらい真っ直ぐで。

椿は、その手に手を重ねた。――――昔から、大きな、温かい手をしていた。

「お前は変わらないね、十左」

悲しくなるほど、慕わしく、切ない気持ちを自分の中に植え付けることも。

「申し訳ありません」

責められたと思ったか、それでも、抱けと差し出した手に応え、深く、その広く厚い胸の中に自分を包み込むように抱き締めるところも。

沈む夕日の美しさと。冷たくなってゆく海風。

守るように抱き締める彼の温かさと、優しく力強く支える腕がくれる安堵と。

小さく、腕の中で、ショールごとその腕に包まれながら、椿はそっと、十左の胸に額を預けて、海を見ながら笑った。

「何を思い出していたか当ててみると良い、十左」

真面目な十左のことだ。父のことのみならず、飛蝗のことでも思い出して、謝るかと、意地悪に思う。そのとき。

「……御褥に粗相をなさって、千代殿に叱られておいでの頃のことですか……？」

おずおずと返される、

「十左の……」

真面目な応《いら》えに。

「馬鹿者ッ――――！」

投げつけた籐《とう》の軽い椅子が。

「あっ」

「…！」

十左を掠《かす》り、バルコニーの手すりを越えて。

夕焼けの空に落ちてゆくのを、呆然のまま、二人で眺めて。

さらに、呆然としたのだった。

あとがき。

はじめまして。玄上八絹と申します。この度、こうして本を出していただける運びとなり、驚くやら戦くやらで、この数ヶ月が長かったのか短かったのかよく覚えていませんが、始終オロオロとしていたことだけは確かです。

まず始めに、事細やかにご指導いただきました担当のO様には、大変なお気遣いと、御手数をお掛けしました。また素敵な挿絵を下さったららさんには、ご無理も申しましたのに、よくしていただきまして心から感謝をしています。また、某所で寒風に吹かれながら、暖かいペットボトルを手に、妄想を語りましょう。

また、校正協力、Fさん・Yさん・Mさん・Hさん、色んな面で有難う！　これからも宜しくね！

海が好きでした。色も音も波も、同じ物なのに二度と同じ一瞬が訪れない、生き物のようなそれが好きで、その上にある空も、特に、海の上で明けてゆく空を見るのが好きです。普遍のようでいて、二度と同じく訪れない空と海。このお話は、そのただ中に棲まう人が書きたくて、書いたものです。どうか、少しでもお気に召していただけますように。

関係者各位と、読んでくださった方に、心から感謝を申し上げげます。

五月吉日　　　玄上　八絹

✦初出　篝火の塔、沈黙の唇…………………書き下ろし
翡翠の庭………………………………書き下ろし

玄上八絹先生、竹美家らら先生へのお便り、本作品に関するご意見、ご感想などは
〒151-0051 東京都渋谷区千駄ヶ谷 4-9-7
幻冬舎コミックス　ルチル文庫「篝火の塔、沈黙の唇」係まで。

幻冬舎ルチル文庫

篝火の塔、沈黙の唇

2007年5月20日　　第1刷発行

✦著者　玄上八絹　げんじょう やきぬ

✦発行人　伊藤嘉彦

✦発行元　株式会社 幻冬舎コミックス
〒151-0051 東京都渋谷区千駄ヶ谷 4-9-7
電話 03(5411)6431[編集]

✦発売元　株式会社 幻冬舎
〒151-0051 東京都渋谷区千駄ヶ谷 4-9-7
電話 03(5411)6222[営業]
振替 00120-8-767643

✦印刷・製本所　中央精版印刷株式会社

✦検印廃止

ISBN978-4-344-81004-4　C0193　Printed in Japan